숨은 잠재력과
긍정의 힘이
———————
벼랑 끝에서 당신을 구해줄
1% 마법의 기술

벼랑 끝에서 당신을 구해줄 1% 마법의 기술

초판인쇄	2018년 01월 15일
초판발행	2018년 01월 20일
지은이	서미림
발행인	조현수
펴낸곳	도서출판 더로드
마케팅	최관호 최문순 신성웅
편집교열	맹인남
디자인 디렉터	오종국 Design CREO
ADD	경기도 고양시 일산동구 백석2동 1301-2
	넥스빌오피스텔 704호
전화	031-925-5366~7
팩스	031-925-5368
이메일	provence70@naver.com
등록번호	제2015-000135호
등록	2015년 06월 18일
ISBN	979-11-87340-68-3-03810

정가 15,000원

숨은 잠재력과
긍정의 힘이

—————

벼랑 끝에서 당신을 구해줄
1% 마법의 기술

서미림 지음

도서출판 **더로드**
The Road Books

"벼랑 끝에 당신을 세워라"

상처 받은 당신이 위로를 받고, 매일을 힘겨워 하며 쓰러진 당신이
다시 일어나 성공의 역사를 세우는 그 주인공이 되는 놀라운 기적을 만들어내는
마법과 같은 일들이 무수히 많이 일어나기를 기대하며

지금 '희망'을 이야기 할 수 있는 시대인가요? 당신도 미래에 대한 불안감으로 잠 못 이룬 밤이 있으신가요? 그렇습니다. 안타깝게도 우리 모두는 세계적인 위기의 시대를 살아가고 있습니다. 직장인, 전문직은 물론이고 모든 기업이 치열한 경쟁과 불투명한 미래에 불안감을 느끼고 있습니다. 그리고 각계각층 많은 사람들이 생존경쟁에서 힘들어 하며 매일 힘겹게 살아가고 있습니다. 단언컨대 앞으로는 더욱 힘든 시기가 올 것입니다. 그러나 우리에게는 위기를 극복하고 세계적으로 급변하는 폭풍과 같은 시대에 잘 적응할 수 있는 내공이 많이 부족합니다. 앞으로는 더 큰 위기가 몰려올 것이고, 강한 정신력으로 극한 시련을 극복할 수 있는 준비를 철저히 해야 합니다. 이처럼 지금은 최

고 업적을 이룬 성공인물들의 성공비결과 위기극복 비결에 대해 처절한 심정으로 배우고 내공을 쌓아야 할 중요한 시기입니다.

　그동안 다양한 계층의 오피니언 리더, 각 분야 CEO들과 만나서 많은 대화를 나누며 그들만의 위기극복 비결을 분석해왔습니다. 이처럼 성공한 사람들만의 역경을 극복하고 성공하기까지의 비결이 무엇인지에 대해 오랜 시간 연구하고 인터뷰를 하면서 중요한 공통점을 발견할 수 있었습니다. 역시나 성공인물들은 분명 평범한 사람들과는 남다른 특별한 '사고방식'이 있었습니다. 놀랍게도 성공인물들의 환경은 생각보다 평탄하지 않았던 인물들이 매우 많았습니다. 오히려 질병, 가난, 실패, 좌절 등 최악의 상황에서 강한 정신력과 성공법칙으로 잘 무장된 내면의 단단한 힘이 있었기에 그들을 지금의 최고 자리에서 영광을 누릴 수 있었던 것을 발견 할 수 있었습니다. 그리고 그동안 국·내외 성공인물 약 1만여 명의 사고방식, 인생철학, 행동습관, 대인관계 등을 철저히 분석해왔습니다. 그 결과 놀랍게도 최악의 상황을 극복하고 최고의 자리에 서게 된 인물들의 공통점을 발견할 수 있었습니다. 그 성공비결을 본 저서를 통해 모든 이들과 함께 나누어 지금과 같은 전 세계적인 위기를 극복하고, 대한민국의 미래를 이끌어 갈 수 있는 젊은 리더가 탄생할 수 있기를 바라는 마음으로 집필하게 되었습니다. 확신하건대 평범한 일반인들도 이러한 성공법칙을 깨닫고 사고방식을 바꾸면 누구나 엄청난 성공을 누릴 수 있다는 것입니다. 그러나 바쁜 직장인과 사업가들이 성공인물의 핵심엑기스를 담은 이 저서를 통해 마음을 훈련을 하면 좀 더 많은 것들을 성취할 수 있다고 확신합니다.

시중에 나온 성공서적이나 자기계발서는 넘쳐납니다. 그러나 단순히 마음의 위안이 아닌 실제로 성공할 수 있도록 방법을 제시하는 명쾌한 솔루션이 필요한 시대입니다. 그래서 약 1만여 명의 성공인물들을 심층적으로 분석하여서 이들이 악조건을 극복하고 최고의 성공을 거둘 수 있는 '핵심 비결'에 대해 그 어떤 책보다 풍부하고, 명쾌하게 엑기스로 꽉꽉 눌러 담아냈습니다. 지금은 모두가 최악의 상황을 극복하는 비결과 위기의 시대에 미래를 대비하고자 자기계발에 목말라 하고 있습니다. 그러나 현대인들은 그 누구도 시간을 여유 롭게 할애하여 성공서적을 탐독할 시간적, 금전적 여유가 없습니다. 그렇기에 단시간에 핵심 성공비결 및 위기극복에 대한 철학을 습득할 수 있도록 불필요한 내용은 과감히 생략하고, 가장 핵심이 되는 엑기스만 담아내어 농축된 성공철학을 전달하고자 했습니다. 본 저서를 통해 상처 받은 당신이 위로를 받고, 매일을 힘겨워 하며 쓰러진 당신이 다시 일어나 성공의 역사를 세우는 그 주인공이 되는 놀라운 기적을 만들어내는 마법과 같은 일들이 무수히 많이 일어나기를 소망합니다!

끝으로 책을 집필할 수 있는 놀라운 지혜와 영감을 주신 하나님께 모든 영광을 돌립니다.

사랑합니다. 감사합니다!

2017년 12월 6일 연구소에서

저자 서미림

책에 쏟아지는 찬사

나 자신을 벼랑 끝에 세우고 당당히 운명에 도전하는 사람에게는 불가능이란 있을 수 없다. 성공 인물들은 모두 역경과 시련이라는 역경 앞에서도 강인한 정신력으로 단단히 무장하고 기꺼이 꿈에 도전했고 그것을 일궈냈으며 많은 사람들에게 용기와 희망을 주었다. 이 책은 수많은 성공 인물들의 역경 극복 과정과 성공할 수 있었던 핵심비법을 자세히 엿볼 수 있는 좋은 기회가 될 것이다.
　-초대형 베스트셀러 '이기는 습관'의 저자 **전옥표** 박사

이 책은 '생명이 있는 한 희망은 있다' 는 꿈의 메시지와 불안한 미래에 힘겨워하는 수많은 현대인들에게 절대 포기해서는 안된다는 힘찬 '희망의 노래' 를 들려주고 있다. 당신도 저자의 메시지처럼 큰 '목표' 를 갖고 절대 '희망' 을 잃지 않으면 원하는 것을 반드시 성취할 수 있다는 것을 당신도 체험하길 소망한다!
　-자유한국당 **정우택** 국회의원

수많은 이들에게 꿈과 새희망을 불어넣어주는 이 시대의 새로운 글로벌 영리더 서미림 저자의 저서로 희망이 없는 이 시대에 강력한 희망의 폭풍이 불어올 것을 간절히 기대한다. 지금처럼 글로벌 경제위기 등 힘든 시기에 저자는 절망 속에서 힘겨워하는 현대인들에게 '절대로 절대로 포기하지 마라' 며 강한 성공 에너지를 전해준다. 저서의 성공법칙 처럼 항상 자신에 대한 강한 신념을 잃지 않고 앞으로 돌진하는 모습이 바로 지금 이 순간 절망에 빠진 우리가 배워야 할 삶의 진정한 모델이 아닐까? 당신도 이 책을 통해 가장 빠르게 역경을 극복한 성공법칙을 흡수해서 성공의 주인공이 될 수 있다고 확신한다! −18대 前 국회의원 **김성회**

한국의 샐러리맨들을 보면 정말 안타깝다는 생각이 든다. 좋은 대학과 경제력 있는 부모가 더 이상 성공을 보장해 주지 않는 시대이기 때문이다. 저자의 메시지처럼 오늘의 급변하는 시스템도 문제이지만 무서운 속도로 다가온 4차산업혁명 시

대를 맞는 우리 자신도 이제 적극적으로 변해야 생존할 수 있다. 이 책을 통해 당신도 항상 강력한 목표를 갖고 희망을 잃지 않으면 자신이 원하는 것을 반드시 성취할 수 있다는 것을 체험하는 주인공이 될 것이다.

-최우철 前 MBC뉴스데스크 앵커, 기자

성공한 인물들은 대부분 치열한 삶을 살아온 사람만이 느낄 수 있는 진한 삶의 향이 배어나온다. 그러기에 '벼랑 끝에 나를 세우라'는 그녀의 외침은 위기의 시대, 자신이 없어 좌절하고 절망하는 수많은 이들의 혼을 흔들어 깨우고 희망과 결단의 새로운 용기를 불어넣어 주는 강력한 비타민이 될 것이다. **-서청운** 판사

성공한 사람들은 모두가 정신력과 행동, 목표관리, 시간관리에 있어서 평범한 사람보다 몇 배나 더 철저한 시간을 보냈다. 그렇기에 그들은 눈부신 성공의 주인공이 될 수 있었다. 그녀는 '벼랑 끝에 나를 세워라'고 외치고 '벼랑 끝에서 자신을 구하는 방법'에 대해 핵심비법을 상세하게 안내한다. 이 글을 읽는 독자들에게 정신적 에너지가 충만해지고 성공인물들의 특별한 사고방식을 다운로드 받는 놀라운 경험을 할 수 있을 것이다. **-CEO NEWS 이재훈** 편집장

차세대 지식인으로 떠오르고 있는 저자 서미림 편집장은 이 책에서 어떤 영역에서든지 뛰어난 성취를 이루는 가장 큰 요인은 지능도, 성격도, 경제적 수준도, 외모도 아니라고 말한다. 진정한 성공인물들의 핵심 비결은 '불굴의 의지', '투지', '집념' 등을 뜻하는 '열정이 있는 끈기'와 '뚜렷한 목표' 즉, '실패에 좌절하지 않고 자신이 성취하고자 하는 목표를 향해 꾸준히 정진할 수 있는 능력'이라는 소중한 삶의 지혜를 얻어갈 수 있는 책이다. **-주한 영국대사관 선임 공보관 제니 홍**

Contents | 차 례

CHAPTER

01

제1장

이제 당신안의 거인을 깨울 때다

앞줄 가운데 '정세균 국회의장'과 함께한
〈동국대학교 상생과통일포럼 리더십 최고위과정 4기〉
원우들과 수업 후 기념촬영 모습.

본 최고위 과정에는 국회의원, CEO,
언론인 및 각 분야 최고 리더들이 대한민국을 좀 더 발전시킬 수 있는
방법을 모색하는 리더들의 모임이다.

01

위대한 당신이
한없이 무력해진 이유

서커스단에 새끼 코끼리가 들어오면 가장 먼저 하는 일이 발목에 강한 줄로 족쇄를 채우는 일이다. 처음엔 코끼리는 족쇄가 아프고 불편하다며 소리 지르고 안간힘을 쓰면서 울부짖고 몸부림치고 벗어나고자 저항하지만 노력은 헛수고로 돌아간다. 그렇게 하루 이틀이 지나면 점점 답답한 현실을 받아들이게 된다. 다리를 감싸고 있는 코끼리의 줄과 족쇄는 너무 강해 어찌할 도리가 없다는 걸 인지하고 결국 저항하는 것을 포기한다. 이내 코끼리는 자신이 족쇄를 채워 멀리 이동하지 못할 때 스스로가 무력하다는 사실을 받아들이게 된다. 코끼리는 이렇게 현대사회의 가장 큰 병폐라고 할 수 있는 학습된 무력감을 배우게 된다.

코끼리에겐 족쇄와 연결된 쇠사슬 고작 몇 미터가 그가 움직일 수 있는 세상의 전부이다. 그런데 놀랍게도 몇 년의 시간이 지나버린 후, 드디어 족쇄를 풀어 완전한 자유의 몸이 되어도 코끼리는 쇠사슬의 길이 너머로 움직이지 않게 된다. 스스로 자신의 세상을 이미 좁은 공간으로 한계 지어 버렸기 때문이다.

나중에 이 코끼리가 5톤짜리의 지구에서 가장 거대한 동물로 성장했을 때, 코끼리 주인이 하는 일은 코끼리의 한쪽 다리를 고작 개 줄 같은 간단한 것에 묶어 놓는다. 그러나 다리가 줄에 묶인 코끼리는 움직이거나 줄을 끊어내기 위해 몸부림치려는 시도조차 하지 않은 채 고분고분해진다. 이때 주인은 코끼리 다리를 묶은 줄을 근처의 천막 기둥에 고정시킨다. 거대하게 성장한 코끼리는 충분히 담장을 부수고 집을 무너뜨리고 남을 정도의 엄청난 힘을 갖고 있다. 그러나 코끼리는 고작 작은 줄에 다리를 묶인 채 가만히 주인이 돌아올 때까지 잠자코 기다리게 되는 것이다.

무기력해진 코끼리의 행동을 통해 우리들의 모습을 발견할 수 있다. 코끼리에게 가해졌던 이토록 치명적인 훈련을 우리도 반복적으로 어린 시절부터 똑같이 받아왔다. 부모는 아이에게 어린 시절부터 종종 "안돼!" 혹은 "가지마", "만지지 마"와 같이 행동을 제한하거나 부정적인 금지어를 주로 가르친다. 아이가 말을 듣지 않으면 체벌을 가해 영향력을 미치기도 한다.

아이의 마음에는 어느 덧 자연스레 부정적인 씨앗이 심겨지게 된다. 그러면 아이는 자신이 매우 작고 무능력하며 약한 존재일 뿐이라고 생각하게 된다. 그래서 새로운 것 또는 익숙하지 않은 것을 시도하는데 어려움을 느끼며 자신의 가능성과 잠재력을 줄어들게 만든다.

자신에게 엄청난 거인과 같은 잠재력이 있음에도 어릴 때의 잘못된 세뇌교육으로 부정적인 자아상을 만들게 된다. 자신의 잠재력을 맘껏 발휘하지 못하고 지극히 평범한 인간, 아무생각 없이 다수의 길을 따라가는 생각 없는 바보가 되기도 한다.

대부분의 사람은 이와 유사한 어린 시절 경험이 있을 것이다. 앞의 코끼리처럼 당신은 새로운 것, 기존의 방식과 달라 익숙하지 않거나, 불확실하거나 예상치 못한 상황을 만나면 무의식적으로 자신에게 다음과 같이 외치는 것을 당연하게 받아들이게 된다. "나는 절대 못해! 나는 절대 못해! 나는 절대 못해!", "그것은 절대 불가능해! 불가능해! 불가능해!"

모든 실패는 성공의 어머니이며, 모든 시련과 역경을 극복하고 자신을 믿는 사람만이 인생에서 기적 같은 성취를 이뤄낼 수 있다는 사실을 알 것이다.

그러나 실패에 대한 두려움은 당신이 새로운 것을 시도하고, 위험을 감수하고, 기존의 익숙한 영역을 벗어나 고정관념을 깨는 행동을 하지 못하게 막는다. 기존에 없던 새로운 것을 시도함으로써 성장 가능성을 키우고 무한 긍정의 방식으로 생각해 최고의 기회를 발견하는 대신, 오직 최악의 경우와 불리한 상황만을 마음에 품고 걱정부터 하게 된다. 앞의 코끼리처럼 자신안의 엄청난 힘을 잊고, 당신은 주인의 명령을 기다리는 수동적이고 무능력한 작고 평범한 존재가 된다. 놀랍게도 인류 전체 인구의 80%가 이처럼 수동적 상태를 지속하며 살아가고 있다.

한 번도 시도해 보지도 않고 한계를 지으면 그 한계 너머는 절대 경험할 수 없다. 자신을 믿지 못하는 불신은 곧 현실이 되어 버린다. 스스로가 리더십이 부족하다고 생각하는 사람은 관리자나 리더로 성장하지 못하고, 무대공포증으로 발표할 수 없다고 생각하는 사람은 매스컴 앞에서 발표회를 진행할 임원으로 성장하지 못한다. 이런 악순환을 끊기 위해서는 지속적으로 다양한 상황에 자신을 노출시키고 계속적으로 도전하고 작은 성공을 이뤄가면서 자신감을 축적해야만 한다. 자신에 대한 부정적인 생각들의 고리를 과감히 끊고 거인으로 당당히 서야만 한다.

이 같은 학습된 무력감(Learned helplessness)은 피할 수 없는 힘든 상황을 반복적으로 겪게 되면 그 상황을 충분히 피할 수 있는 상황이 와도 극복하려는 시도조차 안하고 자포자기하는 현상이다. 이 같은 학습된 무기력은 점차 우울한 감정으로 이어지기도 한다.

1967년 미국의 심리학자 마틴 셀리그먼(Martin Seligman)과 스티브 마이어(Steve Maier)가 24마리의 개를 대상으로 한 우울증 실험에서 발견된 증상이다. 셀리그먼은 24마리의 개를 상자 A, B, C에 나누어 넣고 각각 다른 방식으로 전기충격을 주었다. A상자는 개가 코로 레버를 움직이면 전기충격을 멈출 수 있는 환경이었고, B상자는 레버를 끈으로 묶어 개가 어떻게 해도 전기충격을 멈출 수 없는 환경이었다. C상자에는 아무런 전기충격을 가하지 않았다. 24시간 뒤, 셀리그먼은 장애물만 넘으면 전기충격을 피할 수 있는 상자에 개들을 재배치했다. 실험 결과와 그 이유를 확인해 보니 다음과 같이 나왔다.

상자 A, C에 있던 개는 장애물을 넘어 전기충격을 피했다. 그러나 B에 있던 개는 장애물을 넘지 않고 고스란히 전기충격을 견뎠다. 즉, 상자 B에 있던 개는 어떤 시도를 해도 전기충격을 피할 수 없다는 무력감을 학습한 것이다. 학습된 무력감과 우울증과의 관계를 좀 더 자세히 설명하면 다음과 같다.

아론 벡(Aaron Beck)은 우울증에 대한 인지치료를 연구한 미국의 인지치료자이다. 그는 우울증 환자들이 자신, 세상, 미래에 대해 부정적 관점을 가지고 있어서, 의지의 마비와 무력감이 쉽게 일어날 수 있다고 보았다. 이는 어떤 시도를 해도 자신의 상황을 바꿀 수 없다는 '학습된 무력감'과 그 증상이 비슷하다. 벡은 이러한 부정적 사고를 논리적, 긍정적으로 바꾸면 우울증이 호전될 수 있다고 주장했다.

인류가 창조된 순간부터 신은 사람들의 마음속 가장 깊은 곳에 그 크기를 가늠할 수 없는 씨앗을 심어놓았다. 그것을 우리는 '잠재력'이라 부른다. 그런데 문제는 그 씨앗을 너무 깊은 곳에 심어놓아 사람들이 자기 마음속에 그것이 있는지조차 잊은 채 살아간다는 것이다.

큰 도전을 앞두고 자신의 능력을 의심해본 적이 있는가? 지금보다 더 높은 곳으로 날아가고 싶은가? 그렇다면 마음속의 씨앗에 물을 주어 싹을 틔우고 열매를 맺게 하라. 그 씨앗이 무럭무럭 자라 당신의 인생을 환히 비춰줄 것이다.

당신이 모든 것을 잘할 수는 없다. 그러나 다양하게 시도해 봐야 자신이 무엇을 잘하고 못하는지 명확하게 알 수 있다. 막연한 가능성이 아니라 당신의 경험과 성과로 당신의 마법 같은 잠재력을 확실히 확인할 수 있다. 당신 안에 얼마나 많은 것들이 숨겨져 있는지 꺼내어 보라. 마치 선물 받은 아이가 포장을 뜯어보고 싶어 하듯, 껍질을 깨고 당신 내면을 탐구하고자 하는 욕망을 불러일으킬 것이다. 당신의 강점을 그저 가능성으로 방치하지 마라. 반드시 눈에 보이는 성과로 구체화해서 다른 사람들에게 알리고 인류를 놀라게 할 만한 엄청난 결과물로 세상에 짠! 하고 펼치는 멋진 인생을 살아라.

02

당신에겐 이미
놀라운 잠재력이 숨어 있다

"우리들에게는 자기 자신도 모르는 능력이 감춰져 있다. 한낱 꿈이라고 생각했던 것을 이루게 하는 힘이 있다. 어느 누구든지 그렇게 해야만 될 입장이 된다면, 자리에서 일어나 불가능하다고 생각했던 것도 훌륭하게 해 낼 수 있는 것이다."

-데일 카네기

"사람의 내면 깊은 곳엔 잠들어 있어 아직 발휘되지 못한 능력이 있다. 자기 자신을 놀라게 할 만큼 강력하고 자신이 가지고 있을 거란 생각조차 해보지 못할 만큼 매력적인 능력이다.

그 능력을 발견하여 제대로 사용한다면 그 사람의 인생에는 큰 혁명이 일어날 것이다."

-오리슨 스웨트 마든 Orison Swett Marden

"내가 세상에서 유일무이한 존재라는 사실에 감사하고 내 안의 능력을 마음껏 발휘하라." ─하버드 대학 심리학과 보리스 시디스Boris Sidis 교수

"평범한 사람은 자기 자신이 가지고 있는 잠재능력의 단 10%만 활용하고 있을 뿐이다." ─앤서니 라빈스

"나는 완전히 쓰이고 나서 죽고 싶다. 내가 열심히 일할수록 나는 더 많이 사는 것이기 때문이다." ─조지 버나드 쇼

이 세상에서 가장 귀하고 비싸지만, 아직 개발되지 않은 비밀스런 자원은 무엇일까? 그것은 바로 '사람'이다. 당신은 생각보다 탁월한 존재이다. 누구나 무궁무진한 '잠재력'을 가지고 있다. 겉으로 드러난 모습은 빙산의 일각에 불과하다. 절대 자신을 과소평가하지 마라.

'잠재력(潛在力)'은 잠재된 에너지를 의미한다. 잠재력은 겉으로 드러나지 않고 속에 숨어 있는 은밀하고 엄청난 힘이다. 때문에 대부분 내면에 지닌 잠재력의 위력이나 그 크기가 어떠한지 자신도 모른다.

사람의 잠재력은 마치 계속 캐도 끝이 보이지 않는 금광과 같다. 그리고 우리는 잠재력이라는 금광을 통해 원하는 모든 것을 얻을 수 있다. 사람은 모두 무한한 잠재력을 가지고 있으며, 잠들어 있던 잠재력이 깨어나면 기적 같은 일이 벌어진다. 당신이 지구상에 유일무이한

특별하고 탁월한 존재임을 믿어라.

긍정적인 마음으로 자신을 생각보다 더 훌륭한 사람이라고 여길 때, 실제로 그렇게 성장할 것이다. 마치 소풍에서 보물찾기를 하는 설레는 마음으로 당신 안의 놀라운 기회와 능력을 발견하라.

심리학자들에 따르면, 사람의 의식을 빙산에 비교하면 위로 드러난 부분은 전체의 5%에 불과하고, 수면 아래 숨겨진 95%는 무의식이라고 한다. 한 연구에 따르면, 보통 사람들은 잠재력의 10분의 1만 활용할 뿐이다. 대부분의 잠재력은 깊이 숨겨져 잠들어 있으며, 심지어 영원히 깨어나지 못할 수도 있다. 자신의 능력이 있는지 조차 깨닫지 못하고 인생을 마친다는 것은 안타까운 일이다. 사람들은 보통 자신의 무한한 발전 가능성을 믿지 않는다. 그러나 우리는 숨어 있는 진정한 자아를 발견하고 무궁무진한 잠재력을 깨워 인생의 기적을 창조해야 한다. 인생은 한 번 뿐이다. 자신을 무조건 신뢰하라. 그리고 당신은 무한한 가능성을 가진 참 대단한 존재라는 착각에 맘껏 빠져보라. 자신에 대한 확신을 갖고 끝없이 도전하는 사람만이 꿈을 현실로 이뤄내는 기적의 주인공이 된다.

특히, 우리의 대뇌는 무한한 잠재력을 지니고 있다. 뇌과학자들은 사람의 뇌에 저장할 수 있는 정보량은 최대 5억 권의 책에 담긴 내용만큼이라고 한다. 이는 하버드 도서관에 있는 책을 모두 합친 것보다도 훨씬 많은 양이다. 그러나 놀랍게도 인류는 뇌 전체의 5퍼센트밖에 사용하지 못하고 있다. 바꿔 말해서, 자신의 잠재력을 효과적으로 활용할 방법만 찾는다면 누구나 아인슈타인에 버금가는 능력을 발휘할 수도 있다. 물론 그 이상도 가능하다.

"구르는 돌에는 이끼가 끼지 않는다."는 속담처럼 특히, 젊었을 때 뇌를 더 많이 사용해야 한다. 계속 굴러가는 돌에는 이끼가 낄 새가 없는 것과 같이 우리의 머리도 마찬가지다. 한마디로, 머리는 많이 쓸수록 더욱 개발되고 똑똑해진다.

1980년대 노벨 생리학상을 받은 하버드의 데이비드 허블과 토르스텐 비셀 교수는 한 뇌실험을 통해 이를 밝혀냈다. 뇌 발달의 메커니즘에 따르면 뇌의 어떤 영역이든 반복하지 않으면 기억 영역의 기능과 뇌세포가 사라지며 퇴화한다. 또한 반대로 이를 반복해서 사용할 경우 뇌는 더욱 튼튼해지고 활성화된다. 특히 20대 중반 이전 시기는 우리의 대뇌가 가장 활발하게 움직이는 때다. 이 시기에 뇌세포들을 충분히 활성화시켜놓지 않으면 평생 뇌세포의 움직임이 둔화되어버린다. 따라서 이 시기에 열심히 뇌를 움직이지 않으면 두 번 다시 당신의 뇌가 더 똑똑해질 기회가 오지 않는다는 의미다.

혹시 당신이 지금 큰 실패로 좌절하고 있는가? 그러나 인생에서 아무리 큰 실패를 했더라도 당신은 절대 빈털터리가 아니다. 당신에게는 아직 자아를 실현할 수 있는 가장 큰 밑천, 무한한 '잠재력'이 숨어있다는 사실을 꼭 기억하자!

하버드대 출신 성공인사들이 평범함을 벗고 남다른 길을 걸을 수 있었던 이유는 단지 운이 좋아서가 아니다. 그들은 자신의 잠재력을 남들보다 특별히 중요시하고 이를 통해 자기 자신을 넘어선 사람들이기 때문이다. 당신도 물론 인생의 기적을 경험할 수 있다.

그러면 우리가 잠재력을 제대로 발휘하지 못하고 있는 이유는 뭘까? 우리는 어릴 때 이미 자신의 한계를 스스로 만들어 놓았기 때문이다. 지능지수, 학교 성적, 학벌, 어릴 적 주변인들의 평가 등 이 모든 것들은 자아 이미지를 형성하는 데 큰 영향을 끼친다.

특히 작은 실수들에 대한 부모님의 비난은 늘 나 자신을 초라하게 만들었다. 어릴 때 형성된 자아이미지는 순수한 마음에 입혀지기에 큰 영향을 미친다. 그러나 주변인의 평가가 결코 우리의 본질이 아님을 깨달아야 한다.

자신의 부정적이고 작게 만드는 잘못된 자아이미지로 능력을 발휘할 수 없는 상태라면, 반대로 긍정적인 자아이미지를 반복적으로 심어줘서 자아상을 180도 바꿔야만 한다. 불굴의 의지로 엄청난 시련과 힘든 환경을 극복하고 성공한 위인들의 이야기를 반복적인 독서를 통해 계속적으로 뇌에 노출시키면 어느 덧 당신에게도 긍정적인 힘이 생긴다.

다음의 이 사람은 과연 누구일까요?

"저는 어릴 적 지능검사에서 무척 낮은 아이큐를 받았습니다. 저는 늘 나쁜 성적을 받는 것에 대해 괴로워했습니다. 태어나면서부터 거의 말을 하지 않고 혼자 놀기 만 해서 벙어리가 아닐까 하는 걱정 등 계속 가족들에게 걱정을 안겨주곤 했습니다. 다행히 2년 6개월이 지나자 거의 정상은 되었으나, 제가 말한 내용을 몇 번이고 되풀이하는 습관을 7살까지 지니고 살았습니다. 그런 저를 가르쳤던 교사들의 평가는 매우 나빴습니다. 공립학교에 들어갔을 때도 구구단을 외우지 못했고, 계산하는 시간이 많이 걸리는 편이었고 그나마 틀린 답을 내놓기 일쑤였습니다. 아무도 제가 수학적 재능이 있다고 생각하지 않았습니다. 저의 담당 교사는 저를 평가하길 '제구실을 할 수 없는 사람' 이라고 했습니다."

위의 내용처럼 어렸을 때 '학습지진아' 판정을 받았던 사람은 바로 유명한 21세기 과학의 대가 '앨버트 아인슈타인' 박사이다. 교사들로부터 형편없다는 평가를 받았던 학생이 나중에 위대한 과학자가 되어 인류 역사상 크나큰 공을 세우리란 것을 누가 상상했을까?

놀라운 성과를 거둔 대부분의 위대한 과학자나 예술가, 가수, 저작가, 발명가는 거의 현재의식과 잠재의식의 놀라운 힘을 깊이 이해하고 있다. 그들이 자신의 목표를 달성하도록 만든 비밀이 바로 이것이다. 자신의 내면에 숨어 있는 잠재력을 이끌어 낼 수 있다면 뜻밖에 큰일을 해 내거나 유능한 인재가 되고 자신이 원하는 성공과 성취를 쉽게 얻어낼 수 있다.

03

나만의 강점을 발견하라

대부분 사람들은 자신을 바로 안다고 생각한다. 하지만 자신을 정확히 바라보고 판단할 수 있는 경우는 적다. 그래서 자주 실수 하게 된다. 자신의 장점이나 단점, 그리고 강점과 약점을 분명하게 아는 것 같으면서도 간과하는 경우가 많기 때문이다.

여론조사기구 갤럽에서는 삶의 질을 최고로 높이는 방법에 대해 수십 년간 조사를 해왔다. 조사는 다양한 배경을 가진 수백만 명의 사람들을 대상으로 진행되었다.

조사 결과, 자신의 강점을 중심으로 사고하는 사람은 자신감, 목표의식, 희망 수준이 상승한 것으로 나타났다. 또한 자신의 강점을 잘 이용하고 하상 그것에 집중하는 사람들은 그렇지 않은 사람들보다 여섯 배나 일을 더 잘하고, 세 배나 더 높은 삶의 질을 누리고 있다는 것이 밝혀졌다. 또한 700만 명 이상의 사람들이 자신의 삶의 질에 만족하지 못하고 있다는 것도 알 수 있었다.

조사 대상자 중에는 자신의 강점이 무엇인지 아예 모르는 사람도 있었고, 강점을 알고는 있지만 효과적으로 이용하지 못하는 사람도 있었다.

하늘이 주신 재능이나 자신만의 특별한 강점은 누구에게나 있음에도 불구하고 대부분의 사람들이 그것을 인식하지 못하고 흘러가는 경우도 많다. 하늘이 주신 재능(Talent)이 무엇인지를 일찌감치 발견해 온전히 집중하는 사람은 삶의 효율성이 높아지기에 당연히 성공확률이 높다. 반대로 자신과 맞지 않는 일을 하면 쉽게 지치고 생산성이 떨어져 성공과는 당연히 멀어질 수밖에 없다.

사람은 노력했는데 성과가 나오지 않으면 좌절하고 의욕을 잃는다. 그래서 중간에 노력의 산물이 나와 줘야 한다. 강점에 집중할 때 성과는 아주 뚜렷하고 빠르게 나온다. 하지만 약점에 집중하면 성과가 미미하다. 그래서 자신의 강점에 집중해야 한다.

미국의 사상가 랄프 왈도 에머슨(Ralph W. Emerson)은 '나는 특정영역에서 나보다 탁월하지 않은 사람은 결코 만난 적이 없다.'고 했다.

심리학자인 하버드 대학의 하워드 가드너(Howard Gardener) 교수도 '모든 사람은 사실, 분석, 숫자, 언어, 공간, 운동, 직관, 감성, 실용, 대인관계 지능 가운데 적어도 한 가지 이상을 갖고 출발한다.' 고 했다.

나만의 잠재력을 최대화시키기 위해서는 남들 다 한다고 절대 그대로 따라 하지 마라. 그 시간에 자신만의 강점을 찾아 그것에 집중하라. 진정한 성공의 비결은 자신이 갖고 있지도 않은 능력을 애써 힘들게 채우는 것이 아니다. 자신에게 이미 있는 보석과 같은 강점을 발견하고 키워야 한다. 또 그것을 탁월함으로 무한 성장시켜라. 그러면 남들이 당신의 존재를 인정하고 찾게 될 것이다. 단점이 전혀 없으면서 특출 나게 뛰어난 면이 없는 사람보다는 한 가지라도 탁월한 강점을 가진 사람이 성공한다.

가령 남들과 똑같은 수준으로 다방면으로 잘하는 것보다 어느 한가지를 제대로 1등을 하는 편이 훨씬 낫다. 세상은 무엇이든 가장 잘하는 사람에게 집중한다. 그리고 그 사람에게 부(富)와 명예가 따른다.

자신에게 잘 맞고 진정으로 하고 싶은 일을 해야만 즐거운 인생이 되고 일도 잘되어 당연히 성공의 길을 갈 수 있다. 자신의 재능에 맞는 일과 직업을 찾는 것이 매우 중요하다. 자신의 재능을 찾기 위해서는 자신의 깊은 내면의 소리에 귀 기울이는 것이다. 어려서부터 지금까지 자신이 잘 했던 일, 진정 가슴으로 하고 싶은 일, 앞으로 하고 싶은 일이 무엇인지 살펴보고 자신과의 대화를 통해 정리해보는 시간이 필요하다.

누구나 남들보다 잘하는 자기만의 장점과 재능이 있다. 주입식 학교공부만으로는 자기에게 무슨 장점과 재능이 있는지, 생존 무기를 찾기 어렵다. 하루빨리 스스로 찾아야 한다.

각계에서 정상에 올라가 있는 성공한 사람들 대부분은 자신의 일에 열정과 불을 붙여 미쳐있거나 재능에 맞는 일에 집중한 사람들이었다. 운동에 재능이 있는 사람에게 공부를 시키려고 애써도 효율이 떨어지는 것처럼 자신에게 맞지 않는 일을 하고 있는 사람에게 성공을 기대하기는 어렵다. 만일 자신의 재능에 맞지 않는 일을 하고 있다면 과감히 길을 바꾸려는 노력을 해야하고 이를 위해 자신을 바로 이해하는 노력이 선행되어야 한다.

예전에는 공부만 잘해도 성공의 길이 열려 있었고, 대학만 나와도 취업의 길이 있었다. 학력은 절대적인 생존무기였다. 그러나 이미 과거의 이야기가됐다. 대학졸업자가 너무 흔하다. 누구나 다 나온 대학을 나와 봤자 생존력이 있는 시대인가? 나만의 강력한 생존무기가 없으니 취업도 어렵다. 대졸 취업자 절반이 자신의 전공과 전혀 무관한 직장에 들어간다고 한다. 억지로 취업했는데 무슨 일할 맛이 나고 성과가 나겠는가?

보통은 자기 업무에서 창의성 발휘보다 월급만 생각하며 직장에 다니는 게 대부분이다. 특별한 장점이나 남다른 능력이 없으니 직장에서 꼭 필요한 인재보다 누구로든 대체가능한 지극히 평범한 사람으로 전락하고 마는 것이다.

나쁜 짓만 빼놓고, 무엇이든 한 가지만 남들보다 잘하면 얼마든지 잘 살 수 있다. 반드시 자기만의 생존무기를 찾아야 한다. 누구나 적어도 한 가지는 있다. 집념을 가지고 독하게 갈고 닦아야 한다. 무엇이든 한 가지 일에 1만 시간만 투자하면 누구나 전문가가 될 수 있다.

특히 자신의 강점을 발견하는 방법은 학습 속도가 유난히 빠르고 흡수가 잘되는 분야, 남들보다 잘 하고, 쉽게 하는 일, 그리고 자신의 과거 성공경험을 분석해 자신의 강점을 발견하라.

그러나 대다수가 어릴 때부터 받은 교육 환경의 영향으로 자신의 약점에 집중한다. 우리나라 부모나 교사는 모든 과목을 잘하는 아이를 원한다. 하지만 아이들은 약한 과목을 하느라 자신이 잘하는 것까지 못하게 된다. 못하는 것을 할수록 자신감은 낮아지고 의욕이 떨어지기 때문이다. 그렇게 의욕도, 자신감도 떨어진 상황에서 무언가를 잘하기란 힘들다.

강점에 집중해 자신이 잘하는 분야를 선택하면 자신감이 붙고 더 잘하고 싶은 욕심이 생긴다. 조금만 연습해도 성장 속도가 빠르다. 그래서 성과가 눈에 띄게 향상된다.

당신의 장점을 잘 이용하면 살아가면서 더 큰 성공과 만족을 느낄 수 있을 것이고, 약점에 집중하면 왜 자신이 발전이 없는지만 갈등하게 될 것이다. 당신이 잘하는 일에 집중하고, 약점 중에서는 성공의 1%로 가는 길에 치명적인 문제가 되는 것들만 차차 개선해나가면 된다.

만일 당신이 지도자라면 아랫사람에게 없던 능력을 발휘하게 만드는 사람이다. 그렇다면 자신은 물론, 다른 이들의 강점을 발견하는 것도 중요하다. 지도자이기 때문에 모든 일을 다 잘해야 하는 것이 아니다. 각자 능력에 맞는 일을 찾아 시킴으로써 그 사람 고유의 능력을 최대한 발휘할 수 있도록 만들어야 한다.

어느 곳이든 그곳을 일으키는 사람이 있고, 망가뜨리는 사람이 있다. 탁월한 사람의 발목을 잡는 사람도 있고 뒤처지는 무능한 사람도 있다. 지도자는 사람의 특성을 잘 간파해야 한다. 또한 모든 일을 직접 하지 않지만 사람을 적재적소에 배치해서 일하게 해주고 팀원이 화합해서 일할 수 있는 여건을 마련해주는 사람이다.

유능한 지도자라면 아랫사람이 갖고 있는 좋은 점을 살려줘야 한다. 자신보다 유능해 보이는 아랫사람을 만난다 해도 '저 사람을 이겨야겠다. 제압 해야겠다'고 생각하는 것은 자신의 능력을 신뢰 못하는 자신감 없는 사람이다.

04

나를 뛰어넘는 위대한 힘, 자신감

"인간의 가장 두려운 적은 바로 나약한 신념이다."

–로맹 롤랑 Romain Rolland

하버드 대학교에 몸담고 있는 두 명의 심리학자가 천재를 구별해낼 수 있는 정확한 지능테스트를 발명했다. 그들은 연구의 정확성을 입증하기 위해 한 초등학교를 찾아가 실험을 했는데, 한 반의 학생들에게 시험지를 나눠준 후 그것을 풀게 하여, 그중 천재성을 지닌 다섯 아이의 이름을 공개했다.

20년 후, 두 심리학자는 자신들의 연구가 정확했음을 입증할 수 있었다. 과거 천재로 지목한 다섯 아이들이 모두 사회 각 분야에서 성공하여 탁월한 업적을 내고 있었던 것이다. 이들의 연구결과는 곧 전 세계의 관심을 받기 시작했다. 그리고 기자들이 찾아와 그때 실험한 지능테스트가 무엇이었는지 공개해달라고 부탁했다.

20년 전에 중년이었던 심리학자들은 어느새 백발의 노인이 되어 있었다. 그들은 자신들의 '비밀'을 공개하기로 마음먹고는 기자들 앞에 상자 하나를 내밀었다. 그 상자는 오랫동안 꺼내보지 않은 듯 먼지가 가득 쌓여 있었다. 심리학자 중 한 사람이 기자들을 향해 말했다.

"그때 아이들에게 나눠주었던 시험지가 여기에 들어 있습니다. 하지만 우리는 그 시험지의 답안을 몰라요. 사실 서른 명의 아이들 중 무작위로 다섯을 골라낸 것뿐입니다. 하지만 실험은 성공적이었어요. 그 아이들이 타고난 천재는 아니었지만, 성공할 수 있다는 자신감이 정말로 그들을 인생의 승리자로 만들어줬으니까요. 그리고 그들을 천재로 성장시키려는 부모와 학교, 사회의 도움과 관심도 큰 몫을 했습니다.

많은 사람들이 아무것도 이루지 못한 채 평범한 삶을 살아간다. 이는 자신의 능력을 저평가하고, 아무런 포부 없이 필요 이상으로 자신을 비하하기 때문이다. 성공을 향해 나아가려는 사람이라면 하버드대 출신의 미국 작가 에머슨의 명언을 기억하라.

"자신감은 최고의 성공 비결이다!"

사실 사람은 모두 뛰어난 존재다. 다만 자신을 어떻게 인식하고, 어떻게 능력을 발굴하여 자신을 쓰임새 있게 만드느냐의 차이가 있을 뿐이다. 자신을 보석이라 생각하면 정말 보석이 된다.

하버드대가 유난히 많은 성공인사를 배출해낼 수 있었던 이유는 무엇일까? 세계 일류를 자랑하는 수준 높은 교육 외에도 학생들 한 명 한 명에게 영향을 준 '하버드 정신'이 있었기 때문이다. 하버드대에서는 비범함과 평범함의 차이가 학업 성과가 아닌 사람이 지닌 의식과 정신 즉, 성품에 있다고 강조한다. 여기서 성품이란 한 사람의 '자신감'을 말한다.

정신이 굳건해야 진짜 강한 사람이고, 자신감이 있어야 진짜 뛰어난 사람이 될 수 있다는 것이다. 하버드대는 이러한 이념이 모든 학생의 마음속에 뿌리 깊게 자리할 수 있도록 교육한다.

그래서인지 하버드대 출신들에게서는 사람을 사로잡는 남다른 기질, 바로 비범한 자신감을 발견할 수 있다. 우리도 충분히 자신감 있는 삶의 태도로 야심가 뺨칠 진취성을 발휘하여 주어지는 모든 기회에 담대하게 도전할 수 있다. 장차 어떤 사람이 될 것인지를 믿고 그 믿음대로 행동하라. 그러면 자연스럽게 내가 바라는 모습의 사람이 될 것이다. 미국의 정치가 콘돌리자 라이스(Condolee Zza Rice)가 바로 그 좋은 예이다.

미국에 인종차별정책이 성행하던 1970년대, 버밍햄에 살던 흑인 소녀는 부모님을 따라 워싱턴으로 백악관 견학을 갔다가 피부색 때문에 문전박대를 당한다. 이 일은 그녀에게 마음의 상처를 안김과 동시에 그녀가 흑인의 사회적 위치를 깨닫는 계기가 되었다. 일부 사람들의 눈에 흑인은 열등하고 보잘것없는 존재였고, 흑인으로서의 삶이란 불평등과 굴욕과 공포의 연속임을 알게 된 것이다. 하지만 그녀는 현실에 무릎 꿇지 않았다. 그녀는 당당히 아버지에게 말했다.

"지금은 피부색 때문에 백악관에 들어갈 수 없지만, 언젠가는 저곳에 제가 있을 거예요. 저는 제가 그만큼 뛰어나다고 믿으니까요."

지혜롭고 진보적이며 용감한 부모는 딸아이의 원대한 포부를 응원했다. 그녀는 부모의 교육을 통해 모든 사람은 평등하며, 그 누구도 인종이 다르다는 이유로 멸시나 편애를 당해서는 안 된다는 사실, 자기 자신을 규정하는 것은 피부색이나 성별이 아닌 자신의 노력이라는 점, 그리고 행복은 스스로 만들어가는 것임을 깨달았다.

'백인을 뛰어 넘겠다' 는 목표를 실현하기 위해 그녀는 수십 년을 하루처럼 보냈고, 그렇게 다른 사람보다 몇 배의 노력을 쏟아 부어 열심히 지식을 쌓은 결과 남부럽지 않은 인재로 성장하였다. 26세 때 그녀는 이미 스탠퍼드대학의 강사로 교단에 섰고, 1993년 스탠퍼드대학 역사상 최연소 흑인 교무주임이 되었다. 또 2000년 미국 대선 때 부시의 책사로서 그를 도왔고, 결국 미국 국무부장관에 임명되어 백악관 입성에 성공했다. 미국 역사상 두 번째 여성 국무부장관이자 해당 직위를 담당한 첫 흑인 여성으로서 말이다.

콘돌리자 라이스는 인종차별에 굴하지 않고 용감하게 자신을 시험했고, 넘치는 투지로 결국 훌륭한 자아를 실현했다. 만약 그녀가 자신의 출신을 짐으로 여기고 자신을 그저 평범한 사람으로 치부했다면 그래서 자신의 다재다능함이 제대로 빛을 보지 못했다면 과연 그녀가 권력의 최고봉에 설 수 있었을까?

"지금은 피부색 때문에 백악관에 들어갈 수 없지만, 언젠가는 저곳에 제가 있을 거예요. 저는 제가 그만큼 뛰어나다고 믿으니까요."

라이스가 인종차별에 굴하지 않고 이런 말을 할 수 있었던 것은 그녀가 '자신감'을 가진 사람이었기 때문이다. 또한 훗날 미국 국무부장관으로 백악관에 입성해 전 세계가 주목하는 유능한 여성이 될 수 있었던 이유는 자신감을 기반으로 끊임없이 노력해 자신감이 가진 힘에 생명을 불어넣었기 때문이다. 자신을 믿어라. 그리고 아낌없이 노력하라. 당신이 만일 아무리 보잘것없는 존재도 위대해질 것이다.

현대 성공학의 대가이자 자기계발서의 창시자로 불리는 나폴레온 힐(Napoleon Hill)은 이렇게 말했다. "자신감이 있는 사람은 산도 옮길 수 있습니다. 자신이 성공할 것이라 믿는 순간, 다신은 이미 성공의 첫발을 내디딘 것입니다." 성공하기 위해서 갖춰야 하는 필수요소가 바로 자신감이라는 의미다.

그렇다면 자신감을 가진 사람들의 특징은 무엇일까? 웃음은 자신감의 표출이다. 자신감이 없는 사람은 자연스럽게 마음이 편안하고 넓어지기 때문에 상대방들에 대한 배려심도 더 많이 생기고 용서하는 마음도 더 커지게 된다. 아이들이 많이 웃는 것은 세상에 대한 두려움이 없기 때문이라고 한다. '하룻강아지 범 무서운 줄 모른다' 라는 말은 하루밖에 안된 강아지가 범이 무엇인지, 그리고 얼마나 무서운 줄을 모르기 때문이다.

사람도 성장하면서 세상의 모든 것이 만만치 않다는 것을 알기 때문에 점점 겸손해지면서 웃음도 줄어들게 되는 것이다. 만사가 다 편안한 사람은 웃음이 당연히 많을 수밖에 없다. 걱정이 없기 때문이다.

이런 자신감은 상대방을 움직이게 하는 힘이 있다. 웃음이라는 자신감은 상대방에게 신뢰를 주고 그러한 신뢰는 성공을 이끄는 중요한 인자로서 작용을 한다.

캐나다의 맥길 대학 연구팀에서 2003년 11월 나온 흥미로운 연구 결과가 있다. 자신감이 큰 사람은 적은 사람보다 뇌가 20% 정도 크고 학습능력과 기억력이 현저히 높다는 것이다.

동기부여가인 브라이언 트레이시는 성공의 85%는 인간관계에 의해서 이루어지며 이는 얼마나 잘 웃느냐에 따라서 결정된다고 주장했다. 타인의 웃음을 함께 이끌어내는 사람은 그만큼 다른 사람의 협조와 지지를 쉽게 얻어 낼 수 있으며, 자신감이 넘친다는 것을 보여준다. 웃음이 곧 설득력이고 성공 열쇠인것이다.

05

개구리를 죽게 만든
'비전상실증후군'

프랑스에는 유명한 삶은 개구리 요리가 있다. 이 요리는 손님이 앉아 있는 식탁 위에 버너와 냄비를 가져다 놓고 보는 앞에서 개구리를 산 채로 냄비에 넣고 조리하는 것이다. 이때 물이 너무 뜨거우면 개구리가 펄쩍 튀어나오기 때문에, 맨 처음 냄비 속에는 개구리가 가장 좋아하는 미지근한 온도의 물을 부어 둔다. 그러면 개구리는 따뜻한 물이 아주 기분 좋은 듯 가만히 엎드려 있다. 그러면 이때부터 매우 약한 불로 물을 데우기 시작한다. 아주 느린 속도로 서서히 가열하기 때문에 개구리는 자기가 삶아지고 있다는 것도 모른 채 기분 좋게 잠을 자면서 죽어가게 된다.

사람도 마찬가지다. 당장 먹고사는 걱정은 없으니까, 아직 큰 걱정거리가 있는 것도 아니니까 이만하면 되겠지 하는 안이한 생각에 빠져 지금 자기가 어디에 있고, 어디로 가는지도 모르는 채 그럭저럭 하루를 보내고 있는 것이다. 그것은 마치 자기를 요리하는 물이 따뜻한 목욕물이라도 된다는 듯이 편안하게 잠자다가 죽어가는 개구리의 모습과도 같다. 이처럼 비전 상실 증후군은 무의식중에 서서히 익숙해지기 때문에 빠져나올 수가 없는 것과 같다.

물론 인간은 더욱 안락하고 편안한 삶을 추구하며, 이것이 삶의 목표라 해도 과언이 아니다. 그러나 때로는 이 '안락함'이 오히려 독이 된다.

'안락 지대'란 익숙한 환경과 자신이 잘하는 일, 친한 사람들과의 교류 등 한 개인이 살면서 편안함을 느끼는 범위를 말하는데, 사람은 일단 이곳을 벗어나면 불편함을 느낀다. 〈누가 내 치즈를 옮겼을까〉에 나오는 생쥐는 은신처에서는 잘 지내가다도 밖으로만 나가면 공포와 무력감에 시달려 외출을 꺼렸는데, 이 생쥐에게는 은신처가 바로 안락 지대였던 것이다.

안락 지대에 연연하는 사람은 따뜻한 물에 미련을 두는 개구리와 같다. 빠져나오려고 생각하는 순간엔 이미 늦는다.

안락 지대 때문에 당신은 소중한 것들을 얼마나 많이 잃었는가? 게으름이 습관이 되어 앞으로 나아가길 포기했고, 안정적인 수입을 위해 창업의 열정을 저버렸으며, 집이 주는 편안함에 세상을 뒤바꾸겠다는 환상적인 나만의 꿈을 접지는 않았는가?

2001년 하버드 의과대학에서 레지던트로 일했던 미국의 유명 작가 스펜서 존슨의 저서 〈누가 내 치즈를 옮겼을까〉에서 '삶은 변화의 연속이다. 그러니 지금의 편안함에 안주하지 마라. 편안함에 익숙해지면 바보나 멍청이가 되어 아무 일도 이룰 수 없게 될 테지만, 지금의 편안함을 과감히 포기할 줄 알면 분명 달콤하고 신선한 치즈가 당신을 기다리고 있을 것이다.' 라고 했다.

당연히 자신의 안락 지대에서 도전하기란 매우 힘든 일이다. 수많은 내적 갈등과 좌절을 수반하기 때문이다. 안락 지대에 대한 미련을 버리고 안락 지대 바깥 세상에 대한 두려움을 거둬보자. '불편하거나 부자연스럽다는 생각이 드는 일이 있더라도 그 일을 피하지 말자!' 라는 다짐으로 두려워도, 힘들어도, 하지 못하는 일이라도 부딪쳐보는 것이다. 그렇게 눈 딱 감고 버티다보면 어느새 새로운 상황과 도전에 익숙해져 더 이상은 긴장하지도 두려워하지도 않는 자신을 발견하게 될 것이다.

사람들은 안정을 좋아한다. 자신이 살아가는 학교, 직장에서 안정적으로 살길 원한다. 그런데 안정은 어디서도 보장받을 수 없다. 인간은 결국 변화하는 세상에서 살아남아야만 하기 때문이다. 기존의 안정된 생활을 버리고 낯선 세계에 들어가야 하는 두려움은 사람을 마비시킨다. 돈을 벌지 못할까 봐, 지금의 삶을 유지하지 못할까 봐 걱정한다. 하지만 그 시기를 거치지 않으면 절대 안정을 찾을 수 없다. 그래서 그 두려움을 극복하고 지혜롭게 해결해나가는 방법을 찾아볼 것이다. 안정적인 환경을 뛰쳐나와 자신의 꿈과 비전에 집중하는 마음을 갖는 방법, 남들의 말에 흔들리지 않고 자신의 생각과 신념으로 행동할줄 아는 법을 터득하자.

경제학에 '메기 이론'이 있다. 어느 양식장에서 미꾸라지를 양식하는 데 아주 좋은 성장환경을 조성해 주고, 아무리 좋은 먹이를 넉넉하게 줘도 미꾸라지들이 잘 자라지 못하고 활동성도 떨어져 발육상태가 점점 나빠졌다.

양식장 주인은 다른 양식업자의 조언을 듣고 양어장에 몸집이 큰 육식성 메기 여러 마리를 넣었다. 그러자 얼마 지나지 않아 미꾸라지들이 몰라보게 커지고 활동성도 아주 좋아졌다. 미꾸라지들이 메기에게 잡혀 먹히지 않기 위해 온종일 필사적으로 피해 다니면서 활동성도 크게 향상되었다.

물고기는 부레가 있어서 물에 뜨고 생존이 가능하다. 부레가 없으면 잠시만 가만있어도 가라앉아 죽고 만다. 그런데 바다의 상어는 물고기 가운데 유일하게 부레가 없다고 한다. 태어나는 순간부터 죽을 때까지 끊임없이 움직여야 한다. 그런 치열한 생존투쟁이 상어를 바다의 제왕으로 만들었다.

아놀드 슈왈제네거는 보디빌더, 블록버스터 영화배우, 저자, 사업가, 캘리포니아 주지사 이 모든 것을 이룬 사람이다. 이 직업들의 공통점은 바로 목표 추구, 경계를 넘나드는 사고, 명확한 비전을 창조할 수 있는 능력으로 만들어진 결과라는 것이다.

그는 오스트리아에서 태어나고 자랐다. 18세 대 그는 보디빌딩 대회에서 우승을 차지했다. 그는 보디빌딩에 대한 열정을 갖고 있었고, 미스터 유니버스에 이어 미스터 올림피아에서 일곱 번이나 우승을 이어갔다.

그의 목표는 세계 제일의 보디빌더가 되는 것이었고, 결국 당당하게 꿈을 이루었다. 또 그의 다음 목표는 유명한 영화배우가 되는 것이었다. 1968년, 아놀드는 21세의 나이로 미국으로 건너갔다. 먼 훗날 그는 당시를 회상하며 이렇게 말했다. "당시 무일푼이었지만 저에게는 꿈, 확신, 그리고 목표가 있었습니다."

그는 자신의 목표에 집중했고, 배우가 되겠다는 꿈을 이룰 금전적 기반을 마련하기 위해 열심히 일했다. 그는 요령 있게 사업을 할 줄 알았고, 어린 나이에 보디빌더 친구와 함께 캘리포니아에서 벽돌 쌓기 사업을 시작했다. 그는 이렇게 벌어들인 돈으로 보디빌딩 및 피트니스 기구 통신판매 사업을 했다. 또한 그 자금을 부동산에 투자해서 1,000

만 원짜리 첫 아파트를 장만했다. 그는 계속해서 부동산을 늘려 나갔고, 30세 무렵에 백만장자가 되었다.

1977년 자서전을 펴낸 그는 〈펌핑 아이언〉(pumping Iron)이라는 다큐 영화에 출연하며 이름을 알렸다. 그는 자신의 명성을 이용해 영화계에서 자신의 영역을 넓혀갔다. 하지만 유명 영화배우가 되려는 그의 목표는 곳곳에서 가로막혔다. 아놀드는 당시를 이렇게 회상한다. "처음에는 참 어려웠어요. 에이전트나 캐스팅 담당자들은 내 몸과 말투가 이상하다고 했죠. 심지어 내 이름이 너무 길다는 거예요. 전부 다 바꾸라고 하더군요. 어딜 가든 안 된다는 말만 들었어요."

그러다 그는 영화 〈코난-바바리안〉(Conan the Barbarian)을 통해 큰 기회를 잡았다. 그는 이후에 많은 블록버스터 영화에서 활약했고, 할리우드에서 가장 몸값이 비싼 배우 중 한 명이 되었다. 미션은 성공했다!

아놀드 슈왈제네거가 이룬 가장 큰 목표는 아마 캘리포니아 주지사일 것이다. 그는 정치적 경험이 적었지만, 2003년에 캘리포니아 주지사에 당선되었고 2006년에 재선에도 성공했다.

당신도 아놀드처럼 목표를 향해 가는 과정에서 안 된다는 소리만 듣고 수많은 장애물을 만날 수 있다. 하지만 아놀드는 구체적 목표와 명확한 비전을 가졌기에 자신의 목표를 성공적으로 달성할 수 있었다.

아놀드의 성공 스토리는 당신에게도 일어날 수 있다. 그는 성장 과정에서 꿈을 향한 강한 의지를 갖고 행동했다. 그는 목표를 열렬히 추구했고 해가 바뀔 때 마다 그 해의 목표를 적어 모았다. 아놀드는 다른 사람의 평가에 굴하지 않고 원하는 대로 여러 분야에 걸쳐 다양한 목표를 설정해 이루어냈다. 당신도 목표를 설정하면 한계를 뛰어넘어 생각갈 수 있고, 다른 사람들이 불가능하다고 말하는 것을 충분히 이룰 수 있다.

06

이미 성공한 사람으로 보여야
성공 한다

저명한 은행가 프랭크 밴더립(록펠러 금융 황제를 대표하는 사라)이 시카고에서 신문기자로 일할 때, 상사에게 성공을 위해 가장 중요한 것이 무엇인지 물었다. 상사는 곧장 "자신을 성공한 사람으로 보이게 하는 것"이라고 대답했다.

밴더립은 이 말에 강한 인상을 받아 외관, 특히 복장에 관한 생각을 180도 바꾸어버렸다고 한다. 그 뒤로 복장을 단정히 하려고 노력하며 품행 전체에 신경 쓰게 됐다. 상사의 한마디로 그는 외관의 중요성, 특히 그것이 첫인상을 결정해버린다는 것을 깨닫게 된 것이다.

흥미롭게도 외모가 별볼일 없어 보인다면 능력 없는 사람으로 보이게 된다. 아무리 능력과 재력을 갖춘 사람이라도 옷을 제대로 갖춰 입지 않는다면 사람들은 "무슨 문제가 있겠지, 그렇지 않으면 더 멋진 옷을 입고 있었을 텐데…"라고 상대는 편견을 갖게 된다.

만일 성공을 꿈꾼다면 당신은 사람들에게 이미 성공한 사람으로 보여야 한다. "이 사람은 인생의 승리자다, 언젠가 뛰어난 인물이 된다. 세상에 도움이 된다"고 하는 인상을 모든 사람에게 영향을 주는 습관을 가질 수 있어야 한다. 그런 분위기를 모든 행동에서, 이야기 중에, 외관에서도 드러나게 하라. 모든 면에서 "이 사람은 승리자다. 주목을 해야 한다."고 세상 사람들에게 인식을 시켜라.

엄청난 승리를 손에 쥐고 싶다면 성공한 사람다운 태도, 성공한 사람다운 옷 등 외관에 주의를 기울여야 한다. 가난한 낙오자 같은 분위기를 풍기며 초라한 복장에 예의범절, 에너지, 적극성, 진취적 성품도 보이지 않으면 남들은 당신을 성공할 수 있는 사람으로 봐주지 않는다. 그만큼 당신이 꿈꾸는 성공을 위한 기회도 오기 힘들 것이다. 사람들은 이미 성공한 것 같아 보이는 사람을 신뢰하고, 기회를 더 주고 싶은 마음이 드는 것은 당연하다.

물론 초라한 행색으로 면접에 온 사람이 실제로 훌륭한 재능을 가지고 있을 수 있다는 것도 경영자는 알고 있다. 하지만 자신을 그렇게 초라한 행색으로 방치해두는 사람이 실제로 귀중한 인재일 확률은 그리 높지 않다. 그런 낮은 확률에 회사의 미래를 걸 경영자는 거의 없을 것이다.

그래서 복장, 태도, 말투 등은 모두 당신의 야심에 맞지 않으면 안된다. 그것은 모두 당신의 목표달성을 도와주는 것이며 하나라도 소홀히 해서는 안 된다. 당신 스스로 붙인 가격표로 세상은 당신을 평가한다. 성공자 같은 당당한 태도를 취한다면 세상은 당신을 유리한 입장에 서게 할 것이다.

걸을 때도, 이야기할 때도, 자신이 동경하는 인물이라고 스스로 생각하자. 그렇게 되면 보이지 않는 힘이 작용하기 시작해 자신도 모르는 사이 목표 달성을 위해 걸 맞는 상황과 기회, 그리고 자신을 도와줄 사람을 끌어당기게 될 것이다.

자신은 인생의 승리자이자 사회에서 성공하고, 사회에 공헌하겠다고 결심한 젊은이라는 분위기를 만들어야 만 한다. 한 걸음 한 걸음을 힘 있게, 활달하게 하고 일거수일투족에 활력을 불어넣어 에너지가 충만한 사람으로 보여라. 두 눈에 꿈을 좇는 반짝이는 빛을 머금은 채 똑바로 앞을 바라보며 결코 주저하지 마라. 결코 재능 있는 사람이지만 이런 모습밖에 못 보여드려 죄송하다는 태도를 취하지 마라.

아무리 울적한 일이 있더라도 당당한 태도를 잃지 마라. 당신의 태도, 평소의 생활 속에서 사람들에게 "나는 승리자다. 반드시 꿈을 이루겠다."고 선언하라.

상황이 좋지 않아 미래가 불투명해질수록 더욱 당당한 태도를 취해야 한다. 초췌하고 지친 표정을 보인다면 당신은 이미 실패의 인물이 돼버리고 만다. 패배자가 아닌 승리자의 사고를 겉으로 드러나게 하라. 바로 이 태도가 당신이 지향하는 목표로 당신을 데려다줄 것이다.

절대로 어떠한 상황에서도 "나는 부족한 존재다, 낙오자다, 실력을 제대로 발휘하지 못했다"고 생각하지 말자. 빛나는 자기 이미지를 가지고 자기 가능성을 믿으며, 당당한 태도를 취한다면, 그리고 역경에 부딪치더라도 "어차피 난 안 돼"라며 체념하지 않는다면 개개인은 물론이고 이 세계 자체가 크게 발전할 것이다.

외모와 행동도 생활의 모든 면도, 승리하는 사고로 전환시켜라. 자기 자신에 대해서도 자신의 장래와 일에 대해서도 끊임없이 진취적인 사고를 품어라. 그러면 꿈을 실현시킬 환경이 만들어진다. 절망적인 상황에서도 "대담하고, 엄숙하게, 위엄을 가지고 나아가라. 그러면 누가 당신을 막을 수 있겠는가?"

위대한 배우는 온 힘을 다해 그가 맡은 역할 속으로 들어간다. 스스로를 극 중의 그 인물이라고 생각하고, 실제로 그렇게 느낀다. 위대한 배우는 일단 무대에 서면, 맡은 바 역할이 거지든 영웅이든 바로 그 삶을 산다. 만일 영웅의 역할을 맡았다면 그는 영웅처럼 행동하고, 영웅처럼 생각하고, 영웅처럼 말한다. 태도 자체에서 영웅적 자질이 풍겨

나온다. 이와 반대로 거지의 역할을 맡았을 경우, 위대한 배우는 거지처럼 입고, 거지처럼 굽신거리고, 움츠리고, 우는 소리를 한다. 이와 마찬가지로 당신은 삶에서 당신이 보여주는 역할, 그 역할을 제대로 수행한 정도에 따라 판단된다.

성공하길 원한다면 성공한 사람처럼 행동하고, 말하고, 생각하라. 당신이 어딜 가든 승리를 발산해야 하다. 지금 하고 있는 일이 성공할 것임을 믿는 태도를 유지해야 한다. 계속해서 실패자인 듯한, 이류 인 듯한, 성공을 의심하는 듯한 행동을 한다면, 만나는 모든 사람에게 당신이 얼마나 운이 없는지를 말하고 다닌다면, 당신이 할 수 있다고 믿지 않는다면 성공은 저 먼곳으로 날아갈 것이다.

07

성공의 필수조건,
불타는 야망을 장착하라

한 사람의 야망의 깊이가 그 사람의 미래의 잠재가치를 만든다. 만일 당신이 가난한 것은 당신에게 성공하고자 하는 의지가 없기 때문이다.

우리는 살면서 자신의 일에 최선을 다하며 수십 년을 한 결 같이 일하고도 뚜렷한 성과 없이 그저 평범하게 살아가는 사람들을 흔히 볼 수 있다. 열심히 일하고도 보잘것없이 살게 되는 이유는 무엇일까? 그들에게는 '야망'이 없기 때문이다. 자신감이 없는 사람은 작은 성과에 만족하여 자신에게 더 큰 잠재력을 발휘할 기회를 주지 않는다. 그러니 어떻게 자아실현을 논할 수 없다. '야망심'을 절대 억누르지 마라. 성공을 위해 맘껏 분출하라!

분야를 막론하고 성공에 꼭 필요한 세 가지 조건이 있다. 첫째는 강렬한 야망이요, 둘째도 강렬한 야망심이며, 셋째 역시 강렬한 야망이다. 야심이 없다면 우리는 평생 평범함을 벗어나지 못할 것이다. 당신이 가난하다면, 그것은 당신에게 돈과 지식이 없어서가 아니다. 바로 야망이 없기 때문이다. 야망이란 위대한 이상을 갖고 삶을 살아가는 것을 말한다. 부자는 야망, 추진력, 비전이야말로 부의 핵심이라는 것을 잘 안다.

미국 전 대통령 케네디도 대단한 야심의 사람이었다. 케네디는 농담조로 자주 이런 말을 했다. "내가 보기에 나는 대통령이 되는 것 말고는 할 줄 아는 게 아무것도 없는 것 같아."

이는 일인자를 향한 그의 야망과 자신감의 표현이기도 한다.

성공을 향한 간절한 욕망이 야망이다. 사람의 운명은 그 사람의 마음속의 간절한 바람에 의해 얼마든지 바꿀 수 있다. 즉, 한 사람의 인생의 최고점에 설 수 있느냐 없느냐는 '야망심'의 유무에 따라 결정된다.

하버드대 출신들이 이 말을 뒷받침하는 좋은 예다. 그들은 언제나 야심만만하며, '언젠가 대통령이 될 거야', '난 세계 최대 기업의 CEO가 될 수 있어'라며 자신의 야망심을 드러내길 꺼리지 않는다.

야망을 가지면 당신의 모든 약점을 극복하고 당신의 잠재력을 깨울 수 있다. 인내하고 계속해서 새로운 것을 배우며 발전하게 된다. 야망을 가지면 당신은 모든 확률을 엎어버리고 남들이 감히 꿈꾸지 못하는 기적을 만들 수 있게 된다.

독일의 한 대학연구팀이 참가자들을 대상으로 실험 결과, 욕심 많고 야망 있는 사람이 삶에서 성공한다는 연구결과가 나왔다. 목표가 있고 그 목표를 이루도록 책임감을 주었을 때 더욱 의욕적인 모습을 보였다고 한다. 권력욕, 명예욕 등이 많은 사람들일수록 그것을 성취하려는 의욕이 강하고, 강한 실천력을 불러온다는 것이다. 자신의 목표가 무엇인지 명확히 설정해보고, 그 목표를 이루겠다는 욕심을 크게 부려보라.

야망심이 대단한 힘을 발휘할 수 있게 만드는 이유는 자신감을 높여주기 때문이다. 실제로 불타는 야망심을 갖고 성공을 갈망하는 사람은 자기 미래 목표에 대한 강한 확신을 갖게 된다. 그래서 설사 주변 환경이 그들의 의지와 어긋나더라도 동요하지 않는다. 자신의 욕망이 실현될 것을 자신하며, 잠재되어 있는 무한한 에너지를 발산해 목표를 향해 나아간다.

그렇다면 어떻게 해야 강렬한 야심을 품을 수 있을까?
첫째, 항상 나보다 더 성공한 사람들을 가까이하라. 옛말에 '주사를 가까이하면 붉어지고, 먹을 가까이하면 검어진다(近朱者赤近墨者黑)'라고 했다. 자신보다 성공한 사람과 함께 있다 보면 어느새 긍정적 영향을 받게 되고, 이로써 마음속에 잠자고 있던 야망과 성공 의지를 일깨울 수 있다. 당신과 비슷한 수준의 고만고만한 사람들을 만나면 당신은 결코 지금보다 더 나은 사람이 될 수 없다.

둘째, 조금 높은 목표를 가져라. '장군이 될 생각이 없는 병사는 좋은 병사가 아니다'라고 했다. 사람들이 성공하지 못하는 가장 주요한 원인은 너무 소박한 목표를 설정하기 때문이다. 그만큼 야망이 중요하다.

다음 이야기의 주인공도 야심이 창조해낸 대표적인 성공인물이다. 2014년 9월 19일 15억 중국인 중 최고의 재벌이 탄생한다. 그 주인공은 중국 최대 온라인 상거래 기업 '알리바바'의 창업주 마윈. 알리바바가 뉴욕증권거래소 상장하며 시가총액 241조 원을 기록 페이스북과 아마존의 가치를 넘어선다.

그중 마윈의 재산은 28조 원! 그는 단 번에 중국 최고의 재벌로 올라선다. 무명이었던 마윈은 어떻게 중국을 이끄는 최고의 리더가 될 수 있었을까?

그는 결코 스펙이나 환경이 좋지 않았다. 마윈은 삼수를 하면서도 하위권 대학에 들어갈 정도로 공부를 잘하거나 집안은 전혀 부유하지 않았다. 그는 대학 졸업 후 5년간 1만 5천 원의 월급을 받는 평범한 영어교사에 불과했다. 외모는 KFC 매니저 면접에서도 탈락할 정도로 왜소하고 못생겼다. 누가 봐도 최악의 조건이었다.

영어를 전공했던 그는 인터넷 관련 지식과 경험도 없었다. 이런 어려운 환경 속에서 마윈은 어떻게 중국 최고의 IT 기업인이 될 수 있었을까?

마윈은 자신의 성공비결에 대한 궁금증을 한 기자와의 인터뷰를 통해 자신이 성공할 수 있었던 노하우를 중국 청년들에게 전했다. 그가 던진 첫 마디는 다음과 같다.

"당신이 가난한 것은 야망이 없기 때문입니다."

그는 알리바바를 창업할 당시 친구들은 모아놓고 아이디어를 나눴습니다. 그러나 친구들은 "너는 인터넷에 대해서 아무것도 모르잖아. 너는 창업할 돈도 없고"라며 사업을 포기하라고 말렸다. 사업을 시작하자 가족, 친구들의 극심한 반대에 부딪혀 아주 힘들었다. 그러나 끝까지 버틸 수 있었던 것은 자신감도 인터넷에 대한 잠재성도 아닌 바로 이것이었다.

'무슨 일을 하던, 그게 성공이던 실패이던 상관없이, 그것은 그 경험 자체로 성공한 것이다.' 이처럼 그는 성공비결을 계속해서 '도전' 하는 것에 있다고 한다.

다음 이야기도 야심의 중요성에 대해 알려준다. 발랑이라는 젊은 부자가 있었다. 그는 프랑스 '갑부 50인'에 들 정도로 많은 재산을 가지고 있었지만, 갑작스럽게 암에 걸려 죽고 말았다. 임종 직전 병원에서 남긴 유언은 곧 프랑스의 일간지에 실려 대중에게 공개되었다.

그의 유언은 이러했다. "내 재산 중 46억 프랑의 주식을 보비니 병원에 기부해 암을 연구하는 데 쓰게 해 주시오. 그리고 남은 1백만 프랑은 가난한 사람에게 장학금으로 주고 싶소.

나도 가난하게 태어나 이만큼 성공하기까지 우여곡절이 많았소. 이렇게 죽음을 눈앞에 두고 보니 성공의 비밀을 나 혼자만 알고 가서는 안 되겠다는 생각이 들었소. 성공 비밀은 한 은행의 개인 금고 안에 있는데 그 열쇠는 내 담당 변호사와 두 대리인에게 맡겨 두었소. '가난한 사람에게 가장 부족한 것'을 알아맞히는 사람에게는 성공의 비밀과 함께 1백만 프랑을 상금으로 주겠소. 부디 내 상금에 좋은 일이 쓰이기를 바라오."

유언이 공개된 후 수천 통의 편지가 신문사 앞으로 도착했다.

어떤 이는 신문사가 판매량을 높이려는 수작이라고 비난했다. 그러나 상금을 타기 위해 편지 안에 자신만의 답안을 적어 신문사에 편지를 보내는 사람이 많았다. 어떤 사람은 가난한 사람에게 가장 부족한 것이 '돈'이라고 말했다. 어떤 사람은 '기회'라고 말했다. 어떤 사람은 현대사회에서는 기술이 곧 돈이 되며 성공의 밑거름이기 때문에

'기술'과 '재능'이라고 말하기도 했다. 또 '알라딘 램프' '뛰어난 외모' '부자 부모' 등 다양한 답변들이 있었다.

총 48561통의 신문사 앞으로 온 편지 중에 유일하게 타일러라는 한 소녀가 정답을 맞혔다. 그 소녀가 편지에 쓴 것은 바로 '야망'이었다.

죽은 부자의 변호사와 대리인은 부자의 죽음을 추모하는 기념의식이 열리는 날 부자의 개인금고를 열어 약속대로 소녀에게 상금을 지급했다.

사람들은 겨우 아홉 살의 어린 소녀가 어떻게 그 답을 알아맞혔는지 몹시 궁금했다.

그래서 소녀에게 그 이유를 물었더니 그녀는 답했다. "저보다 두 살 많은 언니가 가끔 남자친구를 집에 데려오는데 그 오빠는 매번 절 볼 때마다 어린애가 '욕심'이 많다고 구박을 했어요. 하지만 전 그게 '욕심'이라고 생각하지 않아요. 자기가 갖고 싶은 걸 손에 넣으려는 건 욕심이 아니라 '야망'이거든요."

사람들은 부자가 낸 수수께끼 같은 문제의 정답이 야망이라는 것에 아무도 이의를 제기하지 않았다. 가난한 사람에게 가장 부족한 것은 어쩌면 돈이나 기술, 기회라고 생각 할 수도 있으나 돈을 벌어서 성공하겠다는 '야망'이 가장 중요하다. 자신이 원하는 미래를 창조하고자 하는 의지만 있다면, 누구나 성공할 수 있다.

08

벼랑 끝에 나를 세워라

우리는 때로 운명의 낭떠러지에 매달릴 필요가 있다. 절대 물러설 수 없을 때야 비로소 자신의 모든 역량을 발휘할 수 있게 되기 때문이다.

어느 날, 농부가 산에서 나무를 하던 중 땅에 떨어진 괴상하게 생긴 아기 새 한 마리를 주었다. 아기 새는 태어난 지 한 달 정도 된 병아리와 비슷했는데 날지는 못했다. 농부는 아기 새를 딸에게 선물했다. 아기 새를 가지고 놀던 딸은 금세 지겨워졌는지 바로 병아리 무리에 집어넣었고, 그때부터 아기 새는 암탉의 보호를 받으며 자랐다.

시간이 흘러 아기 새의 성장한 모습을 본 사람들은 깜짝 놀랐다. 아기 새는 다름 아닌 매였다. 그들은 매의 덩치가 더 커져서 닭을 잡아먹을 것이 걱정됐지만, 매는 닭들과 너무나 평화롭게 지냈다. 하지만 매가 본능적으로 하늘 높이 비상했다가 급강하할 수 있게 되자 닭들도 무서워서 슬슬 피하기 시작했다.

농부는 점점 불안해졌다. 마을에 닭이 없어지기라도 하면 가장 먼저 매를 의심할 게 뻔했기 때문이다. 매를 잡아먹거나 원래 있던 곳으로 돌려보낼 수밖에 없었다. 그동안 매와 정이든 농부는 차마 잡아먹지는 못하고 야생으로 돌려보내기로 결심했다.

농부는 매를 처음 만난 산속에 풀어줬지만, 어찌된 영문인지 매는 며칠 만에 다시 돌아오는 매를 어찌할 방도가 없었다.

그대 마을의 한 노인이 말했다.

"매가 영원히 돌아오지 못하도록 내가 처리해 주겠네."

노인은 매를 험준한 낭떠러지로 데리고 가 그 아래로 집어 던졌다. 매는 바위가 떨어지듯이 바닥을 향해 곤두박질치는가 싶더니 땅에 부딪치기 직전 날개를 활짝 펴고 날아오르기 시작했다. 그리고 가볍게 날갯짓하며 푸른 하늘로 솟구쳤다. 매는 더 안정적으로, 더 높이, 더 멀리 날아갔고 점점 작은 점으로 작아졌다가 시야에서 사라졌다. 그리고 다시는 돌아오지 않았다.

앞의 이야기에서 집을 떠나지 못하는 매처럼 우리도 눈앞에 안락함을 버리지 못할 때가 많다. 더 크게 성장하기 위해서는 중요한 순간에 자신을 인생의 낭떠러지로 몰고 갈 수 있어야 한다. 벼랑 끝에 자신을 세워라!

하버드 대학에서는 학생들에게 이렇게 말한다.

"자신을 끝까지 몰고 가라. 그러면 엄청난 잠재력이 솟아날 것이다."

타성에 젖은 사람들은 안락한 둥지를 떠나려 하지 않는다. 하지만 심리학 연구에 따르면, 사람은 일정한 스트레스를 받는 환경에서 자신의 잠재력을 최대로 끌어올릴 수 있다고 한다. 맹자는 "근심과 걱정을 하는 사람은 살게 되고, 안일을 추구하는 사람은 죽게 된다."라고 했다. 즉, 고난에 처한 사람은 그것을 원동력으로 삼고 잠들어있는 잠재력을 깨우고 상황을 바꾸기 위해 필사적으로 노력하게 된다. 하지만 안정된 상황에 놓인 사람은 일시적인 안락과 편안함에 빠져 더 이상 아무런 노력도 하지 않게 된다는 의미다.

사람들은 현재 누리고 있는 삶과 안정을 포기할 수 없기 때문에 용감히 도전하지 못한다. 자신을 낭떠러지로 몰아넣고 퇴로를 차단한다면 분명히 더 멋진 세계로 나아갈 수 있을 것이다. 따라서 자신을 낭떠러지로 몰고 간다는 것은 더 넓은 세계로 나아갈 수 있는 새로운 기회를 제공하고 자신의 무한한 잠재력을 깨울 수 있는 비결이다.

분명한 것은 당신의 운명은 당신의 손에 의해 결정된다. 당신 자신이 운명의 주인이라는 뜻이다. 당신이 무엇을 할 수 있고, 얼마만큼의 부를 축적할 수 있는 가를 제약하는 한계는 어디에도 없다. 그런 한계는 오로지 당신 스스로 만들어 낸 것일 뿐이다.

성공으로 나아가기 위한 첫걸음은 자신은 못 할 거라고 스스로 제한하는 것과 과감히 싸우는 것이다. 자신을 작게 만드는 최대의 적은 바로 당신 자신이다. 어떤 사람들은 학교 다닐 때 좋은 성적을 거두지 못했기 때문에 자신의 지력이 모자란다고 생각한다. 그러나 복잡한 산업에서 가장 큰 성공을 거둔 대부분의 사람도 학창시절 공부를 잘하지 못했다. 자수성가로 엄청난 성공을 거둔 CEO들 중에는 어려운 집안 형편, 대학교 중퇴자들이 매우 많음을 알 수 있다.

사람들은 스스로가 충분히 창의적이고, 자신을 통제할 수 있으며, 새로운 것을 배우고 실천할 능력을 가지고 있다는 사실을 믿지 않는다. 그렇기에 많은 경우 성공과는 거리가 먼 길을 걷는다. 그들은 이렇게 자신을 속인다. "나는 원래 그래." 그들은 스스로 원래 그렇게 태어났기 때문에 더 발전하고 앞으로 나아갈 수 없다고 믿는다. 이는 스스로를 죽이는 것이다.

그러나 이 같은 대부분의 자기한계믿음은 사실이 아니다. 그러한 믿음은 당신이 받아들인 어떤 정보 때문에 생겨났다. 때때로 다른 사람들의 의견이나 비판에서 그 정보를 아무생각 없이 받아들였을 수도 있다. 자신에 대한 확신을 가지고 스스로에 대해 한계 짓는 우를 범하지 말라.

아무리 지능이 뛰어나고 귀한 재능을 가졌더라도, 집요하게 노력하지 않는다면 자신이 어떤 가능성을 갖고 있는지, 어느 정도의 잠재력을 갖고 있는지 도저히 알 수가 없다.

발명가 토머스 에디슨도 "천재란 1퍼센트의 영감과 99퍼센트의 땀으로 이루어진다."라고 말했다. 목표를 세우고 그것을 이루기 위해 끊임없이 노력하는 사람을 당해낼 것은 아무것도 없습니다. 불가능을 가능으로 바꿀 힘은 이미 당신 안에 있다.

누구도 자신의 한계에 가보지 못했다. 당신이 상상하는 그 이상의 힘을 쏟아라. 기꺼이 위험을 감수하라. 그래야 비로소 잠재력이 발휘되기 시작한다.

한 사냥꾼이 커다란 개 한 마리를 데리고서 숲에서 사냥을 하고 있었다. 해질녘, 그는 산토끼를 발견하고 총을 쏘았다. 그러고 나서 개를 불러 뒷다리를 다친 토끼를 쫓게 했다. 개는 한참 지난 후에야 돌아왔지만, 토끼는 보이지 않았다. 화가 난 사냥꾼이 물었다.

"토끼는 어디에 있느냐?"

개는 바닥에 엎드려 멍멍 짖었고 사냥꾼은 개의 뜻을 알아들었다.

"최선을 다했지만 토끼를 잡지 못했습니다."

한편 구사일생으로 살아난 토끼는 자신의 굴로 돌아갔다. 그것을 본 토끼의 가족들이 깜짝 놀라 물었다.

"아이, 다리를 다친 데다 뒤에서는 개가 쫓아오는데 어떻게 빠져나올 수 있었니?"

그러자 토끼가 대답했다.

"개는 정말 열심히 따라왔어요. 하지만 나는 죽기 살기로 뛰었거든요!"

무엇을 공부하고 어떤 일을 하든지 죽기 살기로 온 힘을 다한다면 우리 안에 감춰진 잠재력이 발휘된다. 자신의 잠재력을 끝까지 발휘하고자 노력한다면 성공은 이미 당신의 것이다.

CHAPTER

02

제2장

무조건 이기게 하는 힘, 목표의 기술

〈문화체육관광부 주관으로 진행된 행사 중, 터키 참전용사와의
극적인 만남의 시간에 기념촬영〉

참전용사는 "한국은 나를 잊을지 모르지만
나는 아직도 한국을 잊지 못한다"면서 저자를 "내 손녀처럼 생각한다"고 말해서
큰 감동을 받고 지금 살아있음에 감사하는 마음을 갖는 계기가 되었다.

01

위대한 목표가 당신을
거인으로 키운다

"원하는 것도, 인생의 목적도 없는 사람들에게

행복한 일은 일어나지 않는다.

행운은 그들에게서 아무 의도도 발견할 수 없기에

그들 곁을 지나쳐 버린다." ―탈무드

"꿈을 크게 가져라. 오직 큰 꿈만이 영혼을 감동시킬 수 있다."

―마르쿠스 아우렐리우스

"꿈이 없으면 이루어질 것도 없다." ―칼 샌드버그

"인간은 마음속으로 결심하고 믿는 일을 이루어낸다. 인간정신의 위대함은 바로 여기에 있다. 우리의 정신은 확실한 기대치를 정하고 나면 그것을 이루는데 필요한 모든 신체의 활동을 부추긴다."　　　　−나폴레온 힐

　　프랑스 출신의 곤충학자인 장 앙리 파브르(Jean Henri Fabre)는 돋보기 한 자루를 들고 청년들의 앞에서 말했다. "여러분의 에너지를 한 곳에 모아보세요. 그럼 당신도 이 돋보기처럼 종이를 태울 수 있습니다."

　　이는 파브르 자신이 성공할 수 있었던 비결이기도 했다. 종종 기회라는 것은 당신의 목표 안에 숨어 있다.

　　당신이 꿈꾸는 미래가 '대어'라면 그것을 담을 '바구니'는 현재의 신념과 인생관에 따라 그 크기가 달라진다. 큰 포부와 용기를 지녀야만 그 안에 '대어'라는 큰 결과를 담을 수 있다.

　　'이상한 나라의 앨리스'에 나오는 다음 구절은 어떠한 여정을 시작하기에 앞서 적어도 자신이 나아갈 방향은 분명히 해둬야 목적지에 도착할 수 있다는 기본적인 상식을 말해주고 있다.

　　"어느 길로 가야 하는지 알려줄래?"

　　앨리스의 질문에 고양이가 말했다. "넌 어딜 가고 싶은데?"

　　앨리스가 대답했다. "난 어디든 상관없어."

　　고양이가 말했다. "그럼 어느 길을 가든 상관없겠지."

"왜?" 앨리스가 묻자 고양이가 대답했다. "네가 어디로 가야 할지 모른다면 넌 어디도 가지 못할 테니까."

인생이라는 여정에서도 마찬가지다. 우리는 반드시 원대한 목표를 세우고 방향을 정할 필요가 있다. 목표는 당신이 어디로 가야할지 방황하지 않고 명확히 갈 수 있도록 방향을 제시해준다. 목표가 없는 사람은 발전할 수 없고, 발전하지 않는 사람에게 성공이란 있을 수 없다.

상황에 따라 이리저리 휘둘려 분주하기만 한 맹목적인 행동이 우리 인생을 망칠 수 있다. 자신이 가야 할 목적지가 어디인지 모르면 갈팡질팡, 우왕좌왕하다 결국 하루를 허비하게 된다. 그런 날들이 이어지면 아무리 성공을 갈망해도 자신이 가고 싶은 곳에는 영원히 도달할 수 없다.

덕망 있는 코미디언 조지 번스는 인간이 무언가 추구하는 것이 얼마나 중요한지 잘 알고 있었다. 그는 자신의 인생철학을 이렇게 말했다.

"우리에게는 아침마다 우리를 침대 밖으로 끌어내는 그 무엇이 있어야 합니다. 어쨌든, 침대 안에서는 아무것도 할 수 없으니까요. 가장 중요한 것은 우리가 가고자 하는 방향과 목표입니다."

그는 나이 90세에 접어들었지만 여전히 위트를 날카롭게 다듬고,

아직도 영화나 TV에 등장하며, 그가 104살이 되는 해인 2000년에는 런던 팔라디움 극장의 행사에 출연할 계약까지 했다. 이처럼 나이와 무관하게 매 순간 다가올 미래를 창조하는 것은 얼마나 멋진 일인가?

오직 큰 꿈이 당신의 영혼을 감동시킨다. 성공한 사람들은 대부분의 시간을 자기 목표에 대해 생각하며 보낸다. 그 결과 그들은 쉬지 않고 목표를 향해 나아갈 수 있는 것이다. 그래서 목표는 그들에게 끊임없이 현실로 다가오게 될 수밖에 없다.

당신의 인생을 발전시키기 위해서는 원대한 목표를 정해 늘 마음속으로 생각하고, 입으로 말하며, 머릿속으로 구체화시켜라. 그럼으로써 당신은 자기 시간의 대부분을 근심과 걱정거리를 말하고 생각하는데 허비하는 평범한 사람들보다 훨씬 높은 것을, 훨씬 깊은 것을, 훨씬 많은 것을, 훨씬 넓은 것을 성취하게 될 것이다. 목표성취의 쾌감의 전율을 온몸으로 느껴봐라!

자신의 욕구를 알고 인생의 방향을 정한 사람은 명확히 자신이 바라보는 목적지가 설정되어 있다. 그 사람들은 열정이 넘치고, 자신이 하는 일에 확신이 있으며 자신감이 넘친다. 반면 자신의 인생에 비전이 없는 사람은 모든 것이 두렵기만 하고 확신이 들지 않는다. 자신의 행동에 대한 이유를 알지 못해 더욱 위축되기 때문이다.

하지만 비전이 있는 사람은 자신을 두근거리게 하는 것이 무엇인지 명확히 파악하고 그것을 이루기 위해 전략적으로 목표를 수립해 미친 듯이 돌진한다. '비전'은 당신의 잠재력을 깨우는 아주 중요한 요소이다. 비전은 마치 당신의 인생을 극적으로 변화시키는 스위치와도 같다.

목표를 정하고 그 목표를 달성할 최종 시한을 정하라. 무(無)에서 꿈을 끌어내, 확실하고 명백한 목표를 세운 다음 그로 구체화시켜라. 그러면 당신이 상상하는 꿈이 현실이 된다.

인간의 역사에서 가장 위대한 발견은 이런 말일 것이다. "사람은 생각하는 대로 된다." 당신의 인생이 어떻게 바뀔 것인가는 다른 무엇보다도 '당신은 무엇을 생각하고 있는가'에 의해 결정된다.

목표는 거의 실행 불가능해 보일 정도로 크게 갖는다. 달에 인간을 보내는 목표처럼 생각은 되도록 크게 하는 게 좋다. 목표를 글로 씀으로써 잠재의식을 프로그래밍하라.

목표는 데드라인이 있는 꿈이라고 할 수 있다. 성공을 원하는 사람들은 목표를 이루기 위해 덜 중요한 일을 희생할 줄 알아야 한다. 목표를 세우면 이를 달성하기 위해 합리적인 선택을 하게 된다.

오직 목표를 명확하게 설정한 다음 글로 써서 가지고 다니며 늘 되새기도록 하라. 그러면 당신의 미래를 원하는 모습으로 창조할 수 있다. 자신의 목표를 매일 생각한다. 그리고 이를 각기 달성하기 위한 세부 실행계획을 세운다. 목표를 세우는 좀 더 구체적인 방법을 살펴보자.

목표를 세우는 법

1.당신이 원하는 것이 무엇인지 정확히 파악하라.

구체적으로 생각하라. 목표는 일곱 살 어린아이도 쉽게 이해할 수 있을 만큼 분명해야 한다.

2. 종이에 써라.

성인의 오직 3%만이 자신의 목표를 종이에 적는다. 목표를 적었던 이들은 이를 적지 않았던 똑같은 재능과 교육, 기회, 능력을 얻었던 다른 이들보다 평균적으로 열 배 이상의 소득을 올린다는 사실을 꼭 기억하라.

3. 기한을 정하라.

목표는 막연한 환상이 아니다. 한마디로 "시기가 정해져 있는 꿈"이다.

목표가 너무 크다면 단계별로 기한을 정하라. 기한을 정해 놓으면 당신의 잠재의식 안에서 강제력을 발휘시켜 미친 듯이 활성화 된다. 잠재력이 당신을 위해 하루 종일 일하게 하라. 정해진 기간은 아침에 일어나 온종일 목표를 제시간 안에 이루도록 당신을 압박하게 된다.

특정 기한까지 일을 다 마무리하지 못했을 때는 다시 기한을 수정하면 된다. 꼭 기억해라. 이 세상에는 비현실적인 목표는 절대 없다. 단지 비현실적인 기한만 있을 뿐이다.

4. 목록을 만들어라.

목표를 이루기 위해 당신이 할 수 있는 일을 모두 나열해 봐라. 어떤 일이든 그 일을 작게 세분화시키면 절대 어렵지 않다.

5. 목록을 조직화하라.

체크 리스트를 만들어라. 순서와 우선시간을 정해서 해야 할 일들의 목록을 체크 리스트 옆에 적어라. 첫 번째로 가장 먼저 해야 할 일이 무엇인가? 우선순위가 당신의 시간을 벌어준다.

6. 행동하라.

목표를 이루기 위해 지금 당장 무엇이든 하라. 미루지 말고 망설이지도 말고 당장 시작하라.

꿈만 꾸는 몽상가는 필요 없다. 행동하는 사람에게만 기적 같은 일이 일어남을 기억하라.

7. 매일 하라.

하루도 거르지 말고 매일 무언가를 하라. 이를 통해 중요한 목표에 가까워져 갈 것이다. 사랑하는 사람을 매 순간 생각하면 벅차오르듯, 당신의 꿈에 완전히 몰입해 매일, 매 순간 꿈에 미쳐야 한다.

목표를 향해 매일 무언가를 하다 보면 여기에 가속도가 붙어 어느 순간 더 빠르고 쉽게 앞으로 돌진하게 된다. 매일 반복적으로 하다 보면, 무언가를 시작해 계속 밀고 나가는 것이 어느 순간 습관으로 굳어져 자연스러운 일상으로 자리 잡게 될 것이다.

02

목표가 명확하면
목표달성이 빠르다

믿기 어려울 수 있지만 당신은 이미 지금까지 살면서 성취한 것의 배 이상을 성취할 능력을 갖추었다! 다만 그러기 위해서는 당신의 삶에 '명확성, 집중, 몰입' 이 세 가지 요소를 깊이 뿌리내리게 하는 것이다.

아무리 재능이 있고 경험이 풍부해도 목표가 어디에 있는지 알지 못하면 그것들은 결국 무용지물이 되어버린다. 지그 지글러(Zig Ziglar)의 말을 인용하자만 "당신은 당신이 볼 수 없는 목표는 절대 성취할 수 없다." 스스로 원하는 것이 무엇인지 명확하게 깨닫기 전까지는 인생이라는 경기에서 결코 승리할 수 없다.

이상한 나라의 앨리스를 쓴 작가 루이스 캐럴(Lewis Carroll)이 한 유명한 말 중에 이런 말이 있다. "지금 스스로 어디로 향해 가는지 알지 못하면 어떤 길을 택하던 그 위에서 길을 잃고 말 것이다."

토마스 칼라일(Thomas Carlyle)은 이렇게 말했다. "분명한 목표가 있는 사람은 가장 험난한 길 위에서도 전진해 나아갈 수 있다. 그러나 목표가 없는 사람은 가장 평탄한 길 위에서도 아무런 발전을 이룰 수 없다." 이처럼 당신 스스로가 어떤 사람인지, 무엇을 좋아하고 싫어하는지, 무엇을 원하는지, 그리고 당신의 목표와 목적이 무엇인지, 더 명확하게 알수록 어떠한 환경적인 어려움도 극복해낼 수 있다.

과녁을 명중시키기 위해선 우선 맞추고자 하는 과녁이 무엇이고 또 그것이 어디에 있는지를 알아야 한다.

조용하고 겸손한 사람, 변호사인 평화주의자 한 사람의 신념이 거대한 제국을 무너뜨릴 힘을 가지고 있을 줄을 어느 누가 상상이나 했겠는가? 인도 국민이 조국의 자치권을 되찾는 데 있어서 비폭력이 중요하다는 마하트마 간디의 신념과 결정은 예상치 못한 일련의 사건을 불러 일으켰다.

많은 사람이 간디의 신념이 불가능한 꿈이라고 생각했다. 그러나 간디는 자신의 결심을 끝까지 관철하여 누구도 부인할 수 없는 현실로 이루었다. 철저한 확신으로 즉각 영향을 미치는 결단과 목표의 힘은 어마어마하다. 그 비밀은 대중의 참여를 불러일으키는 것인데, 너무도 강력한 나머지 누구도 외면할 수 없었다. 간디와 같은 명확한 신념과 누구도 막을 수 없는 강력한 추진력과 용기를 갖고 행동할 수 있다면, 당신도 무엇이든 이룰 수 있다.

로자 팍스도 명확한 목표와 불굴의 신념으로 기적을 이루어낸 사람이다. 1955년, 로자 팍스는 인종을 차별하는 불공정한 법을 거부하기로 결심했다. 그녀가 버스에서 백인에게 자리 양보를 거부하자, 사건은 그녀의 예상을 뛰어넘는 결과를 낳았다. 그녀가 처음부터 사회 구조를 바꾸려는 의도를 가지고 그랬을까? 어떤 의도였든 그녀는 더 높은 기준을 원했기에 행동하지 않을 수 없었던 것이다.

우리가 삶의 기준을 높이고 그에 맞게 살겠다고 결심한다면, 어떤 효과가 나타날까?

원하는 것을 이루기 위해서 우리는 먼저 마음속으로 그것을 이루어야한다. 마음속에서 먼저 받고 그것을 누리고 또 그것에 먼저 감사해야 한다. 그것이 진실로 믿고 강력하게 마음속에 각인시키는 방법이다. 이것은 많은 기적을 이뤄낸 역사적인 승리자들의 놀라운 성취의 비밀이다!

대부분의 사람들이 원하는 삶을 살지 못하는 가장 큰 이유는 자신이 무엇을 원하는지 그림이 모호하기 때문이다. 창조의 근원인 무형의 원소에 자신이 원하는 것을 말하기 위해서는 무엇보다 선명하고 명확

한 그림을 마음속에서 그리는 것이 중요하다. 그리고 확고하게 믿어야
한다.

"맹목적인 열정은 성공에 도움이 되지 않을뿐더러, 오히려 걸림돌
이 될 수 있다."는 말이 있다. 열정은 무조건 클수록 좋을까? 그렇지
않다. 물론 대단한 열정이 부족한 열정보다는 낫지만 그것이 맹목적인
것일 때 그 위험성은 오히려 더 크다.

어디로 가야할지 명확한 방향을 정하지 않았는데 앞으로 돌진한다
고 좋은 곳으로 인도하지 않는다. 무조건 맹목적인 열정은 우리가 성
공하는 데 전혀 도움이 되지 않을뿐더러 오히려 성공을 향한 발걸음에
큰 걸림돌이 된다. 지나친 욕심은 화를 불러온다. 그만큼 방향이 중요
하다.

맹목적인 열정으로 생각 없이 달려들면 세심한 준비가 부족해지곤
한다. 왜냐하면 목표에 따른 과정에 대한 이해가 전혀 없기 때문이다.
따라서 이런 열정은 아무리 커도 현실적으로는 큰 성공을 거두지 못한
다.

만일 자신의 열정을 성공 에너지로 바꾸고 싶다면, 먼저 해야 할 일
은 반드시 뚜렷한 목표를 세우는 것이다. 그리고 그 목표를 세운 후에
어떤 일과 배움이 필요한지 명확하고 세밀한 과정을 계획해야 한다.
그리고 그 과정마다 열정을 쏟아 행동해야 한다.

하버드는 지금까지 여덟 명의 미국 대통령, 마흔 명의 노벨상 수상자와 서른 명의 퓰리처상 수상자를 배출한 경이로운 결과를 이루어냈다. 하버드의 높은 문턱을 넘은 학생들은 누구나 백 퍼센트의 열정을 가졌다. 그러나 그 열정이 결코 맹목적이지 않았고 분명한 목표가 있었기에 기적을 창조해낼 수 있었다.

사람들은 대부분 성공한 사람의 화려한 이력에 감탄하기만 한다. 그들이 실제로 성공하기 위해서 어떤 목표를 두고, 어떻게 오랜 세월 부단히 노력해왔고 공부해왔는지 그 열정의 방향과 과정에는 전혀 관심을 두지 않는다. 현재의 화려한 성공의 결과물에만 심취해 있다. 그렇기에 그런 위대한 사람들을 보며, 그들처럼 되기 위해서 맹목적인 열정만 쏟을 뿐이다. 그러나 그들이 어떻게 해왔는지에 대해서는 전혀 모르고 쏟는 무조건적인 열정은 헛될 뿐이다.

유명한 성공학 연구자인 나폴레온 힐은 '생각하라 그럼 부자가 되리라(Think And Grow Rich)' 에서 목표의 명확성이 얼마나 중요한지 다음과 같이 알려준다.

"성공을 위해서 원하는 바를 달성하고 이루기 위해서는 반드시 목표가 필요하다. 그러나 목표가 존재하는 것보다 더 중요한 것은 그 목표가 얼마나 명확 하느냐 하는 것이다. 디테일이 중요한 것이다. 생생하게 현실처럼 상상해야한다. 생생하게 현실처럼 상상하기 위해서는 결국 엄청난 디테일과 명확함이 필요하다. 애초에 상상의 나래를 펼친다는 것은 모든 것이 명확하고 디테일하는 뜻이다. 애매모호하고 두루뭉술한 것을 머릿속으로 떠올릴 수는 없다."

이처럼 막연한 목표는 결코 이루어질 수 없는 환상에 불과하다. 정확이 당신이 원하는 목표를 발견하고 그 목표를 현실로 끌어당길 수 있는 세세한 실천계획을 세우고 매일매일 조금씩 꿈의 목표점을 향해 나아가야 한다.

명확한 목표를 당신의 가슴에 새기는 순간, 기적이 일어난다. 그때부터 당신의 목표를 성취하는데 도움이 되는 상황, 배움, 사람, 기회 등 엄청나게 많은 일들이 달려올 것이다. 명확한 목표를 갖춘 사람은 이것을 단번에 알아보고 기회로 삼기에 더 많은 것을 성취하게 된다.

미국 본토에서 하와이까지 가는 비행기 대부분은 90% 정도 항로를 이탈하지만 지속적으로 항로를 교정해간다. 기장은 비행기의 목적지가 하와이라는 점을 정확히 인식하고 있기에 비행기가 정해진 항로를 벗어나거나 바람 때문에 항로를 이탈할 때 계기판의 바늘을 점검하고, 기수의 방향을 조정해서 다시 정상 궤도로 진입할 수 있다. 결국 비행기는 작은 섬 위의 좁은 활주로에 정확히 착륙하게 된다. 목표 달성도 이와 똑같다. 항상 나침반을 점검하고 자신이 어디로 향하고 있는지 기억하면 당신은 경로이탈 없이 반드시 원하는 목표에 도달할 수 있다.

03

'적자' 생존, 쓰면 이루어진다

"자신의 운명을 개척하라. 생각하는 바대로 이루어진다. 꿈과 목표를 종이 위에 적고 그에 따른 행동을 취함으로써 되고자 하는 이상형에 가까이 다가갈 수 있다. 미래를 자신의 것으로 만들어라. 바로 당신의 것으로."

–마크 빅터 한센

피겨의 여왕 김연아 선수는 초등학교 1학년 때 아이스쇼 '알라딘'을 보고 일기장에 자신의 꿈을 적었다. 그녀가 적은 꿈은 "나도 스케이트를 열심히 타서 국가대표 선수가 되어야겠다"라는 간단한 문장이지만 김연아의 꿈은 너무 완벽하게 이루어졌다. 그리고 김연아는 지금도 자신의 꿈을 이루는 데 큰 역학을 한 것 중에 하나로 어린 시절 일기장에 꿈을 쓴 일을 꼽는다.

축구선수 박지성도 역시 초등학교 때 일기장에 "축구를 더욱 더 잘할 수 있도록 노력하여 중학교는 물론 고등학교, 대학교, 국가대표까지 갈 것이다."라고 구체적으로 적었다.

미국 44대 대통령 오바마는 1970년 어느 날 '나의 꿈'이라는 주제의 작문을 하면서 '나의 꿈은 미국 대통령'이라고 썼다. 캘리포니아 주지사인 아놀드 슈워제네거는 '첫째, 영화배우가 된다. 둘째, 케네디가의 현명한 여인과 결혼한다. 셋째, 캘리포니아 주지사가 된다'는 비전을 메모지에 적어서 책상과 냉장고와 TV와 침대 위 천장에 붙여 놓았다.

당신이 원하는 대로 미래가 이루어지기를 바란다면 결심을 글로 써라. 일단 쓰는 것이 '작심'이다. 쓰지 않으면 방향을 잃고 흔들린다. 글로 소리쳐야 한다. 단 몇 줄을 쓰는 동안에도 머릿속에는 무수히 많은 영상들이 스쳐 지나갈 것이다. 가령 목표지점에 도달한 행복한 내 모습, 목표달성으로 얻게 될 사회적 · 경제적인 혜택, 중간에 부딪히게 될 장애와 그 장애를 극복하기 위해 힘쓰는 모습, 그리고 결국엔 장애를 완전히 극복하고 목표를 성취하고야 마는 모습 등….

이렇게 수많은 모습이 지나간다. 그런 영상이 많으면 많을수록 결의와 의지가 더욱 강해진다. 목표를 향해 한 걸음 한 걸음 행동하고자 하는 의지, 당장 달려 나가고픈 욕구가 치솟는다.

기록은 두뇌를 움직인다. 자신의 꿈과 열망을 적는 행위는 '사업 개시' 간판을 내거는 것과 같다. 또 스스로에게 성공을 선포하는 일이다. 또한 이런 심리적인 효과 말고도 목표를 적는 행위는 매우 과학적인 부분이 있다. 목표를 종이에 기록하는 것은 두뇌의 일부분인 망상 활성화 시스템을 자극하고 뇌의 그 특별한 시스템이 당신을 도와 목표를 이루게 한다.

목표를 적기 시작하면 이때부터 기적 같은 일이 일어난다. 먼저 두뇌는 그 목표와 관련된 것들에 대해 매우 민감하게 반응하기 시작한다. 마치 소음 속에서 본능적으로 자신의 이름만큼은 아주 잘 듣는 것처럼 말이다.

한때 뉴욕에서 꽤 유명한 사람들의 사교장소였던 컨셉 레스토랑 프래닛 할리우드(planet Hollywood)에는 인기스타 브루스 리(Bruce Lee)가 직접 손으로 쓴 편지 한 장이 전시되어 있었다. 그 편지의 겉봉에는 수취인 이외에는 아무도 열어보지 말라는 뜻의 '인비' 도장이 찍혀 있었고, 우체국에 접수된 소인의 날짜는 1970년 1월 9일이라고 되어 있었다. 그 편지에는 이렇게 적혀 있었다.

"당신은 늦어도 1980년에는 미국에서 가장 유명한 아시아 스타가 될 것이며 1,000만 달러를 거머쥐게 될 것이다. 그리고 그것을 얻는 대가로 카메라 앞에 서는 순간마다 당신이 보여줄 수 있는 모든 것을 보여줄 것이며 그렇게 함으로써 평화와 조화 속에서 살게 될 것이다."

그 편지의 수취인은 이소룡으로 더 잘 알려진 브루스 리 자신이었다. 그는 자신이 원하는 미래의 분명한 모습을 잘 알고 있는 사람이었다. 또 그것을 어떻게 그려내야 하는지의 핵심을 보여준 사람이기도 하다.

세계적인 유명 인사들에게도 춥고 배고팠던 시절은 있었다. 그러나 그들은 그 시절을 마냥 한탄하면서 흘려보내지 않았다. 대신에 이것도 미래를 위한 준비단계라고 생각하며 꿈을 잃지 않았다.

짐 캐리(Jim Carry)는 영화배우가 되겠다는 꿈을 품고 미국으로 건너왔다. 그러나 무명시절 너무 가난했기에 한동안 집 없이 지내야 했다. 어느 날, 그는 '이렇게 살아갈 순 없다'는 생각에, 무작정 할리우드에서 가장 높은 언덕으로 올라갔다. 그곳에서 수표책을 꺼내 적요란에 '출연료'라고 적고 스스로에게 천만 달러를 지급했다. 그는 이것을 5년 동안 지갑에 항상 넣고 다녔다.

놀랍게도 정확히 5년 후에 짐 캐리는 '덤 앤 더머(Dumb & Dumber)'와 '배트맨(Batman)'의 출연료로 자신이 예전에 스스로에게 지급했던 금액보다 훨씬 더 많은 1700만 달러를 받았다. 대포 수표가 현실로 이루어진 것이다. 그것을 기점으로 그의 인기는 점점 높아졌고, 곧 세계적으로 유명한 영화배우가 되었다. 이제 그는 영화 한 편당 2천만 달러의 출연료를 받는 등 가장 비싼 출연료를 받는 배우 중의 한 명이 되었다.

그러나 안타깝게도 첫 번째 꿈을 이룬 지 얼마 후, 그의 아버지가 세상을 떠나고 말았다. 장례식장에서, 관 속의 아버지를 바라보던 짐 캐리는 지갑을 열고서 대포 수표를 꺼냈다. 그러고는 성공을 가져다준 그 수표를 아버지의 웃옷에 집어넣었다. 그동안 그의 눈에서는 뜨거운 눈물이 쉼 없이 흘러내리고 있었다.

세인의 주목을 받고 있는 온라인 교육업체 휴넷을 운영하며 〈행복한 경영〉이라는 베스트셀러의 저자 조영탁 사장도 위와 동일한 방법으로 상상력과 창의력을 충전시켜 성공을 거둔 대표적인 인물이다.

그는 스콧 애덤스의 이야기를 읽고 "나는 휴넷을 매출 10조 원 규모로 육성하겠다."라는 문장을 하루에 열다섯 번씩 써왔다. 쓰기 시작한 지 반년 정도 되었을 때 그는 처음엔 좀 귀찮아서 그만둘까 고민 했지만, 그래도 노력해서 꾸준히 썼다. 그런데 신기하게도 석 달 정도가 지나면서부터는 쓰지 않고는 도저히 배길 수가 없게 된 것이다.

더욱 놀라운 것은 그가 정한 '매출 10조 원 달성' 이라는 목표를 위해 특별 부서를 가동하거나 사람들을 모아놓고 브레인스토밍을 한 적도 없는데, 5~6개월이 지나고부터는 아주 구체적인 방법이 보이기 시작했다는 것이다. 그리고 7개월째에는 아예 확신이 생겼다고 한다.

열다섯 번씩 쓴다는 것은 자신에게 열다섯 번의 질문을 던지고 말을 거는 것이다. 그렇게 질문을 던지다 보면 필요한 자본금, 몇 명의 사람이 필요한지, 일하는 장소, 어떤 자격과 능력들을 갖추어야 할지, 도달해야 할 지위, 대부분의 시간을 어디서 누구와 함께 보내게 될지, 먼 훗날 사람들이 나를 어떤 인물로 기억하게 될지 까지도 알게 된다. 내가 생생하게 그리는 미래는 어떤 모습인지가 당신의 미래를 창조해 낸다.

만일 한 번도 벤츠를 산 적이 없는 사람이 어느 날 검정색 벤츠를 샀다고 하자. 그는 갑자기 놀라운 사실을 깨닫게 된다. 그 도시에 검정 색 벤츠가 엄청나게 많다는 것이다. 이는 벤츠를 사기 전에는 인식하 지 못했던 사실이다. 그러나 검정색 벤츠자동차는 내내 그 도시에 있 었던 것이다. 다만 그동안 관심을 특별히 기울이지 않았을 뿐이다.

목표를 기록하는 일은 바로 위의 이야기와 같다. 기록은 두뇌의 망 상 활성화 시스템을 작동시켜서 대뇌피질로 신호를 보낸다. "잠 깨! 항 상 주의해! 세세한 어느 것 하나 절대 놓치면 안 돼!"

일단 목표를 기록하고 나면 무의식적으로 두뇌는 목표를 달성하는 방향으로 활발히 움직인다. 당신이 의식하든 안하든 무관하게 두뇌는 활동시간을 초과해서 까지도 이러한 작업을 계속한다. 즉 잠자는 시 간, 꿈꾸는 시간에도 목표를 향해서 항상 움직이게 된다. 그래서 목표 를 적은 사람들 중에는 꿈속에서 기발한 아이디어를 얻었다거나 아침에 눈뜨자마자 목표달성에 대한 특별한 힌트를 생각해내기도 하는 것이다. 대부분의 사람들이 목표를 적은 후부터 갑자기 목표달성과 관련된 여러 신호들을 인식하기 시작한다. 어느 날 느닷없이 수많은 검정색 벤츠자동차를 수없이 발견하게 되는 것처럼 말이다.

일단 기록된 목표는 다른 노력을 기울이지 않아도 구체화되게 된다. 그리고 자신이 갈망하는 목표에 관심을 기울일수록 기회를 포착하고, 다른 사람들의 도움을 받을 확률이 높아진다.

목표를 기록하기 시작하면 두뇌는 자동으로 온갖 종류의 새로운 자료를 당신에게 보낸다. 그리고 당신은 이것을 통해 야심 찬 목표를 계획하고 획기적인 아이디어를 얻을 수 있을 것이다. 만약 이러한 시스템을 이용하지 않는다면, 최고의 계획과 아이디어는 사라질 것이다.

목표는 쇼핑 목록을 쓰듯, 길지 않고 간단명료하게 써라. 상세하면서도 짧고 간단하게 작성된 임팩트 있는 목록이야말로 당신의 의도를 정확하게 나타낸다. 이는 긴 문장보다 더 강력한 효과를 발휘한다.

무조건 결과에 집중하면 일은 한결 쉬워진다. 삶은 마치 미로와 같다. 성공적인 목표에 이르는 길은 앞이 보이지 않는 뒷골목과 막다른 길로 점철되어 있다. 원하는 결과에 집중하면 어떤 역경의 파도와 시련의 상황에서도 용기를 잃지 않는다. 가야 할 항로를 정확히 알기 때문에 어떤 풍랑을 만나도 정확하게 목적지에 도착하는 배의 선장과 같다.

일단 자신이 도달하고자 하는 목적지를 먼저 생각하고, 거기에 다다른 당신의 모습을 머릿속에 그려보라. 그런 다음 어떻게 그곳까지 갈 수 있었는지를 되짚어보라.

04

인생의 장기계획표가
필요한 이유

하버드대 출신들이 항상 의기양양하고 생기발랄한 에너지를 내뿜는 이유는 장기적인 안목을 가지고 미래를 위해 투자하라는 하버드대의 가르침 덕분이라고 해도 과언이 아니다. 미래에 투자를 하려면 투자 방향, 즉 인생의 목표를 설정해야 하는데 그들은 일찍부터 인생의 목표를 세우고 그 목표를 향해 달려간다.

1979년 하버드 경영대학원 졸업생들을 상대로 설문조사가 있었다. 질문은, "장래에 대한 명확한 목표를 설정했는가? 그렇다면 그 목표를 기록해두었는가? 그 목표를 달성하기 위한 구체적인 행동계획은 있는가?"였다.

그 결과 특별한 목표가 없다고 답한 사람은 84%, 목표는 있지만 그것을 종이에 적어 두지는 않았다는 사람이 13%, 목표를 구체적으로 설정하고 기록해두었다는 사람이 3%였다.

그로부터 10년 후인 1989년, 연구자들은 그 졸업생들을 추적해 어떻게 살고 있는지 추적해보았다.

결과는 매우 흥미로웠다. 기록하지는 않았지만 목표가 있다고 대답한 13%가, 목표가 없다고 대답했던 84%보다 평균적으로 2배 이상의 소득을 올리고 있었다. 놀라운 일이긴 하지만 그럴 법도 했다.

연구자들의 눈이 휘둥그레질 일은 그 다음의 일이다. 과연 목표를 구체적으로 종이에 기록해두었던 3%의 사람들은 어떻게 되었을까? 그들은 앞의 두 그룹, 즉 목표가 없었던 84%와 목표는 있지만 기록해두지는 않았던 13%에 비해 명예, 명성, 업적, 영향력, 소득, 자산 등 모든 분야에서 평균 10배 이상의 수준에 도달해 있었다. 그들 사이의 유일한 차이점이라면 졸업할 때 얼마나 명료한 목표를 세웠는가 하는 점뿐이다.

1953년 예일대학교에서도 비슷한 이야기가 전해지고 있다. 조사 결과, 67%의 학생들은 아무런 목표도 설정한 적이 없다고 대답했다. 30%의 학생들은 목표가 있기는 하지만 그것을 글로 적어두었다고는 않았다고 대답했다. 오직 3%의 학생들만이 자신의 목표를 글로 적어두었다고 대답했다.

20년 후에 확인한 결과, 학생시절 자신의 목표를 글로 썼던 3%의 졸업생이 축적해놓은 재산의 합은, 나머지 97%의 졸업생 전부가 축적한 합보다 훨씬 더 많았다고 한다. 이와 비슷한 연구 결과가 사례들은 무궁무진하다.

어떤가, 놀랍지 않은가? 만약 당신이 '글로 쓴 구체적인 비전' 없이 살아온 97%에 속한다면 더더욱 마음이 다급해질지도 모르겠다.

이 프로젝트가 나타내는 것은 분명하다. 꿈을 이루고 행복하게 사는 사람은 먼 훗날 자신이 도달해야 할 모습에 대해 뚜렷한 '상'(像, image)을 가지고 있었고, 그것을 상상에서 끝내지 않고 구체적으로 문서화해서 글로 남겼다는 것이다. 연구에서는 이것을 인생의 장기 계획표라고 표현했는데 '빅 피처'라 불리기도 한다.

이는 진정 성공적인 삶을 사는 사람들의 공통분모와 일맥상통한다. 물론 하버드대학과 예일대학의 공동 프로젝트는 졸업생들의 재정 자립도를 행복으로 평가했다는 비난의 목소리도 있을 수 있다. 그러나 자본주의 체제에서 재정의 자립 없이 행복을 논한다는 것 자체가 비현실적인 만큼 의미 있는 연구 결과임은 부정할 수 없다. 인생의 목표와 빅 피처의 존재를 방증하는 사례는 이 밖에도 수없이 만다. 가장 중요한 점은 스스로 상상해 보지 않은 미래는 결코 영원히 이룰 수 없다는 사실이다.

분류	비율
노년에도 안정된 생활을 하는 최상위층	3%
중산층	10%
약간의 부채를 갖고 근근이 사는 서민층	60%
보조금을 받는 극빈층	27%

종이를 하나 꺼내 내년의 목표 10개를 현재시제로 써넣어라. 그리고 크리스마스에 받고 싶은 가슴 벅찬 선물 리스트처럼 잘 보관해두어라.

단지 한 번 목표를 쓰는 행동이 당신의 잠재의식 속에 목표를 입력하고 당신의 초월적 자의식을 활성화하는 마법 같은 일이다. 매일 쓰고 또 쓰면 점점 강력해진다. 매일 당신의 목표를 쓰면 한 번 쓸 때보다 10배, 20배, 50배, 때로는 100배의 효과가 발생하다. 당신의 마음은 목표 달성을 돕는 훌륭한 아이디어를 쏟아낸다. 당신도 모르게 인력의 법칙을 가동시켜 큰 도움이 되는 사람과 목표달성을 위한 최적의 환경, 아이디어와 자원을 끌어당기기 시작한다.

이 법칙에 의해 당신의 외부세계는 내부세계를 무섭게 반영하기 시작한다. 노력도 하지 않았는데 다신은 대부분의 시간 동안 이미 목표를 향해 돌진하고 있다. 목표에 대해 더 많이 생각할수록 당신은 목표를 향해 더 빨리 다가가며, 목표도 당신을 향해 더 빨리 다가온다. 곧 목표를 현실로 이룰 일만 남았다. 단지 성인의 3%만이 목표와 계획을 종이에 써왔고 그 3%는 나머지 사람들이 거두는 것보다 훨씬 많은 성과를 올리고 있다.

글로 쓰는 것은 당신이 상상하는 것 이상으로 놀라운 마력이 있다. 당신이 꿈꾸고 목표를 기록하고, 생생하게 상상하면 그 꿈은 현실로 다가온다. 환경도, 경험도 당신의 마음속 그림에 자연스럽게 복종하게 되는 것이다. 이게 우주의 법칙이다.

'미래일기' 쓰기나 '한 줄의 꿈을 열다섯 번씩 쓰는' 행위가 당신에겐 아직도 그저 재미있는 '환상' 쯤으로 보일지도 모른다. '뭐 꿈꾸는 건 자유니까. 결과야 잘 모르겠지만…' 하는 심정 말이다. 정말로 그럴까?

비유하자면 마치 '뭐 눈엔 뭐만 보인다.' 라는 말이 있다. 이렇게 미래일기를 쓰고, '한 줄의 꿈' 을 열다섯 번씩 쓰고, 자신의 마음속에 미래에 대한 뚜렷한 청사진을 간직하고 있으면, 기적처럼 우리 인생에 일어나는 많은 일들이 운명처럼 그쪽으로 자연스레 흘러들어가게 된다.

예를 들어, 미래일기의 한 장면이 미혼모들과 함께 어울리며 그들을 보살피는 모습이라고 생각해보자. 그 뒤로는 신기하게도 내 눈에는 그런 것들만 보인다. 그리고 자꾸 그런 기회들이 나에게 알아서 찾아오는 것처럼 느껴진다. 신문을 봐도 미혼모와 관련된 기사만 보이고, 인터넷을 뒤지다가도 미혼모에 대한 정보만 유독 눈에 들어오며, 우연히 TV 채널을 돌렸는데 때마침 미혼모 문제 다큐멘터리가 방영되고 있다.

서점에 가도 관련 서적들이 유난히 도드라져 보이고 길을 지나다가도 그런 여성들만 눈에 띈다. 운명처럼, 우연처럼 그것들이 나를 끌어당기는 것만 같다. 하지만 천만이다! 운명이 아니라 나의 목표와 의지가 그런 환경과 경험 쪽으로 자꾸만 나를 끌고 가는 것이다. 즉 당신이 생생하게 꿈꾸는 미래의 모습과 비전대로, 당신의 미래일기대로, 당신의 인생이, 당신의 일상이, 당신의 경험이 저절로 흘러가는 것이다. 그러다 보면 어떻게 될까? 결국 마음속의 그림대로 미래의 당신은 '그곳'에 '그렇게' 있게 되는 것이다. 한마디로 상상으로 꿈꾸던 모습이 현실로 이뤄진다! 어떤가? 생각만 해도 가슴이 벅차오르지 않는가? 이젠 당신이 느낄 차례다!

05

'삶의 의미'를 찾아야 인생이
보석처럼 빛난다

결국 '의미 없는 삶'이 인생을 망치는 것이다. 당신의 삶을 한 번뿐인 인생, 최고의 인생으로 장식하길 원한다면 '자신만의 가치'를 가져야 한다. 마치 개미들이 앞서 가는 개미의 뒤꽁무니만 따라가듯이 맹목적으로 남들 뒤만 졸졸 따라가서는 자기만의 보석처럼 빛나는 가치는 도저히 만들어낼 수 없다. 당신에겐 이미 눈부신 잠재력이라는 가능성이 넘쳐난다는 것을 믿어라.

오래 전 알프레드 노벨의 형이 스톡홀름에서 죽었다. 그러나 신문들이 이름을 잘못 알아 알프레드 노벨이 죽은 줄 알고 부고 기사를 내보냈다. 알프레드 노벨은 다음날 기사를 읽었다. 때 이른 부고 기사에서 노벨은 세계의 전쟁과 분쟁 속에서 셀 수 없이 많은 희생자를 낸 다이너마이트의 발명가로 묘사된 것이다.

그 부고 기사에 큰 충격을 받은 노벨은 인생 전체를 다시 설계하고 세상에 남길 그의 유산을 바꾸었으며, 실제로 나중에 씌어 진 진짜 부고는 완전히 다른 내용이 되었다. 결국 그는 부고기사 때문에 자신의 재산을 기금으로 노벨상을 제정한 것이다. 오늘날 이 상은 전 세계 의학, 문학, 과학, 경제학, 화학, 평화 분야의 최고의 권위를 갖는 상이 되었다. 노벨은 세상에 남기고 싶은 자신의 유산이 무엇인지 명확히 생각함으로써 현재의 행동은 물론, 궁극적으로 세상 사람들의 자신에 대한 기억을 바꾸었다. 그는 스스로 자신의 부고기사를 다시 쓴 격이다.

특히, 위대한 자질을 갖추고 눈부신 가치를 지닌 사람이 되기 위해서는 맨손으로 시작해 멋진 성공을 거둔 다양한 사람들의 스토리를 읽고 성공비결을 연구하는 습관을 길러야 한다. 위대한 업적을 남긴 사람은 어린 시절 위인의 전기나 자서전을 열심히 읽은 사람이다. 이러한 자극이 당신에게 쌓이고 쌓이면 어느덧 그 위인과 동일한 사람이 된다. 특히, 어린이는 흡수가 빨라 타인의 영향을 쉽게 받기 때문에 그들이 읽은 위인과 같은 자질을 가지려고 노력하며, 위인과 자신을 동일시한다. 그래서 어린 자녀에게 위인전을 많이 읽히는 습관은 아이에게 매우 유익하다.

이처럼 우리는 이미 성공을 거머쥔 위인들의 삶을 통해 자극을 받아 영혼의 떨림을 따르는 삶을 살아야만 한다. 특히, 우리는 좀 더 유익한 삶을 살기 위해서는 인생의 의미와 나만의 소명을 발견해야 한다. 아리스토텔레스는 "당신의 재능과 세상이 필요로 하는 것이 서로 맞닿는 지점에 당신의 소명이 놓여있다."고 말한다. 이 두 가지 요소, 즉 당신만의 특출 난 재능과 세상이 필요로 하는 것은 당신의 진정한 소명을 발견하도록 일깨우는 두 가지 힌트이다.

당신만의 가슴 뛰는 삶의 의미와 소명을 발견하는 방법은 다음과 같다. 우리는 세상에 잘못된 문제들이 많다는 것을 알지만, 모든 문제가 전부 다 마음의 눈으로 보이지는 않는다. 청소년 흡연, 노인빈곤, 무능한 정부, 중산층 붕괴, 자살증가, 우울증, 스트레스 등 이런 문제점을 느끼고 안타까워하지만, 이런 일로 밤잠을 설치는 일은 거의 없을 것이다.

그러나 우리 각각에게는 특별히 마음의 눈으로 보이는 것들이 있을 것이다. 누군가의 눈에는 유난히 영적인 고아처럼 살아가고 있는 그리스도인들이 보이기도 하고, 진정한 사명을 실천하지 못하고 세상의 마음으로 물들인 교회가 보일 것이다. 또 누구에게는 미혼모의 고통이나 독거노인의 고독이 유독 눈에 잘 보이기도 한다. 필자의 눈에는 유독 마음 속 깊이 아무에게도 말하지 못하지만 아픔을 껴안고 겉으로는 아무렇지도 않은 척 힘들어하는 사람들의 고통이 유독 눈에 보인다. 그리고 가끔씩은 무엇 때문에 힘들어하는지 눈치를 채고 조심스레 물어보기도 한다.

그렇다면 우리는 어떻게 소명을 발견할 것인가? 소명은 이미 우리 안에 존재한다. 우리는 깊은 소명의식에 이끌려 내 자신의 소명을 발견하는 여정에 올라야 한다. 그 길을 따라 각자의 심장이 이끄는 대로, 또는 신앙이 있는 사람이라면 하나님이 원하시는 곳에 이르러야 한다. 꼭 따라가야 하지만 이는 결코 쉬운 길은 아니다. 때로는 자신을 내려놓고 희생과 고통이 따르는 길이기도 하기 때문이다.

사람은 누구에게나 각자 하나님이 내려주신 소명이 있다. 그 소명을 발견한 사람은 그 소명을 따라서 살아갈 수 있다. 소명이 무엇인지 모를 때에는 일생을 방황하면서, 자신의 소명과 정체성을 계속 찾다가 결국 허무하게 한줌의 흙으로 돌아간다. 나의 소명이 무엇인지 정확하게 알고, 그 소명대로 살아간다면, 매일의 삶이 가슴 벅차고 감동이 충만한 삶을 살 수 있다.

삶의 의미를 발견하여 죽음에서 생명으로 이른 대표적인 인물은 로고테라피(logotherapy), 즉 의미치료의 창시자인 빅터 프랭클이다. 그는 삶의 의미는 미래의 목표를 발견하는 것이라고 절실히 믿었기에 아우슈비츠에서 3년이라는 세월을 꿋꿋이 견뎌낼 수 있었다.

제2차 대전 당시, 유태인 의사 빅터 프랭클은 아우슈비츠 수용소에 수감되었다. 그곳은 지옥보다 더 끔찍한 곳이었다. 죽음만이 유일한 도피처인 것 같은 고문과 핍박, 굶주림과 잔혹함이 넘치는 곳에서 그는 무려 3년을 살아야 했다. 그는 당시를 회상하며 이렇게 말했다.

"나는 공포감에 사로잡혔지만 그것은 차라리 나았다. 우리는 차차 무시무시하고 끔찍한 공포에 익숙해져야 했기 때문이다."

저녁이 되자 그는 함께 온 친구의 안부가 궁금해서 옆에 있던 포로에게 물었다. 그 사람이 가리킨 곳은 시커먼 연기를 내뿜고 있는 굴뚝이었다. 프랭클과 함께 왔던 승객들 가운데 1,300명이 이미 처참히 처형을 당했던 것이다.

이 끔찍한 환경 속에서 고통을 이기지 못한 수감자들은 자살을 하거나 병에 걸려 하나둘씩 죽어갔다. 그들은 미래가 있다는 것도, 어떤 목표를 위해 노력해야 한다는 것도 모두 포기한 사람들이었다. 삶에 대한 신념이 없는 사람은 삶을 붙들지 못하고, 몸과 마음이 극도로 쇠약해져서 하루하루 시들어갔다.

프랭클도 예외는 아니었다, 발진티푸스에 걸리고 만 그는 고열에 시달리며 생사를 넘나드는 일상의 연속이었다. 하지만 그는 삶을 포기하지 않았다. 그에게는 반드시 살아야 할 이유가 있었다. 그것은 나치에게 빼앗긴 원고를 되찾아 연구를 완성하는 것이었다.

특히 그가 극심한 신체적 고통과 추위, 배고픔의 공포에 떨고 있을 때였다. 더 이상 아무런 희망이 없을 것 같던 바로 그 순간, 그는 억지로 다른 생각을 하기 시작했다. 자신이 따뜻하고 편안한 강의실에서 포로수용소에 대한 심리학 강의를 하는 상상이었다. 그는 삶의 의미를 미래로 보았고, 그 덕분에 살아남을 수 있었다. 결국 그는 사람이 살아가는 이유가 '삶의 의미'라는 사실을 깨달았다.

병마를 이겨낸 빅터 프랭클은 아우슈비츠의 수감자들을 관찰하기 시작했다. 그 결과 가치 있는 자신만의 인생 목표를 가진 사람이 살아남은 확률이 월등히 높다는 놀라운 사실을 발견했다.

전쟁이 끝나자 그는 수용소에서 직접 겪고 관찰했던 생생한 체험을 바탕으로 로고테라피라는 실존분석적 심리치료를 개발함으로써 심리치료 발전에 기여했다. 그는 아우슈비츠에서의 경험을 토대로 인간이 존재하기 위해서는 삶의 의미를 갖는다는 것이 중요하다는 연구를 시작해서 로고테라피, 즉 의미치료(의미요법)라는 이론체계를 세웠다. 이 이론에 따르면 인간이 자신의 삶에서 어떤 '의미'를 찾고자 하는 노력을 인간이 살아가게 하는 원초적 동력으로 보고 있다.

그는 하루하루 가슴을 죄는 수용소의 지독한 공포와 극한적인 고통 속에서 그는 이를 악물고 반드시 살아야 하는 간절한 의미를 찾아야 했다. 훗날 그는 이렇게 말했다.

"인간이 인생을 바쳐서라도 진정으로 추구하려고 하는 것은 바로 '의미 있는 삶'을 사는 것입니다."

죽음의 극한 고통과 모든 상황에서 '삶의 의미'를 찾을 수 있는 사람은 어떤 역경도 극복한다.

특히, 니체는 "왜 사는지 그 이유를 아는 사람은 어떻게 살아야 하는지를 거의 모두 알 수 있다"고 말했다. 마음으로 생각하는 것은 누구도 빼앗을 수 없으며, 스스로 이것을 포기했을 때 삶의 끈을 놓게 된다. 중요한 것은 환경이 아니라 그것을 어떻게 생각하는지에 대한 당신의 생각이 더 중요하다.

06

그냥 미치면 바보,
꿈에 미치면 신화가 된다

"꿈을 품어라. 꿈이 없는 사람은 아무런 생명력도 없는 인형과 같다."

–그라시안

"오랫동안 꿈을 그리는 사람은 마침내 그 꿈을 닮아간다."　　–미상

"심리학에는 한 가지 법칙이 있다. 이루고 싶은 모습을 마음속에 그린 다음 충분한 시간 동안 그 그림이 사라지지 않게 간직하고 있으면, 반드시 그대로 실현된다는 것이다."

–윌리엄 제임스

미래를 열어가는 '창조적 소수', 세계를 이끄는 3%의 최고 리더 들은 마음의 눈으로 바라본 빛과 내면의 귀에 울려오는 북소리를 땔감으

로 비전이라는 불을 내질렀다. 비전을 잃은 우리는 굶어 죽는 나방과 같다. 그리고 꼼짝없이 체념의 사슬에 묶인 서커스 코끼리이며, 분재 소나무 같은 정신적 난쟁이와 같다.

바람직한 내일, 당신이 더 행복해지고 세상이 더욱 아름다워지는 내일은, 가슴을 두근거리게 하는 '마음속의 그림'에서 시작된다. 만약 콜럼버스가 '지구는 둥글다'는 상상을 하지 않았다면, 그리고 그 상상이 그의 가슴을 고동치게 하지 않았다면 신대륙을 발견할 수 있었을까?

라이트 형제의 가슴이 '사람이 하늘을 날 수 있다'는 꿈으로 가득 차지 않았다면 오늘날의 비행기가 있었을까?

하늘 아래 새롭게 만들어진 모든 것은, 누군가의 머릿속에서 '그려졌던' 것이다. 누군가가 이룩한 업적은 바로 누군가의 '비전(vision)'이었다. 그들이 "이게 필요하겠어! 이걸 하겠어!"라고 말하는 순간, 그리고 그것을 실제로 하고 있는 자신의 모습을 생생하게 떠올리는 순간, 새로운 내일은 시작된다. 비전이란, 더 나은 내일을 만들어가기 위한 '마음속의 그림'이다.

'비전'이라는 컨트롤 보드에 전원이 켜지는 순간, 당신에겐 지금껏 상상할 수 없었던 비범한 동력이 생긴다. 다른 이야기를 하나 더 읽어 보자.

그들이 과거와 현재, 미래에 대한 통찰력을 통해 "바로 이거로구나, 이게 필요하겠어! 난 이걸 하겠어!"라고 말하는 순간, 그리고 그것을 실제로 하고 있는 자신의 모습을 또렷이 떠올리는 순간, 새로운 내일은 시작된다. 그것이 바로 '비전'이다. 즉 비전이란, 더 나은 내일을 만들어가기 위한 '마음속의 그림'이다.

만약 콜럼버스가 '지구는 둥글다'는 상상을 하지 않았다면, 그리고 그 상상이 그의 가슴을 고동치게 하지 않았다면 신대륙을 발견할 수 있었을까? 라이트 형제의 가슴이 '사람이 하늘을 날 수 있다'는 꿈으로 가득 차지 않았다면 오늘날의 비행기가 있었을까?

역사상 위대한 인물들에겐 한 결 같이 태양처럼 눈부신 비전이 있었기에 기적을 창조했다!

1.마틴 루터 킹(Martin Ruther King): 미국 흑인 인권운동가

"나는 언제가는 조지아의 붉은 언덕에서 옛날 노예들의 후손들과 전에 노예를 부리던 사람들의 후손들이 형제애를 나누면서 한 식탁에서 자리를 함께 할 수 있을 것이라는 꿈을 가지고 있습니다."

2.폴 마이어(paul J. Meyer): 미국 성공동기연구소(SMI)설립자

"Motivating people Worldwide to their full potential"

-모든 사람이 그 잠재능력을 최대한으로 발휘할 수 있도록 그들을 동기화시킨다.

3. 빌 게이츠(Bill Gates): 마이크로소프트 설립자

"A personal computer on every desk in every home"

-세계 모든 가정, 모든 책상 위에 하나 이상의 개인용 컴퓨터

4. 존F. 케네디 (John F. Kennedy): 미국 대통령

"A men on the moon by the end of decade"

-1960년대 말가지 달 위를 걷는 인류

5. 예수 그리스도

"그 때에 인자가 하늘에서 구름을 타고 큰 권능과 영광으로 오는 것을 사람들이 보리라(막13:25-27)."

1951년 어느 날 멤피스에 사는 윌슨이라는 사나이가 가족과 워싱턴으로 휴가여행을 떠났다. 그러나 형편없는 숙박시설 때문에 여행이 즐겁지 않았다. 윌슨 가족의 기분을 망쳐놓은 모텔은 방 하나에 하루 숙박비가 6달러인데다, 어린이가 다섯 명이니까 어린이 한 명에 2달러씩 추가해서 16달러가 된다는 식의 계산법을 적용하는 곳이었다. 심지어 불친절하고 지저분했다. 또 숙소에는 식당도 없어서 매번 한참 떨어진 곳까지 식당을 찾아가야 했다. 특히 비가 올 때는 약간 불편한 게 아니었다. 그는 화가 치밀어 올랐지만, 억지로 참으며 여행을 마쳤다.

여행할 때마다 미국인들은 '숙박시설이 어쩜 이정밖에 안될까!' 하고 불평 했다. 하지만 집에 돌아오고 나면 언제 그랬다는 듯 쉽게 잊어버렸다. 그러나 이 비범한 사나이는 그렇지 않았다. 미국 전역에 어느한 곳 괜찮은 숙박시설이 없다는 사실은 그에겐 훌륭한 사업 아이템이었다. 갑자기 그의 가슴이 뛰기 시작했다.

그의 머릿속에 수천수만 가지 영상이 스쳐갔다. 워싱턴, 뉴욕, 시카고, 그리고 LA에 가서 호텔을 짓고 있는 자신의 모습. 그리고 그 호텔에서 합리적인 가격으로 기분 좋게 묵는 사람들의 미소가 눈앞에 떠올랐다. 누구나 안심하고 저렴하게 이용 가능한 현대적인 서민용 휴식처를 제공하는 것, 이것이 자신이 해야 할 일이라고 생각했다.

집으로 돌아오면서 윌슨은 아내에게 "집으로 돌아가면 꼭 호텔 체인 사업을 시작합시다."라고 희망찬 목소리로 말했다. "이름만 들어도 안심하고 편안하게 머무를 수 있는 그런 호텔을 지읍시다." 그는 '400개의 호텔을 짓겠다'는 결심을 밝혔지만 그의 아내는 그저 웃었다. 400개나 되는 호텔 체인이라니, 허황된 상상일 뿐이라 생각했기 때문이다.

하지만 케몬스 윌슨(Kemmons Wilson)은 휴가에서 돌아오자마자 호텔 설계를 도와줄 설계사를 고용했다. 윌슨의 머릿속에 있는 호텔은 청결하고, 단아하고, 한결같은 곳이었다. 그의 설계도에 따르면, 그 호텔엔 그가 워싱턴의 모텔에서 아쉬워했던 수영장도 있고 방마다 TV도 놓여 있었다.

당시로선 그런 호텔은 어느 누구도 상상조차 못했던 모습이었다. 그러나 여러 시련을 딛고, 마침내 윌슨은 다음 해 멤피스 교외에 첫 호텔 문을 열었다. 16미터 높이의 옥상에 설치된 네온사인 간판엔 '홀리데이 인(Holiday Inn)' 이라는 글자가 일대를 환하게 밝혀주고 있었다. 결과는 대성공이었다.

1959년까지 그는 100개의 호텔을 짓고 직영으로 운영했다. 그러나 체인 운영 방식을 프랜차이즈 시스템으로 전환하자 그 숫자는 급속히 늘어났다. 1964년에는 500개, 1968년에는 1,000개를 돌파했고 1972년부터는 전 세계에 72시간마다 하나씩 새로운 호텔이 들어서기 시작했다. 호텔확장은 1979년 그가 경영일선에서 물러날 때까지 계속되었다. 뛰는 가슴을 억누르며 '400개의 호텔을 짓겠다' 고 말한 순간 '홀리데이 인' 이라는 브랜드의 미래가 펼쳐진 것이었다.

그의 시작은 남들이 보기엔 '미친 짓' 이었다. 그러나 그 결과는 '기적' 으로 현실화 됐다.

당신의 꿈에 체크인 하라. 당신 삶의 주인은 자신이다. 주도적으로 운명을 바꿔나가라. 당신만의 스토리로 인생의 기적을 창조하라. 그냥 미치면 바보가 되지만, 꿈에 미치면 신화가 된다. 한 번 뿐인 짧은 인생, 당신 스스로가 누군가의 신화가 되어라. 삶을 태양처럼 만끽하라!

이처럼 눈부신 비전을 품은 사람들은 '진짜 인생'이 어떤 것인지 안다. 당장 뛰쳐나가고 싶을 만큼 '오늘 할 일'에 설레고, 내가 무슨 일을 하는지 세상에 알리고 싶고, 세상을 다 가진 양 달콤한 도취에 빠지고, 온몸의 세포 하나하나가 희망과 감격에 떨며 매 순간 정신의 희열을 느끼는 것이다.

비전이 생기면 특별한 집중력을 발휘할 수 있게 해준다. 또 언제 어디서나 방향을 잃지 않게 해주는 나침반의 빨간 침이자 하늘에 떠 있는 북극성이다.

항상 궁극적인 목표지점을 알려주니 이에 도움이 되면 무슨 일이든 집중하게 만든다. 그러면 몰입상태에 빠져들고, 몰입상태에서 발휘되는 초인적 능력은 우리 상상을 뛰어넘는다. 결국 '비전'이라는 반짝이는 한 점을 바라보며 언제 어디서나 집중할 수 있게 한다.

또 비전은 올바른 선택을 할 수 있게 해준다. 명료하고 단호한 판단의 척도와 선택의 기준, 이루고자 하는 명확한 목적이 있기 때문이다. 비전과 잘 맞는 길이라면 과감히 선택하고 그렇지 못한 일은 주저 없이 버릴 수 있다. 그래서 시간이든 에너지든 돈이든, 인생의 불필요한 '낭비'가 없다. 또 일단 결정된 사안은 결코 미루지 않고, 바로 행동으로 옮긴다. 그런 삶엔 '지체'란 있을 수 없다.

07

성공으로 가는 특급열차,
실행력을 키워라

"인간에게 주어진 특별한 재능은 바로 기회를 잡아 미래를 창조하는
일이다."

-조르주 퐁피두 Georges Pompidou

"앞으로 20년 뒤 당신은 한 일보다 하지 않은 일을 후회하게 될 것이
다. 그러니 배를 묶은 밧줄을 풀어라. 안전한 부두를 떠나 항해하라. 무역
풍을 타라. 탐험하고, 꿈꾸고, 발견하라."

-마크 트웨인

학문을 연구하는 데만 몰두하는 철학자가 있었다. 어느 날, 한 아리
따운 여자가 그를 찾아와 대뜸 청혼을 했다. 여자가 그에게 말한다.

"저를 아내로 맞아주세요. 지금 저를 놓치면 저보다 더 괜찮은 여자
를 만나기 힘드실 거예요."

하지만 철학자는 갑작스러운 여자의 고백에 바로 결정을 내리지 못했고 이렇게 대답했다.

"미안하지만, 생각할 시간을 좀 주세요."

그날 이후로 철학자는 자신이 결혼을 해야 하는 이유와 그렇지 않은 이유를 일일이 종이에 적어가며 현명한 판단을 내리고자 애썼다. 하지만 아무리 생각해봐도 어느 쪽이 더 낫다는 결정을 내릴 수가 없었다. 결국 오랜 시간이 지나도록 철학자는 어떤 결론도 내리지 못했다. 그러던 중, 마침내 다음과 같은 결론을 얻었다.

'어느 한 가지 선택하기 어려운 상황에 놓였을 때는 그동안 겪어보지 못했던 새로운 경험을 선택하는 것도 좋은 방법이야.'

그래서 철학자는 그녀의 청혼을 받아들이기로 마음먹었다.

"결혼을 했을 때 내 인생이 어떻게 달라질지는 겪어보지 않은 이상 알 수 없는 거야. 그래, 한번 도전해보자!"

철학자는 곧장 여자의 집에 찾아갔고 문 앞에서 그녀의 아버지와 마주쳤다.

"어르신, 따님은 어디 있습니까? 그녀와 결혼하기로 마음을 굳혔습니다." 철학자가 말했다.

그러자 그녀의 아버지가 냉담한 얼굴로 대답했다.

"대체 10년이 지나도록 어디서 뭘 하다가 이제 오는 건가? 내 딸은 벌써 다른 남자와 결혼해 세 아이의 엄마가 되었다네."

철학자는 그때야 자신이 우물쭈물 고민하는 사이 10년이란 세월이 지나갔다는 사실을 알게 되었고, 뒤늦게 후회가 밀려왔다. 또 그는 자신이 현실생활에 도움이 되지 않는 쓸데없는 학문에만 매달려 시간낭비만 했다는 회의감에 당장 학문을 그만뒀다. 대신 인생의 소중한 교훈을 얻었다. 그는 훗날 자신의 저서 마지막 페이지에 이런 글을 남겼다.

'사람의 인생을 이등분으로 나눈다면, 그 앞의 절반은 쓸데없는 고민에 매달리지 않아야 하고 그 뒤 절반은 그 앞의 인생에 대해 후회하지 않아야 한다.'

인생을 살면서 우리는 종종 선택의 갈림길에 놓이기도 한다. 인생은 흐르는 강물처럼 끊임없이 움직이기에 그 속에서 우물쭈물하다가는 소중한 사람도, 시간도 모두 놓치고 만다.

세상에서 가장 어리석은 일은 바로 후회하는 것이다. 실패한 사람들에게 그 이유를 물어보면 대부분은 생각이 많을 뿐, 행동하지 못했다고 대답한다. 이러한 실패를 줄이기 위해서는 아이디어가 떠오른 순간 즉시 행동해야 한다.

인간은 모두 인생이란 바다에서 자신만의 배를 조종하는 선장이다. 단 한번뿐인 인생에서 무엇을 얻을지는 오직 당신의 노력과 수고에 달려 있다. 우리는 모두 역사의 주인이자 그 안에 열매를 맺지 못하는 죽은 나무와 같다.

미국 하버드 대학 출신의 유명 작가 랄프 W. 에머슨은 이런 명언을 남겼다.

"인생이란 우리들이 이 세상에 살면서 몸으로 배우지 않으면 안 되는 교훈의 연속이다."

책 1만 권을 읽는 것보다 열 번 실천하고 백 번 실현하는 것이 더 값진 경험으로 남는다. 인간의 역사는 작은 실험에서 시작되었으며, 성공의 역사는 실천에서 이뤄졌다. 짧은 인생을 사는 우리가 기억해야 할 것은 무엇을 얼마나 하느냐가 아니라, 그 무엇을 얼마나 '제대로' 해내느냐에 있다.

윌 로저스는 "올바른 길 위에 있더라도 거기에서 가만히 앉아 있으면 차에 치일 것이다."라고 했다. 그의 명언처럼 길 위에 차가 나에게 달려온다면 움직이고 피해야 내가 안 다칠 수 있습니다. 차가 다가와도 가만히 있는 다면 분명 나는 다치고 만다.

나의 삶도 마찬가지다. 계획을 세웠다면 움직여야 합니다. 움직이지 않으면 조금도 전진할 수 없고, 조금도 변화할 수 없습니다. 계획이 있고 목표가 있다면 지금 바로 움직이세요.

성공하는 사람은 실행력이 강하다. 그들이 생각을 바로 행동으로 옮길 수 있는 이유는 자신의 행동에 기꺼이 책임질 각오가 되어 있기 때문이다.

이렇게 저지르고 책임지는 방식으로 성과를 내는 사람들은 거대한 성과를 거두곤 한다. 가령 세미나를 하고 싶다고 가정하자. 그래서 별다른 계획 없이 세미나 안내문을 먼저 인터넷카페에 올리고 홍보를 한다. 그 홍보문을 보고 2명이 참가 신청을 하게 된다. 그럼 참가자가 있으니 장소를 대여하고 PPT를 작성해야 한다. 세미나 안내문을 공지하기 전까지 준비가 전혀 안 되어 있는 상태일 것이다. 하지만 일단 세미나를 하겠다고 마음을 먹으면 몇 개월간 미루던 세미나를 단 2주 만에 준비하고 성공적으로 개최할 수 있게 될 것이다.

자신이 정말 원하는 삶을 살고 싶다면 지금 바로 '행동하고, 행동에 책임지는 연습'을 해야 한다.

누구나 부자를 꿈꾸고, 성공하기 위해 〈시크릿〉과 〈왓칭〉, 〈끌어당김의 법칙〉등 작기계발서를 읽는 사람들이 많다. 그러나 수 십 권의 자기계발서를 읽어도 내가 변하지 않는다면 한 번의 자극으로 끝나고 말 것이다.

자기계발서를 보면 '상상하면 이루어진다'거나 '생생하게 꿈꾸면 현실이 된다'는 말이 많이 있다. 하지만 실제로 꿈이 이뤄지지 않아 실망하는 사람도 많다.

그래서 뭔가 잘못됐다는 생각에 방법을 바꿨다. 롤모델로 삼을 만한 성공한 CEO를 유심히 살폈더니, 그는 나와 달리 자신이 계획하고 생각하는 것을 몸으로 직접 실천했다. 운동을 시작해야겠다고 말하면 그날 반드시 헬스장에 등록했고, 여행을 가고 싶다고 생각하면 바로 비행기 티켓부터 예약했다. 세미나를 개최해야겠다고 말하면 바로 공지를 띄웠다. 이를 통해서 생각은 즉시 행동으로 옮겨야 의미가 있다는 점을 명확히 깨달았다. 그래도 생각을 행동으로 옮기기를 주저하는 사람이 있을 것이다. 자신이 행동에 대해 책임지는 것이 두렵기 때문이다. 일단 "저지르고 책임져라"

유명한 탐험가 존 고다드(john Gddard)는 열일곱에 에베레스트 등정, 아마존 탐험, 우주비행사가 되어 달 탐험하기 등을 포함한 127개의 꿈의 목록을 스스로 만들고 결국 모든 꿈을 40년 만에 이뤄냈다. 그는 이렇게 말했다.

"꿈은 머리로 생각하는 것이 아닙니다. 가슴으로 느끼고 손으로 적고 발로 뛰는 것입니다."

특히, 수많은 유머를 남기고 인생을 재기발랄하게 살다 간 작가 버나드쇼의 묘비명은 내게 즐거운 충격을 주었다. 지나간 인생에 대한 후회는 바로 이 '우물쭈물' 때문에 생기는 것이 아닐까? "I knew if I stayed around long enough, something like this would happen."

(나 우물쭈물하다가 이렇게 될 줄 알았다.)

제3장

나를 성공시키는 '신념의 힘'

박지원 국민의당 전 대표(앞줄 좌측 두 번째)의 강의로 진행된
동국대 상생과통일포럼 리더십 최고위과정.

01

강한 신념만이 당신의
성공을 불러 온다

"삶은 우리가 무엇을 하며 살아 왔는가의 합계가 아니라, 우리가 무엇을 절실하게 희망해 왔는가의 합계이다."　　　　　-호세 오르테가 이 가세트

"세상의 그 어떤 것도 나의 의지와 신념을 무너뜨리지는 못한다."

-토마스 하디Thomas Hardy

"시작과 창조의 모든 행동에 한 가지 기본적인 진리가 있다. 그것은 우리가 진정으로 하겠다는 결단을 내린 순간 그 때부터 하늘도 움직이기 시작한다는 것이다."　　　　　-토마스 에디슨

미국의 제16대 대통령이었던 에이브러햄 링컨(Abraham Lincoln)은 이런 말을 했다.

"폭포는 결코 절벽보다 더 높이 흐를 수 없다. 이는 사람도 마찬가지다. 어떠한 성취감도 그 사람의 신념을 뛰어넘을 수 없다."

이처럼 성공의 원리를 하나로 묶어주는 것이 바로 신념이라는 끈이다. 운명을 뛰어넘는 사람에게 신념은 운명의 지배자다. 세상을 움직이며 혁혁한 공을 세운 사람들은 엄청난 부자도, 대단한 권력가도, 명예가 있는 사람도 아니다. "나는 생각한다. 고로 존재 한다"는 말을 설파했던 데카르트의 명제처럼 결국 세상을 움직인 것은 작은 개인의 신념이었다. 어떤 일을 하더라도 흔들림 없는 자신만의 강한 신념을 갖고 일하면 목표를 성취할 수 있다.

신념은 의지와 행동의 기초이자, 행동의 동기와 장기적인 목표를 하나로 이어주는 매개체다. 신념이 없는 사람은 의지가 부족해 적극적으로 행동하지 않는다. 강한 신념은 잠재된 에너지를 자극해 정신력과 욕망, 욕구, 신앙에 대한 의지와 행동을 이끌어내 준다.

한 철학자는 신념에 대해서 다음처럼 말했다. "스스로 마음의 주인으로 사는 사람은 삶에 끌려 다닐 것인지, 삶을 끌어갈 것인지 마음이 정한 대로 행동한다. 강한 신념을 가지고 자신의 삶을 이끌어갈 수 있는 힘은 이미 당신 안에 있다. 당당하게 당신의 삶을 주도하라.

한 장난꾸러기 아이가 우연히 산속을 지나다 독수리 둥지에든 알을 발견했다. 아이는 집에 있는 암탉에게 이 알을 품게 하면 독수리가 태어나는 것을 볼 수 있을 거라는 생각에 얼른 하나를 집어 집으로 달려왔다. 그리고 며칠 뒤, 알에 금이 가기 시작하더니 정말로 새끼 독수리가 태어났다. 새끼 독수리는 자신이 독수리인지도 모른 채 다른 닭들과 어울려 함께 곡식을 쪼아 먹으며 자랐다.

그런데 하루는 엄마 닭이 급히 뛰어오며 병아리들을 우리 안으로 밀어 넣기 시작했다. 알고 보니 큰 독수리 한 마리가 닭장 주변을 맴돌고 있었던 것이다. 어미 닭은 독수리에게 새끼를 빼앗길까 마음이 불안했다.

그런데 하늘을 나는 독수리의 모습을 본 순간, 어린 독수리는 자기도 모르게 이렇게 중얼거렸다. "와, 멋지다! 내가 만일 독수리로 태어났다면 저렇게 멋진 날개를 가졌을 텐데."

그러자 옆에 있던 한 병아리가 비웃으며 말했다.

"이 바보야! 닭이 하늘을 나는 게 말이 되니?" 꿈 깨."

"그래, 네 말이 맞아. 닭은 하늘을 날 수 없어. 그렇지?"

어린 독수리는 얼른 고개를 돌려 병아리와 함께 곡식을 쪼아 먹었다. 그런데 어느 날, 한 조련사가 친구와 함께 농장 앞을 지나가게 되었다. 그들은 닭장 속에 독수리가 있는 것을 보고는 깜짝 놀랐다. 조련사가 말했다.

"왜 독수리가 저기에 있지? 내가 데려다가 하늘을 나는 법을 직접 가르쳐야겠어."

그러자 친구가 그를 말렸다.

"병아리와 함께 자라서 이미 날개가 퇴화했을 거야. 불가능하니까 포기하게."

하지만 조련사는 생각이 달랐다. 그는 독수리를 농장지붕 꼭대기에서 아래로 떨어뜨리면 분명 날개가 펴질 거라고 믿었다. 하지만 독수리는 '파닥파닥' 몇 번 날갯짓을 하는 것 같더니 금세 바닥으로 떨어졌다. 그리고 언제 그랬냐는 듯 다시 먹이를 먹기 시작했다.

조련사는 여기서 포기하지 않았다. 그는 마을에서 가장 높은 나무를 찾아 그 위에서 독수리를 아래로 떨어뜨렸다. 비록 닭들과 함께 자랐지만 날 수 있는 독수리의 본능은 숨길 수 없을 거라고 믿었다. 하지만 독수리는 역시나 날아오지 못하고 바닥으로 툭 떨어졌다.

결국 조련사는 독수리를 절벽 위로 데려갔다. 친구가 그를 말렸지만, 조련사는 여전히 확신하고 있었다. 독수리는 아래를 내려다보았다. 집과 농장, 강과 나무들이 모두 자신의 발아래 있다는 사실에 희열이 느껴졌다. 그러면서 날개 밑이 살살 간질거려왔다.

조련사가 독수리를 잡고 있던 손을 놓자. 독수리는 아래로 떨어져버리는 것 같더니 금세 날개를 활짝 펴고 하늘 위로 날아올랐다. 독수리는 조련사 덕분에 잃었던 본능과 자유를 되찾게 되었다.

어쩌면 우리 역시 어린 독수리와 같다. 하늘을 날 수 있는 멋진 날개가 있는 것도 알지 못한 채 머리로만 하늘을 나는 꿈만 꾸고 있지는 않는가? 더 웃긴 일은 이러한 꿈이 종종 주위에서 "그건 불가능한 일이야," 또는 "네가 어떻게 그걸 하겠어?"라는 몇 마디 말에 금세 부서져버린다는 것이다.

당신이 정말로 닭이 아닌, 멋진 독수리 같은 인간이라고 생각한다면 이제라도 늦지 않았으니 바닥을 딛고 하늘로 날아올라라. 현실에 안주한 채 곡식만 쪼아 먹고 있다가는 평생 병아리를 낳을 수 없는 보잘 것 없는 닭으로 살다 갈 것이다.

어떤 상황에서도 할 수 있다는 강한 신념과 희망이 있는 사람은 눈앞에 기상천외한 일들이 펼쳐져도 결코 흔들리지 않는다.

그러나 희망이 없는 사람은 그의 부정적인 감정과 태도의 영향을 받은 무의식이 그를 나쁜 방향으로 이끌 것이다. 이렇게 부정적인 에너지에 갇혀있는 잠재력은 결국 세상의 빛도 보지 못한 채 더 어둡고 깊은 나락으로 꼭꼭 숨어버린다.

불행과 시련 앞에서는 누구나 자신감이 떨어질 수밖에 없다. 그럼에도 불구하고 성공하는 사람은 어떤 최악의 상황에서도 희망을 포기하지 않는 자들이다. 그들은 무조건 긍정적인 마음으로 문제를 바라보고, 미래에 희망을 품는다.

BC 49년 갈리아의 총독 줄리어스 시저는 "이미 주사위는 던져졌다."고 선언하며 군대를 이끌고 루비콘 강을 건넜다. 그리고 로마 총독 폼페이우스와의 한판승부를 끝낸 뒤 "왔노라, 보았노라, 그리고 이겼노라."하고 선포했다.

루비콘 강은 이탈리아 북부를 동서로 가로지르는 강이다. 당시의 로마법에 따르면 무장 해제하지 않고 이 강을 건너 로마로 향한다는 것은 로마에 대한 선전포고나 다름없다. 즉 '루비콘 강을 건넌다'는 말은 결코 돌이킬 수 없는, 중대한 결단을 내리고 결연히 행동에 나선다는 뜻이다. 시저는 로마를 손에 넣기로 작심했다. 절대로 후퇴하거나 되돌아가지 않겠다는 불사항전의 각오, 처자식을 제 손으로 베고 전쟁에 나간 계백처럼 배수의 진을 치고 결심을 이루겠다는 약속이다.

이제 당신도 루비콘 강을 건너야 할 때다. 인생의 출사표를 던져라. 모든 과거를 벗어 던지고 오로지 미래에 대한 부푼 희망과 강한 신념을 가슴에 품고 앞으로 나아가는 일만 남았다.

02

태양과 같은 신념을
마음에 심어라

⋮

"당신은 바로 자신이 생각한 대로 될 것이다."

–하버드 대학교 졸업생 미국의 철학자 랠프 월도 애머슨 Ralph Waldo Emerson

　호박벌을 아는가? 녀석은 세상에서 가장 부지런한 놈이다. 꿀을 따 모으기 위해 아침부터 저녁까지 잠시도 쉬지 않고 고작 2.5센티미터밖에 안 되는 체구로 1주일에 1,600킬로미터를 날아다닌다. 그 작은 체구에 비하면 천문학적 거리를 날아다니는 것이다. 하지만 호박벌은 사실상 날 수 없는 구조를 갖고 태어났다. 몸은 너무 크고 뚱뚱하다. 이에 비해 날개는 매우 작고 가벼워서 공기역학적으로, 날 수 있는 것은 고사하고 떠 있는 것 자체가 불가능하다.

　그런데 녀석은 어떻게 그 엄청난 거리를 날아다닐 수 있을까? 불가능을 가능으로 바꿔놓은 비결은 무엇일까? 그 비결은 바로 호박벌이, 자신이 날 수 없게 창조되었다는 사실을 전혀 모른다는 것이다. 녀석은 자신이 날 수 있는지 따위에는 전혀 관심 없다. 오로지 꿀을 따 모으겠다는 목적만이 있을 뿐이다. 그래서 날아야 했고, 날기로 '작정' 했을 뿐이다. 호박벌! 이 작지만 똑똑한 녀석은 "작심한 자에게 불가능이란 없다."란 말을 온몸으로 증명한다.

중국의 억만장자인 알리바바 그룹의 마윈도 강한 신념으로 중국 최고의 사업가가 되었다. 그는 사범대학을 졸업하고 영어교사를 하다가 28세에 통역회사를 차려 기업경영을 시작했고, 35세에 알리바바를 설립했다. 일본의 손정의는 24세에 '소프트뱅크'라는 컴퓨터 소프트웨어 판매회사를 차려 성공하면서 꾸준한 사업 확장으로 억만장자가 되었다.

또한 페이스북을 창업해서 세계 최연소 억만장자가 된 저커버그는 이제 겨우 32세이다. 이들은 절대 금수저가 아니었다. 일찍이 자수성가해서 다이아몬드 수저가 된 인물들이다.

이들이 젊은 나이에도 억만장자가 되어 자신이 타고난 수저 색깔을 바꾼 비결은 무엇일까?

자신의 타고난 환경을 뛰어넘어 큰 성취를 이룬 이들의 공통점은 확고한 신념과 분명한 자기 철학이 있었다.

빌 게이츠나 스티브 잡스도 일찍부터 자신이 좋아하는 것, 관심을 가진 것에 집중하고 몰입해 독하고 끈질기게 파고들었다. 그들은 미래를 내다볼 줄 알았다. 미래를 내다보고 자신이 추구하는 것들이 앞으로 '세상을 바꿀 수 있다' 는 명확한 신념에서 나온 것이다. 그리하여 자기 철학에 따라 조금도 주저하지 않고 앞만 보고 내달렸다.

자신의 힘으로 수저 색깔을 바꾸고 싶다면 확고한 신념을 가지고, 자신감으로 행동해야 한다. 집요한 노력이 필요하다. 계속 고민하고, 살피면서 새로운 아이디어를 계속 집요하게 찾아내야 한다.

자신이 추구하고자 하는 것이 결정되면 집요하게 관련 자료들을 찾아 모으고, 많은 사람들을 만나 묻고 또 묻고, 여러 전문가나 선배들의 조언을 전해 듣고, 끈질기게 발품을 팔아 시장상황을 계속 조사하며 파고 들어야 한다. 때로는 인턴으로 직접 현장체험도 필요하다. 이렇게 관련지식과 현장경험을 쌓아 전체를 내다볼 수 있는 지식과 안목이 생기면 무엇이든 '할 수 있다.' 는 신념이 생긴다.

하버드 대학에서는 학생들이게 이렇게 가르친다.

"신념이 강한 사람은 성공할 확률도 높다. 신념은 항해하는 배의 조타수와 같다. 조타수가 없다면 배는 방향을 잃고 암초에 부딪혀 파도에 휩쓸려 침몰하고 말 것이다. 이와 마찬가지로 신념이 없으면 자아를 상실하고 삶의 의미를 찾지 못하게 될 것이다."

신념은 마치 떠오른 태양과 같다. 우리가 그것을 향해 나아갈 때 그림자는 뒤에 따라 올 것이다. 우리는 불행과 고난에 직면해서도 나만의 신념을 끝까지 지켜야만 한다. 신념은 어떤 순간에도 삶을 지탱할 수 있는 강력한 힘을 제공해주기 때문이다. 강한 신념을 지켜내기 위한 비결은 다음과 같다.

1. 매일 아침 자신에게 "너는 무조건 최고야!"라고 말하라

자신감은 우리가 성장하는 데 필요한 매우 중요하다. 자신감은 우리의 열정과 에너지를 좌우한다. 자신감이 높은 사람은 늘 활기 넘치고 남들보다 강한 신념을 가지고 있다.

2. 목표를 적고 하루에 100번씩 읽어라

말에는 신비로운 힘을 갖고 있어 반복해서 말하면 무의식에 영향을 미치고 내면을 움직이게 된다. 그러니 자신의 목표를 적어 놓고 하루에 100번씩 읽어보라. 자신에게 100번을 말을 걸고 격려하는 힘이기에 점차 자신감이 강해질 것이다.

3. 벽에 신념을 자극하는 명언을 붙여라

불타는 나만의 신념을 자극할 수 있는 명언을 찾아 아침에 일어났을 때 가장 잘 보이는 곳에 붙여 놓는다. 그리고 흔들릴 때, 자신감이 꺾일 때, 신념이 약해졌다고 느끼면 명언을 보며 마음속으로 되뇌어 보자.

다음 이야기를 통해 태양과 같은 신념의 힘을 알 수 있다. 사막을 횡단하던 중, 한 무리의 사람들이 길을 잃었다. 뜨거운 태양 아래 길을 헤매던 사람들은 탈수 증상으로 생명까지 위태로워졌고, 더 이상 걸어갈 힘도 없었다. 그때 무리를 이끌던 노인이 가방에서 물통을 꺼내며 말했다.

"여기 마지막 물이 있네. 사막을 벗어나면 함께 나눠 마시는 걸로 하고, 힘을 내서 길을 찾아보는 게 어떤가?"

노인의 말에 힘을 얻은 사람들은 다시 힘을 내 걷기 시작한다. 마지막 남은 물통은 그들의 유일한 희망이었다. 물이 가득 찬 물통을 본 사람들은 살아야겠다는 의지가 살아났다. 그러나 햇볕이 강해지자 더 이상 참지 못한 한 사람이 노인에게 부탁했다.

"물 한 모금만 마시게 해주세요. 제발 좀"

그의 말에 노인은 화를 냈다.

"안 되네. 이 물은 사막을 벗어나 마실 수 있네. 지금은 절대 못 마시네."

어느 날 저녁, 노인은 물통과 쪽지만 남기고 자취를 감췄다.

"내게 사막횡단은 더 이상 할 수 없네. 물통을 남기고 먼저 저 세상으로 가 있을 테니, 사막을 벗어나기 전까지는 절대 물을 마셔서는 안 되네."

사람들은 계속 길을 떠났다. 노인의 물통은 사람들이 차례로 들었지만, 누구도 노인의 목숨과 맞바꾼 물을 함부로 마실 수 없었기에 물을 마시는 사람은 전혀 없었다.

사람들은 마침내 사막을 벗어났고, 눈물을 흘리며 기뻐했다. 그때 누군가 노인이 남긴 물통의 뚜껑을 열었다. 놀랍게도 그 안에 들어있던 것은 물이 아니라 모래뿐이었다. 이처럼 강한 신념의 힘은 사람의 목숨을 살릴 정도로 매우 강하다.

스타벅스의 신화를 만들어낸 하워드 슐츠는 스물 여덟 살의 젊은 나이에 성공했다. 그는 흔한 말로는 그는 '개천에서 난 용'이었다. 그는 뉴욕의 빈민가에서 태어나 미식축구로 장학금을 받아가며 간신히 졸업했다. 어떤 상황에서도 그는 웃음을 잃지 않았다.

그랬던 그가 스타벅스를 전 세계 1만 6천 개가 넘는 매장을 자랑하는 세계적인 기업으로 성장시켰다. 물론 스타벅스를 오늘에 이르기까지 엄청난 시련과 실패를 경험했다.

사업자금 마련을 위해 열심히 뛰어 다녔지만 돌아오는 것은 차가운 거절뿐이었던 그 시기를 다음과 같이 회상하곤 한다.

"내 인생에서 가장 고달픈 시기였다"고 회상했다. 투자자들은 모두 그를 문전박대하고 심지어 모욕적인 말까지 했지만 결코 좌절하지 않고 버티면 인내해서 성공신화를 이룬 것이다."

03

인생을 반전시키는
놀라운 '상상의 힘'

" '마음 조각하기' 라는 간단한 기술을 사용해 새로운 사회적 기술과,

정신적 기술 심지어는 육체적인 것까지 개발할 수 있다. 간단하다.

그냥 하고 있는 모습을 상상하기만 하면 된다.

좋은 일을 생각하면 좋은 일이 생긴다.

나쁜 일을 생각하면 나쁜 일이 생긴다.

여러분은 여러분이 하루 종일 생각하고 있는, 바로 그것이다."

－조셉 머피

놀랍게도 인간의 잠재력은 끝없이 무한하다. 그러나 안타깝게도 인생을 사는 동안 그 잠재력의 절반도 채 사용하지 못한다고 한다. 잠재력은 순간적인 기지와 지혜 등으로 발휘된다.

아인슈타인은 일찍이 이런 말을 했다.

"사람의 두뇌를 100으로 봤을 때, 보통 사람들은 그것의 겨우 35퍼센트밖에 쓰지 못한다.

천재는 그보다 고작 8퍼센트를 더 쓸 뿐이다."

모든 성공의 필수조건인 재빠른 순발력과 상상력, 그리고 용기, 이 모든 것은 지혜가 있어야 발휘될 수 있다. 그리고 물론 당신도 선천적으로 천재가 될 가능성을 타고난 존재임을 믿어라. 당신의 잠재력을 무한한 성공의 에너지를 바꿀 수 있는 상상의 힘을 활용하면 훨씬 더 많은 성취를 느낄 수 있다.

심리학자는 비슷한 수준의 학생들을 세 그룹으로 나누고 재미있는 실험을 했다. 각자 다른 방법으로 슛 연습을 시킨 것이다. 첫 번째 그룹의 학생들에게는 별다른 지시 없이 매일 자유롭게 슛을 연습하도록 했고, 두 번째 그룹은 매일 오후 체육관에서 한 시간씩 연습을 하도록 했다. 그리고 세 번째 그룹 학생들에게는 매일 자신이 한 시간씩 슛 연습을 하는 상상을 하도록 했다. 자신이 던지는 공을 모두 골인시킨다는 가정을 하되, 상상 속에서 동작까지도 신경 쓰도록 한 것이다.

한 달 후, 세 그룹의 슛 테스트를 진행했다. 그런데 그 결과가 참 놀라웠다. 첫 번째 그룹은 마음대로 연습을 해서인지 평균 골인 확률이 39퍼센트에서 37퍼센트로 하락했다. 두 번째 그룹은 체육관에서 꾸준히 연습한 덕분에 평균 골인 확률이 39퍼센트에서 41퍼센트로 상승했다.

그런데 놀랍게도 오직 상상 만으로만 연습했던 세 번째 그룹은 평균 골인 확률이 39퍼센트에서 무려 42.5퍼센트로 높아진 것이다.

신기하게도 마음속 상상으로만 연습한 학생들이 체육관에서 실제로 연습한 학생들보다 더 골인 성공률이 높아지다니! 이게 어떻게 가능한 일일까? 그 이유는 간단하다. 세 번째 그룹 학생들의 상상 속에서 그들이 던진 공은 언제나 골인이 되었기 때문이다. 즉, '성공하는 상상' 속에서 계속해서 자신이 원하는 결과를 만들어내고 또 시뮬레이션한 것이 마음속의 잠재력을 일깨워 정말로 골인 확률을 높인 것이다. '상상'의 힘이 얼마나 대단한지를 증명하는 동시에 인간 두뇌의 무한한 잠재력을 보여준 실험이었다.

하버드대에서는 위대한 인생이 우리의 '상상'에서부터 시작된다고 강조한다. 자신을 실패자라고 생각하면 자꾸만 실패하게 되지만, 자신을 성공자라고 생각하면 끝없는 성공을 불러오게 된다. 위대한 인생은 우리의 상상에서부터 시작된다. 어떠한 사람이 될 것인지 정하고 구체적으로 자기암시를 하면 상상은 현실화할 의지 또는 동기가 생겨나 내가 하고자 하는 일을 할 수 있고, 또 내가 바라는 사람이 될 수 있다.

당신도 하버드대 출신처럼 멋지고 성공한 인생을 살고 싶은가? 그렇다면 좋은 방법이 있다. 자신을 마치 하버드 엘리트라고 생각하고 그들처럼 행동하고, 공부하고, 일하는 것이다. 그렇게 하면 당신은 정말로 그들과 똑같이 능력 있는 사람이 될 수 있다.

상상의 힘을 잘 활용한 성공 사례는 미국의 유명 패션디자이너 마담 아네트의 성공 스토리가 그 좋은 예이다. 가난한 집에서 출생한 아네트는 성인이 된 후 뉴욕에서 일을 시작했다. 그녀의 어렵게 구한 일자리는 5번가의 한 의상실 점원이었다. 꽤 고급 의상실이라 가게를 찾는 손님은 주로 부잣집 상류사회의 부인들과 아가씨들이었는데, 멋지게 옷을 잘 차려입은 그녀들의 우아한 모습은 언제나 아네트의 마음을 설레게 했다.

'마땅이 갖춰야 할 여성의 모습이란 바로 저런 거야!'

그녀의 마음속에서는 꼭 저들과 똑같은 삶을 살고야 말겠다는 강렬한 욕망이 꽃피웠다.

그 후 아네트는 매우 재미있는 시도를 했다. 그녀는 궁핍한 생활에 초라한 티셔츠밖에 입을 수 없는 현실이었다. 그러나 자신을 아름다운 옷을 차려입은 부잣집 부인이라고 상상하기로 했다. 그녀는 매일 일을 시작하기 전, 의상실의 거울 앞에 서서 온화하고 자신 있는 미소를 지으며 우아하게 웃는 연습을 했다. 손님들을 대할 때에도 항상 이 같은 모습을 유지하기 위해 노력한 결과 그녀는 손님들에게 좋은 이미지를 남겼고,

호평을 얻었다. 손님들은 사장에게 그녀를 입을 모아 칭찬했다.

아네트는 계속 주어진 일에 성실히 임했으나 계속 점원으로만 남고 싶은 생각은 없었다. 이러한 그녀의 눈에 들어온 건 바로 의상실 사장이었다. 그녀는 가게를 찾는 손님들처럼 옷을 한껏 잘 차려입은 수려한 모습이었다. 그러나 사장에게는 다른 손님들과는 다른 점이 있었다. 바로 현명함과 탁월한 사업 수완, 그리고 빈틈없이 일을 완벽하게 처리하는 꼼꼼함이었다.

아네트는 사장을 롤모델로 삼아 그녀를 닮아가고자 노력했다. 그녀는 항상 마음속으로 '내가 의상실의 주인이다' 라는 생각으로 모든 일에 임했다. 친절하되 매너 있는 모습으로 고객들을 대했고, 사소한 일에도 정성을 다했다. 이를 눈여겨보던 사장은 그녀를 될성부른 나무라 생각해 이후 그녀에게 의상실관리를 맡기고 디자인 기술까지도 가르쳐주었다. 조금씩 그녀는 패션디자이너로 성장했고, '아네트' 라는 브랜드를 성공적으로 론칭해 '마담 아네트' 로 이름을 날렸다.

아네트의 성공 비결에는 여러 이유가 있다. 그러나 무엇보다도 가진 것이 아무것도 없는 상황에서도 용감하게 성공을 꿈꾸었기에 가능했다. 자신이 바라고 원하는 모습을 머릿속에 그려보고 이를 현실로 만들기 위해 끊임없이 자신을 담금질해 잠재력을 끄집어냈다. 결국 자신이 상상 속에서 그리던 멋진 모습으로 거듭날 수 있었던 것이다.

상상의 힘에는 엄청난 힘이 있다. 바로 뇌는 현실과 상상을 전혀 구별하지 못한다. 뇌는 착각 덩어리이다. 당신의 이상형과 멋진 레스토랑에서 최고급 식사를 한다고 상상해보라. 그 사람과 훌륭한 맛이 나는 최고급 음식을 떠서 먹는 모습까지 자세히 떠올려보자. 웃음이 나오고 저절로 군침이 돌지 않는가? 이게 바로 현실과 상상을 구별하지 못하는 뇌의 착각이다. 머릿속에 그리는 것이 상상이든 현실이든 같은 신경회로를 통해 처리해 몸속 각 기관에 명령을 내리기 때문이다. 맛있는 음식을 상상하면 군침이 돌고, 좋아하는 사람을 떠올리면 얼굴에 미소가 띄는 반응은 모두 뇌의 착각으로 일어난다.

이처럼 어떤 경험을 떠올리거나 상상할 때도 뇌에서는 현실에서 체험하는 것과 동일한 작용이 일어난다. 뇌에게 상상은 곧 현실 체험과 같다.

만일 당신의 목표가 호텔을 운영하는 것이라고 하자. 호텔을 어디에 차릴지, 간판은 어떻게 하고 내부를 어떻게 꾸미고 어떤 방식으로 일할지, 어떤 분위기의 호텔로 할지 머릿속에 자세히 그려보자. 호텔 분위기, 직원의 미소, 들뜬 손님의 목소리, 손님을 응대하는 자기 기분까지 계속해서 이미지를 넓혀가자.

이렇게 생생하게 떠올리면 지금 무엇을 해야 할지 무의식 속에서 뇌가 명확하게 판단해 자연스럽게 목표 실현을 위한 행동으로 이어지게 된다.

04

자기암시로 원하는 것을
크게 얻어라

사람은 누구나 '자기 생각'을 갖고 있어서 이것이 긍정적이든 부정적이든 자신도 모르게 잠재의식에 자기암시를 주고 있다.

잠재의식은 흡사 비옥한 밭과도 같다고 볼 수 있다. 하지만 아무리 기름진 땅이라고 해도 씨앗을 뿌리지 않고 방치한다면 곧 잡초만 무성해지고 아무짝에도 쓸모없게 될 것이다. 이는 잠재의식에도 똑같이 적용된다. 긍정적 자기암시가 당신에게 주어진다면 잠재의식은 당신이 바라는 것을 바꾸어 더욱 발전시킬 것이다. 그러나 그대로 방치한다면 가능성에 가득 찼던 잠재의식까지도 잡념이란 덤불에 점령되어 무참하게 파멸해 버릴 것이다.

원하는 것이 있는가? 자기암시를 활용해서 원하는 것을 얻는 방법은 간단하다. 당신이 원하는 간절한 소망을 종이에 써서 하루에 세 번씩 소리 내어 읽는다. 이때는 오감을 활용하여 이미 그 소망을 달성한 것처럼 생생하게 느끼도록 노력하라. 이때 중요한 것은 단순히 그 말을 하는 것이 아니다. 그것을 반복했을 때 생겨나는 당신의 감정과 마음의 변화인 것이다. 이 가르침을 지켜 나간다면 당신의 소망은 잠재의식 속에서 곧 확고한 신념으로 변신할 것이다. 잠재의식은 곧 마음의 변화라고 할 수 있다. 즉 영혼의 감동에 의해서 놀라운 힘을 발휘하게 된다.

한번은 아프리카의 성자, 슈바이처 박사가 원주민들의 금기에 관하여 놀랄 만한 사실을 말한 적이 있다. 원주민들 사이에는 아이들이 태어날 때, 그 아버지가 술을 마시고 취한 상태에서 나오는 말 그대로 새로 태어나는 아이의 금기를 말해준다고 한다. 예를 들어 "왼쪽 어깨" 하면, 그 아이의 왼쪽 어깨가 금기가 되어 거기를 얻어맞으면 죽는다고 믿게 된다. "바나나"하고 말하면, 그 아이는 커서도 바나나를 먹으면 죽는다고 믿는 것처럼 말이다. 놀랍게도 슈바이처 박사는 실제로 그 금기로 죽은 경우를 많이 보았다고 한다.

다음과 같은 극단적인 일도 있다. 어느 원주민이 바나나 요리를 하고 냄비를 씻지 않은 채 그 냄비로 요리를 하여 음식을 먹었다. 원주민은 나중에 그 냄비로 바나나 요리를 했다는 것을 알게 되었다. 그 순간 원주민은 새파랗게 질리며 갑자기 경련을 일으키고 쓰러지더니 어떤 치료도 효과를 보지 못하고 그만 죽고 말았다.

당연히 바나나 요리를 먹고 죽을 사람은 없다. 그 원주민이 냄비에 바나나가 묻어있다는 사실을 몰랐다면 아무렇지도 않았을 것이다. 암시는 이처럼 놀라운 것이다. 당연히 우리는 이처럼 쉽게 암시에 걸리는 일은 없다. 하지만 정도의 차이는 있어도 암시는 놀라운 작용을 한다.

그래서 '나의 병은 결코 낫지 않을 것이다.', '나는 절대 행복해 질 수 없다.', '뭔가 나쁜 일이 일어날 것 같다.' 는 등의 부정적인 암시가 일어날 때마다 단호하게 즉시 그 암시를 묵살시키는 습관을 길러야 한다. 그러면 나쁜 암시는 작용할 수가 없게 된다. 그리고 좋은 암시로 바꾸어라. '나는 아주 건강하게 될 것이다.', '나는 유능한 배우자를 만날 수 있다.' 라고 말이다.

당신이 아는 분들을 생각해보라. 나름 자신의 길을 걸으며 성공한 사람들은 나쁜 암시를 받아들이지 않는 습관과 긍정적인 마음가짐을 갖고 있다.

이처럼 심리암시는 무의식적으로 이해하고 받아들일 수 있는 말과 행동을 통해 원하거나 계획 중인 행동에 영향을 미치는 것을 뜻한다. 연구에 따르면, 교묘한 암시는 자기도 모르게 우리의 판단력을 흐리게 해 생각에 영향을 미친다. 자기암시를 통해 꿈을 실현하기 원한다면 자신에 대한 의심을 버리고 "나는 반드시~할 수 있다."고 선포해라.

그러면 마음속에 긍정적인 에너지가 형성되어 현실에서도 역시 긍정적이고 큰 힘을 발휘하게 될 것이다.

이 같은 심리암시는 주변에서 목격할 수 있다. 예를 들어, 어느 날 누군가 "얼굴색이 안 좋아 보여요, 어디 아프세요?"라고 묻는다면 아무 이상이 없지만 갑자기 머리가 어지럽거나 어디 아픈 기분이 든다. 결국에 병원을 찾아가 권위 있는 의사에게 "정상입니다."라는 말을 듣고 나면 아팠던 몸이 다시 개운해지면서 활력을 되찾는다.

이처럼 암시는 양날의 검과 같다. 당신에게 긍정적인 영향을 미칠 수도, 부정적인 영향을 미칠 수도 있다. 긍정적인 심리암시는 많은 이득을 가져온다. 예를 들어, 운동선수가 경기에 나갔을 때 코치가 옆에서 "너는 할 수 있어. 너는 무조건 최고가 될 수 있어!"라고 암시해주면 선수는 잠재력을 발휘해 세계 신기록을 달성하게 된다. 코치의 암시가 선수에게 긍정적인 작용을 한 것이다. 하지만 부정적인 심리암시는 부정적인 결과를 초래하게 된다.

당신은 '언어의 힘'을 믿는가? 우리가 평소 아무 생각 없이 사용하는 언어에는 정말 큰 힘이 숨겨져 있다. 의사가 아무 말 없이 써준 처방전으로 약국에서 약을 지어 먹는 것보다 어떤 조건에 맞게 먹으면 어떤 효과가 있고 증상은 어떻게 개선되는지 자세히 설명을 듣고 약을 먹는 것이 훨씬 큰 효능을 발휘한다. 같은 약을 먹는데 어째서 효험에 차이가 있을까?

이 뇌는 두 가지 이상의 일을 동시에 처리하지 못한다. 따라서 상대에게 어떤 말을 들으면 의식은 그쪽을 향한다. 이때 뇌의 착각 시스템이 즉각 발동되어 약을 먹고 증상이 호전되는 미래를 마음대로 미리 체험하게 된다. 그 결과 온몸에 반응이 전달되어 현실에서도 효과가 쉽게 나타난다.

슬픔에 잠겨 있을 때 "참 안됐네요. 아주 절망 스러운 기분이겠군요."라는 말을 듣는 것보다 "괜찮아요. 새벽이 오지 않는 밤은 없으니까요"라는 말을 듣는 편이 훨씬 낫지. 언어의 힘은 말을 전하는 방법에 따라 상대의 의식 방향을 결정하고 현실을 바꾸어준다.

특히, 프랑스의 심리 요법 학자 에밀 쿠에(Emile Coue, 1857~1926)는 클라이언트에게 "나는 날마다 모든 면에서 점점 더 좋아지고 있다"라고 마음속으로 반복해 외치게 했다. 이 같은 자기암시를 통해 몸과 마음을 효과적으로 치유할 수 있었다. 마음뿐 아니라 몸에도 동일한 효과가 나타났다는 것은 언어가 뇌를 통해 전신에 작용한다는 점을 입증한 것이다.

우리 몸을 구성하는 약 60조 개의 세포도 말 한마디 한마디를 전부 다 듣고 있다. 그래서 무언가를 원할 때 항상 긍정적인 마음으로 가능성을 넓혀주는 '마법의 언어'를 사용하면 성공으로 가는 길이 열릴 것이다.

실제적으로 잠재의식을 움직여 부를 불러오는 자기암시 방법에는 세 가지가 있다.

첫째, 밤에 잠들기 전, 당신이 쓴 암시의 문장을 소리 내어 읽는다. 예를 들어 당신이 5년 후 1월 1일까지 사업하여 5만 달러를 벌려고 마음먹었다고 하자. 그때 당신이 하는 암시의 말은 아마도 다음과 같을 것이다.

"나는 20XX년 1월 15일까지 5만 달러의 돈을 모은다. 이 돈은 5년 동안에 차차 모일 것이다. 나는 이 돈을 얻기 위해 최선을 다할 것이다. 나는 사업가로서 모든 고객에게 최고의 서비스를 한다. 나는 이 돈이 기필코 손에 들어온다고 확신한다. 나는 목표한 돈에 대해 확고한 신념이 있기에 그 돈이 손에 만져질 정도로 선명하게 마음속에 그릴 수 있다."

둘째, '암시의 말' 이 마음에서 완전 당신의 것으로 될 때까지 아침저녁으로 반복해 읽는다.

셋째, 벽이나 천장, 책상, 화장실 등 눈에 잘 띄는 곳에 이 '암시의 말' 을 붙여 두고 항상 마음을 자극한다. 이때 우리에게 필요한 것은 강력한 집중력이다.

눈을 감고 정신을 집중하며 이미 그 소망을 달성한 것처럼 마음속에 그리는 일이 중요하다.

이렇게 반복하여 자기암시를 하는 것 못지않게 중요한 것이 바로 믿음을 갖는 것이다. 가령 당신이 부를 얻을 수 있다고 믿을 때, 돈은 이미 당신이 손을 내뻗도록 기다리고 있을 것이다. 그리고 잠재의식이 당신에게 완전한 실행 계획을 가르쳐 줄 것이다.

이미 말한 것처럼 소망을 부로 전환하는 데는 그것을 마음속에 그리는 상상력이 필요하다.

05

당신의 무한 능력을 깨워주는 힘,
잠재의식

배는 선장이 조종하는 대로 움직인다. 당신 인생의 주인은 바로 당신이다. 잠재의식이라는 것은 거대한 우주에 두루 퍼져 있을 만큼 크고 넓지만, 움직이기 어려운 것은 아니다. 몇 십 톤이 넘는 거대한 몸집이라 해도 배는 선장 한 사람의 지시에 따라 움직인다. 선장이 '이렇게 큰 배가 내가 키를 잡는다고 움직이겠어?' 라고 의심한다면 실제로 어떤 방법으로도 움직이지 않는다. '움직일 것이다.' 라고 생각해야 움직이는 것이다.

크리스마스이브에 한 여대생이 우연히 명품매장에 진열된 고가의 멋진 명품 가방을 보았다. 그 대학생은 '나는 저 가방을 갖고 싶지만 나에게는 살만한 돈이 없어.' 라고 단념하려 했다. 그러다가 그 학생은 곧 머피 박사의 이론을 떠올렸다.

'절대 부정적인 말을 하지 말라. 긍정적인 생각으로 바꿔라. 그렇게 되면 잠재의식이 기적을 가져다줄 것이다.' 라는 머피의 법칙을 말입니다. 그리고 자신에게 이렇게 말했다.

'저 가방을 내 것인 것처럼 받아들이자, 나머지는 잠재의식이 알아서 처리해 줄 거야.'

그런데 놀랍게도 그날 밤, 그 대학생의 남자친구가 그녀에게 선물을 건네주었다. 그 선물은 그날 아침에 그녀가 매장의 진열장을 보고 자기의 것이 되리라고 믿었던 그 가방이었다.

잠재의식의 법칙을 활용해서 원하는 것을 얻을 때는 작은 키만 돌려도 큰 배는 움직인다.

세상에는 왜 행복한 사람과 불행한 사람이 있을까? 왜 모든 것이 풍족한 사람이 있는가 하면, 가난하고 불행한 사람이 있을까? 왜 신념과 확신에 가득 찬 사람이 있는가 하면, 두려워서 마음을 졸이는 사람이 있을까? 왜 고급 저택에서 사는 사람이 있고, 빈민가에서 간신히 생계를 연명하는 사람이 있는 걸까?

또 왜 인생에서 멋지게 눈부신 성공을 거두는 사람이 있는가 하면, 비참한 실패를 겪는 사람이 있는 것일까? 왜 자신의 일에서 탁월한 재능을 보이는 사람이 있는가 하면, 평생 고생스럽게 오랜 시간 일하면서도 위대한 업적을 하나도 성취하지 못하는 사람이 있는 것일까?

왜 행복한 결혼생활을 하는 사람이 있는가 하면, 불행가운데 매일 좌절하는 사람이 있는 걸까?

이런 수많은 질문에 대한 답은 바로 현재의식과 잠재의식의 작용에서 발견할 수 있다.

당신이 놀라운 잠재의식을 잘만 활용하면 인생의 우울과 실패에서 벗어나게 하는 기적을 일으키는 힘을 이끌어낼 수 있다. 잠재의식의 힘은 당신의 어려움을 해결해주고, 정서적, 육체적 구속에서 벗어나 자유와 행복으로 이끌어 줄 것이다.

만일 잠재의식에 좋은 생각, 희망찬 생각을 집어넣으면 당연히 좋은 결과를 불러들이게 된다. 반대로 잠재의식에 나쁜 생각, 부정적인 생각을 집어넣으면 나쁜 결과를 불러오게 된다.

잠재의식의 활용법을 제대로 알고 활용하면 의식이 완전히 달라져 당신이 바라는 성과, 수확을 향해 나아가게 된다.

잠재의식은 그 어떤 상황에서도 인간이 품은 생각을 그대로 실현시켜준다. 만일 '미래가 불안해' '전망이 매우 어두워' 라는 생각을 하면 이는 잠재의식에 전달되어 현실화 된다.

사람은 누구나 무한한 가능성을 갖고 있다. 잠재의식은 그 가능성을 열어주는 열쇠이다. 이것은 모든 사람에게 작용되는 우주의 법칙입니다.

하지만 잠재의식의 무한한 가능성은 역시나 반대방향으로도 작용할 수 있다. 아무리 좋은 환경에서 태어났고, 아무리 노력해도 잠재의식에 잘못된 생각을 집어넣으면 그 가능성이 반대방향으로 움직여 끝없이 추락하게 됩니다. 성공하고 싶고, 더 나은 미래를 원한다면 잠재의식을 잘 이해하여 이 법칙을 바르게 활용하면 누구나 원하는 인생을 살 수 있다.

이 세상은 자기 생각대로 이루어지게 되어 있습니다. 눈앞의 현실은 모두 다 그 사람의 생각이 실현되어 나타난 것이지요.

오직 생각만으로 엄청난 기적을 일으킬 수 있다. 정원을 가꾸거나 밭을 일굴 때는 당신이 원하는 결과를 가져다줄 씨앗을 뿌린다. 빨간 꽃을 피우려면 빨간 꽃 씨앗을, 하얀 꽃을 피우려면 하얀 꽃 씨앗을 뿌리는 식으로 말이다.

지금 피어나는 꽃, 눈앞의 현실은 이전에 당신이 뿌렸던 씨앗에서 나온 것입니다. '원인이 없는 곳에 결과도 없는' 것은 당연하다. 당신이 뿌리지 않은 씨앗이 현실로 나타날 수는 없다. '원인과 결과의 법칙'은 모든 것에 해당하는 진리이다.

모든 사람의 의식은 전부 이중구조로 되어 있다. 우리가 일반적으로 '의식'이라고 느끼는 것은 밖으로 드러나는 '현재의식'이다. 그리고 또, 사람이 그 존재를 느낄 수 없는 '잠재의식'이 있다. 이 사실은 정신분석학자 프로이트가 발견했는데, 인류 역사상 최대의 발견이라는 평가를 받고 있을 정도로 인간의 인생에 큰 영향을 끼친다.

특히, 조셉 머피는 잠재의식이 작용할 때 어떤 법칙성이 있다는 사실을 알아냈고, 그 활용방식을 가르친 사람으로 유명하다.

그는 약 100년 전에 미국에서 태어난 교회 목사로서 많은 이들과 상담 중에 고뇌를 해결하거나 소망달성에는 어떤 원리가 작동하고 있다는 사실을 알아냈다. 즉, 어떤 생각이라 해도 그것이 정녕 진심을 다한 것이면 잠재의식은 그 생각을 반드시 실현시켜준다는 사실이다.

우주는 무한한 가능성으로 가득 차 있고, 이러한 가능성의 장을 해명한 것은 양자역학이다. 잠재의식은 무한대에 가까운 가능성을 가진 것으로 만들어서 활용하는 길이라 할 수 있다. 이 같은 잠재의식의 존재는 아인슈타인조차 인정한 대단한 것이다.

한번은 승자의 공통점을 역설하는 세미나로 유명한 난부 게이지 씨가 성공한 현역 사장들에게 질문을 했다. 놀랍게도 그중 90% 이상이 머피의 저서를 애독한다고 했다. 반대로 파산한 사장 중에는 머피의 저서를 읽은 적이 없는 사람이 과반수이상이었다. 당신도 머피의 가르침에 따라 어떤 일을 만나더라도 잠재의식을 활용해 더 큰 성공을 이루는 궤도에 오를 수 있다.

큰 성과를 원하고, 돈을 많이 벌고 싶다면 무조건 의식을 확장하고, 바꾸는 배움을 지속해야 한다. 잠재능력개발 세미나는 의식 변화의 중요성을 일깨울 수 있는 좋은 기회가 될 수 있다.

잠재의식의 활용이 익숙해지면 마치 비서에게 명령하듯, 모든 것을 잠재의식에 맡길 수 있다. 잠재의식은 정해진 시간에 잠을 깨우거나 어떤 기억을 떠올리게 하는 등의 사소한 일에서부터 좀 더 위대하고 큰일에 이르기까지 충실하게 당신을 보좌해주는 든든한 하인이 될 것이다.

위대한 업적을 이룬 사람들을 보면 의식·무의식적이든 성공의 법칙을 따를 뿐만 아니라 잠재의식에 더욱 많은 주의를 기울여서 충실하게, 목표를 향해 노력하고 있다.

발명의 왕 에디슨도 아이디어가 떠오르지 않을 때 무조건 잠을 잤고 아침에 일어나보면 생각지도 못한 기발한 방법이 떠올랐다고 한다. 수많은 그의 발명 중 일부가 이렇게 고안된 것들이다. 이처럼 당신도 놀라운 잠재의식을 활용한다면 현재보다 몇 배 더 많이 성취할 수 있다.

06

'크게 생각하기'에 미쳐라

"우리가 어떤 사람이 되는가를 결정하는 것은 우리 자신의 생각이다."

-존 로크

"작은 생각은 성취를 제한한다. 그대의 가능성을 크게 확장시켜 주는 생각을 해라."

-윌리엄 아서 월드

"위대한 생각을 해라. 인간은 자신의 생각보다 높은 곳으로 절대 오르지 못한다."

-벤저민 디즈레일리

"사업으로 성공한 사람들은 생각으로 성공한 것이다." -클로드 브리스톨

"전 직원의 99.9퍼센트가 무리 속에 묻혀 있는 것은 그들이 크게 생각하지 못하기 때문이다. "

–잭 웰치

조지아 주립대학교 경영학 교수를 역임한 데이비드 슈워츠 박사는 한 회사의 회의에 참석했다가 부사장의 다음과 같은 연설내용을 듣고 충격을 받았다.

"여러분, 해리라는 직원은 여러분보다 무려 다섯 배나 많은 연봉을 받고 있습니다. 해리 사원이 여러분보다 머리가 좋아서 그렇게 받는 걸까요? 아니면 여러분보다 다섯 배나 더 많은 일을 해서 그렇게 된 걸까요? 그것도 아니면 여러분보다 더 이익이 많이 나는 업무를 맡았기 때문일까요? 아닙니다. 외적인 조건을 비교한다면 여러분과 거의 비슷합니다. 차이가 있다면 바로 내적인 차이입니다. 해리 사원은 여러분보다 항상 다섯 배 정도는 더 크게 생각합니다. 바로 그 생각의 차이가 해리 사원에게 다섯 배나 큰 성공을 가져다주고 있습니다."

부사장의 이 말에 일리가 있다고 생각한 사람들은 연구조사 했다. 그리고 그 결과를 'The Magic Of Thinking Big' 이라는 책에 담아냈다. 이 책의 결론을 요약하면 다음과 같다.

"사람들은 자기 성공을 가로막는 대표적인 요소로 환경 · 나이 · 건강 · 재산 같은 물질적인 요인만을 들고 있다. 그러나 이것들은 모두 성공요소가 아니다.

성공을 가로막는 가장 큰 장애물은 바로 '자기 자신'이다. 좀 더 구체적으로 말하면 크게 성공하려는 생각 자체를 하지 못하는 자기 자신의 마음이다. 성공의 크기는 생각의 크기에 정확히 비례한다. 그렇기에 무조건 크게 생각하라!"

혹시 어떤 사람은 이렇게 반문할지도 모르겠다.

"단순히 생각을 크게 하는 것만으로 성공할 수 있다니, 비현실적으로 보이네! 성공은 99퍼센트의 노력으로 이루어지는 게 일반상식 아닌가?"

그렇다 성공은 99퍼센트의 노력으로 이루어지는 것이다. 하지만 1퍼센트의 영감, 즉 큰 생각이 없다면 99퍼센트의 노력은 결코 성공으로 이어지지 못할 수도 있다.

에디슨의 예를 보자. 에디슨은 평생 동안 하루 평균 4시간 정도 자고, 18시간 내지 20시간을 일했다. 에디슨은 철저하게 99퍼센트의 노력을 하는 사람이었다. 그런데 만일 에디슨에게 '나는 인류 역사상 그 누구도 발명하지 못한 것들을 발명을 하겠다!'는 1퍼센트의 영감이라고 할 수 있는 '큰 생각'이 없었다면 오늘날 같이 크게 되었을까? 만일, 그가 발명에 쏟았던 99퍼센트의 노력을 회사 업무나 장사 같은 평범한 일에 썼다면 과연 오늘날 우리가 알고 있는 에디슨이 존재할 수 있을까? 인간의 노력을 거대한 성공으로 연결시키는 것은 '생각'인 것이다. 무조건적인 열심히 아무생각 없이 노력만 하는 것 보다는, 크게 생각하기에 미쳐라!

특히, 크게 생각하기에 미친 부동산재벌로 유명한 도널드 트럼프도 그의 저서 '거래의 기술'에서 다음과 같이 말했다. "나는 크게 생각하기를 좋아한다. 사람들은 대개 무언가 결정을 내려야 할 경우 일을 성사시킨다는 것에 대해 두려움을 갖기 때문에 규모를 작게 생각하는 경향이 있다."

또한 도널드 트럼프는 "어떤 문제가 생겼을 때, 그 문제에 대해 너무 크게 생각하고 너무 깊게 생각하는 대신 그 문제를 해결 할 수 있는 방법에 대해, 문제 그 이상으로 집중해서 생각하라"고 조언한다.

보통 사람들은 당연히 '문제를 해결하는 것에만 온통 신경을 쓰지 않나?'라고 생각 할 수 있지만, 사실 그렇지 못한다.

예를 들어서 만일 당신이 지금 빚이 1억이 있는데, 그 빚 1억 원을 어떻게 갚지를 생각한다면, 대부분의 사람들은 그 빚 1억 원에 대해서만 너무 깊이 생각하고 다음처럼 힘들고 우울해한다.

"난 1억 원의 빚 때문에 이런 행동을 해선 안 되는 거야. 내가 일을 더 많이 해야 하는 이유는 당장 갚을 돈 1억 원 때문이야"라고 말이다.

그러나 도널드 트럼프는 돈 1억 원에 대한 심각한 생각은 일단 제쳐두고, 그 빚 1억 원을 갚을 수 있는 현실적인 행동들에 집중하라고 한다. 가령 직장인이라면 부업을 해서 수입을 늘린다거나, 또는 상환 기

일은 언제까지로 정해 두고 당장 할 수 있는 어떤 일을 실행한다거나 등 실제적인 돈버는 과정이 되는 행위 자체에만 골몰하고 즐기면서 그것에 집중 하라는 것이다. 그렇다면 어느새 빚 1억 원은 쉽게 갚을 수 있을 뿐 아니라, 그 과정이 전혀 고되지 않다는 말이다.

빚에 대해서 고민하고 우울함으로 쓸데없이 시간을 낭비하는 것 보다는 오히려 그 시간에, '어떻게 하면 효과적으로 수입을 늘리고, 시간을 효율적으로 활용하면서 더 많은 돈을 벌 수 있을까' 에 대해서 집중하라는 것이다.

그렇기에 당신도 어떤 상황이든, 무슨 일이 있어도 무조건 크게 생각하라. 이는 모든 인간이 거둔 엄청난 성취 뒤에 존재하는 추진력이라고 할 수 있다. 평범한 사람들은 다수이고, 성공 자는 훨씬 적은 수의 사람들이다. 이는 극소수 사람들만이 큰 목표를 갖고 이를 이루기 때문이다. 얼마나 크게 생각할 수 있느냐가 결국 그 큰 생각을 얼마나 크게 이룰 수 있는지를 결정한다. 그렇기에 오직 크게 생각하는 만큼 크게 이룬다. 그 외에는 하찮은 것들로 봐도 좋다.

크게 생각하는 사람이 없었다면 고층빌딩은 물론, 눈부신 발전을 거듭한 과학과 최첨단 신기술 또는 현대의학의 발전은 없었을 것이다. 크게 사고하고 큰 목표를 이루기 위해 노력하는 것은 큰 성공을 원하는 이들이 반드시 주목할 만한 성공의 큰 비밀이다. 크게 생각하고, 큰 성취를 이루기 위해서는 당신이 만나는 사람들도 신경 써서 가려 만나야만 한다.

특히, 반드시 크게 사고하는 사람들과 어울려야 한다. 이는 당신의 사고에 강력한 영향을 주기 때문이다. 평범하고 작은 생각에 머물러 있는 사람들은 당신에게 어떤 자극도 주지 못한다. 크게 생각하는 사람들과 정기적으로 만나 아이디어, 의견, 사업 이야기를 나누고 당신의 꿈을 공유하라. 반면, 부정적인 사람들은 철저하게 멀리해야 한다. 그들은 당신의 신선한 에너지를 빼앗고 당신이. 필요하지 않은 장애물을 뱉어내어 당신의 긍정적인 생각과 사고에 매우 치명적인 영향을 미치기 때문이다.

제4장

당당히 나를 뛰어넘는 방법

〈美 워싱턴주의 前 상원부의장 신호범의원과 함께〉

4살때 어머니가 돌아가시고, 아버지에게 버려진 6.25 전쟁고아에서
1992년 동양인 최초 美 워싱턴주 상원부의장이 된 것을 시작으로 연속 5선에 당선됐으며,
워싱턴주 상원부의장으로 활동하였다.
신의원은 미국에서 자신이 당한 차별은 참을 수 있지만 미국에서 태어난 후손까지
그렇게 만들 수는 없다는 생각으로 美 정계진출에 성공해 상원의원 출마 4선 연임하였다.
놀랍게도 는 백인 유권자가 97%인 지역에서 당선된 최초의 유색인종이었다.

01

성공하고 싶다면
철저히 혼자가 되라

우리는 보통 정신없이 일과를 보내고 나면 TV를 보거나 잠을 자는 게 전부다. 짬이 나면 스마트폰을 보거나 SNS를 하느라 바쁘다. 2009년 통계청 조사 결과, 우리나라 성인의 경우 '나만의 시간'은 하루 55분으로 나타났다. 맞벌이 여성은 더 심하게도 하루 22분에 불과하다.

우리는 밖에서 엄청나게 많은 시간을 할애한다. 그래서 오직 자신을 위해 쓰는 시간이 매우 적다. 잠들기 직전까지 메일이나 핸드폰으로 누군가와 끊임없이 연락하면서 혼자가 되는 것은 불가능하다. 그러면 당연히 자신의 샘에 물을 비축할 수도, 샘에서 물을 퍼 올릴 수도 없다.

견디기 어려웠던 외로움을 즐겁고 생산적인 고독으로 바꿔가야 한다. '나만의 시간'이란 '온전히 나 자신을 위해 쓰는 스트레스 해소의 시간 또는 에너지 재충전의 시간'을 의미한다.

혼자서도 잘 지내야 함께일 때 잘 지낼 수 있다.

약간 외로울 수 있는 혼자 있는 시간은 내면의 깊이와 개성이 숙성되는 시간이다. 변화와 성장을 경험한 내가 어느 누구로도 대체 불가능한 '나'로 만들어지는 시간이다. 그러니 혼자 있는 시간을 어떻게 보내느냐에 따라 삶이 달라진다. 혼자 '잘' 지낼 수 있는 것도 능력이다.

혼자 있는 시간의 고독감을 엄청난 에너지로 바꿀 수 있다. 이때 고독이란 어두운 암흑 속에서 한 줄기 빛을 향해 떠다니고 있는 것이다. 고독을 극복하면서 단독자임을 자각할 수 있고, 오로지 혼자서만 도달할 수 있는 지점이 있다는 것도 깨닫는다. 고독자로서 보내는 시간이야말로 타인이 쉽게 범접 할 수 없는 고고함을 만들어주는 보석 같은 시간이다.

우리는 혼자만의 시간을 가지면서 자기 안의 샘을 파고, 지하수를 퍼 올려야 한다. 상황에 따라 자유롭게 내면에 축적된 완숙한 내공을 꺼낼 수 있는 사람은 매력적으로 보인다. 그 당당함이 여유로 이어지기 때문이다.

혼자만의 고독을 극복하고 내면에 깊이를 더한 사람은 결코 흔들리지 않는 나무의 뿌리를 지닌 든든한 소나무와 같다. 적극적인 고독을 선택한 사람, 안락한 자리를 뿌리치고 하고 싶은 일을 하겠다는 도전적인 사람은 깊고 빛날 수밖에 없다. 자신을 이겼기 때문이다.

외로움을 유익한 에너지로 전환해야 한다. 매일 홀로서기를 실천하라. 프랑스 작가 블레즈 파스칼(Blaise Pascal)은 "세계의 모든 문제는 사람이 방 안에 홀로 있는 능력의 부재에서 비롯된다"고 했다.

외로움과 당당히 마주할 때 비로소 자기다움을 발견할 수 있다. '천재를 만든 것은 고독'이라고 했다. 그들의 독창적이고 참신한 발상은 고독으로 인해 태어난 것이다. 남들처럼 세상의 기준에 따라 아무생각 없이 살아간다면 어떤 의문이나 고민 또한 없을 것이다. 세상이 만들어놓은 틀에서 벗어나는 노력을 했다는 것은 기존 관념에 물들지 않았다는 증거이다. 새로운 것을 시도하고, 나만의 세계를 창조할 수 있는 멋진 인생을 만드는 사람이 될 수 있다.

특히 예술가 중에는 고독을 잘 극복한, 강한 정신력의 소유자가 많다. 헨리 밀러나 피카소 같은 예술가들은 보이는 이미지와 달리 사실은 고독과 가까운 사람들이었다. 예술가들이 정신적으로 강한 것은 스스로 고독의 힘을 창조했기 때문이다. 결국, 인간의 강인함은 단독자가 될 수 있는지 여부에 달려있다.

많은 사람들이 혼자 있는 시간에 대해 긍정적이고 창조적인 이미지를 가져야 한다. 그 시간을 지나온 사람이 다른 사람들에게 '아, 이 사람은 속이 참 깊구나!' '눈빛과 내면이 반짝반짝 빛나고 있구나!' 하는 생각을 갖게 한다는 것은 참 좋은 일이기 때문이다.

누구나 혼자 있는 시간을 즐겨야 한다. 고독하지 않으면 자신을 한없이 깊고 풍요롭게 만들고 성장시키는 농밀한 시간을 결코 얻을 수 없기 때문이다.

옛 속담에 "선비란 헤어진 지 사흘이 지나 다시 만날 때 눈을 비비고 다시 볼 정도로 달라져 있어야 한다"는 말이 있다.

이 속담처럼 사흘이란 짧은 시간동안 엄청난 성장을 이뤘다면, 혼자 있는 시간을 이상적으로 잘 보냈다고 볼 수 있다. 자신이 고독한 시간 속에서 옥이나 돌 따위를 갈고 닦아서 빛을 낸다는 것처럼 절차탁마(切磋琢磨) 해나간다면 점점 무섭게 성장하는 사람이 될 것이다.

마이크로소프트 창업자 빌 게이츠는 일 년에 두 번씩 아무도 없는 곳으로 사라지곤 한다. 그는 '생각 주간(Think Week)'이라고 불리는 이 기간만큼은 자신만의 휴가를 보내기로 유명하다. 그는 태평양 연안의 미국 서북부 지방에 있는 2층짜리 별장에서 일주일을 온전히 혼자 지낸다. 그런데 이곳은 하루에 한 번 음식을 배달하는 관리인을 제외하고는 가족도 출입이 제한된다. 빌게이츠는 그곳에서 먹고 자는 것을 제외한 모든 시간을 전 세계 MS직원들이 보낸 'IT업계 동향과 진로에 관한 보고서'와 '아이디어 제안서'를 읽는 데 시간을 보낸다. 그 모든 방대한 자료를 면밀히 살펴보고서 세상의 흐름을 바꿀 단호한 결정들을 내린다.

특히, 빌 게이츠의 '생각 주간'을 통해서 넷스케이프가 독점해온 인터넷 브라우저 시장에 MS가 참여해야 하는 이유가 설명된 '인터넷의 조류'라는 보고서가 탄생할 수 있었다. 온라인 비디오 게임에 대한 아이디어, MS의 초소형 태블릿 pc와 보완성을 강화한 소프트웨어 등도 마찬가지다. 빌 게이츠는 이처럼 혼자서 깊게 생각하는 이 시간을 아주 중요한 시간으로 생각하기로 잘 알려져 있다.

혼자 보내는 시간은 중요한 생각을 정리하고 결정하는 데 큰 도움이 된다. 주변 사람들의 의견에 휩쓸려 자신의 내면의 목소리를 무시한 결정은 후회를 남기게 된다. 진정 중요한 것은 진정으로 원하는 자신의 내면의 소리, 자신의 진솔한 욕구를 듣는 것이다. 그래서 당신의 인생을 결정하는 중요한 터닝포인트가 될 수 있는 혼자 있는 시간은 모두에게 꼭 필요하다.

인생의 기준 축은 '나 자신'이어야 한다. '자기'에 대한 확신이 있다면 남들의 평가에 신경 쓰지 않고 온전히 설 수 있다. 그러나 내면 속의 '자기'의 존재가 확실치 않다면 타인의 비난과 부정에 부딪힐 때마다 자신의 생각과 행동에 자신감을 잃게 된다. 그래서 남의 의견에 휩쓸려 자기 생각을 버리고 주위 분위기에 동조하고 만다. 결국 자기 혐오에 빠진다.

이처럼 자기 확신이 강한 사람은 우울증에도 잘 걸리지 않는다. 요즘은 취업도 어렵고 치열한 경쟁사회라 자기 확신을 가지고 자신감 있게 살기 힘들다. 이럴 때일수록 치열하게 자신을 탐구하고, 자신에 대해 깊이 알고, 스스로를 사랑하는 노력이 필요하다. 고독이란 숙명을 여유   롭게 즐길 줄 아는 내실 있고, 단단한 인간만이 행복이라는 삶의 권리를 누리게 된다.

천상천하유아독존(天上天下唯我獨尊)이라는 말이 있다. 여기서 '독존'을 외로움으로 만들 것인지 당당히 홀로 서기로 즐길 것인지는 온전히 당신의 선택이다.

'함께 하는 가운데 홀로 있기'가 되지 않는 사람은 결코 내적인 자유가 있을 수 없다. 홀로 있기를 즐겨하지 않으면 쓸데없이 서로에게 의지하게 된다. 결국 서로를 의심하고 짜증을 부리게 되어 에너지를 빼앗게 되어 하고자 하는 성취에 장애물이 된다.

홀로 있음은 오로지 자신과의 관계이다. 나 자신과의 관계가 달라지면 타인과의 관계도 달라진다. 자신의 깊은 중심에 닿을 수 있다면 살면서 부딪히는 수많은 사람과도 깊이 닿을 수 있다.

진정한 '홀로 있기'는 공간보다 '마음'에서 이루어진다. 마음으로 홀로 있기에 숙달된 사람은 더 이상 주변의 온갖 상황에 끌려 다니지 않고 고요한 내면의 중심에서 균형 잡힌 시각으로 세상을 보고 이해할 수 있게 된다.

혼자 있는 시간에 교양을 쌓고 자신의 가치를 정확히 파악하는 데 절대 빠트릴 수 없는 것 중 하나가 바로 독서다. 독서를 하는 사람과 하지 않는 사람은 10년, 20년 후 인간적인 매력에 있어 큰 차이가 난다. 소울메이트를 찾는다는 기분으로 치열하게 독서해야 한다. 고독과 당당히 맞서라.

02

무리에서 이탈한 자가
다른 무리를 이끈다

"혼자 있을 때, 나는 나 자신으로 돌아간다.

성공은 공공연하게 만들어지지만 재능은 혼자 있는 시간에 태어난다."

–마릴린 몬로

떼 지어 다니는 동물은 보통 약한 동물들이다. 힘이 없으니까 뭉쳐 다녀야 서로 의지가 된다. 힘센 동물들은 홀로 다니거나 가족 위주로 움직인다. 그렇게 다녀도 사는데 지장이 없기 때문이다. 인간도 똑같 다. 마당발로 인맥을 자랑하는 사람들이 있다. 이는 의존성 때문이다. 그렇게 많은 사람과 제대로 된 관계를 나누고 있는지 의문이다. 이들 은 여러 모임을 통해 안정감과 보호받는 다는 소속감에 안도감을 얻는 것이다. 안타깝게도 이들은 의존할 대상을 찾느라 자기 스스로 힘 있는 사람이 될 기회를 놓쳐버린다. 이는 자기 인생을 창조적으로 살아갈 에너지를 허공에 날려버리는 것이다.

누구도 대신 꿈을 이뤄주지 않는다. 등산하는 팀에서는 모두가 함께 있어도 각자 개개인이 단독자이다. 그 누구도 대신 산에 올라가 줄 수 없다. 이와 마찬가지로 자신이 완전한 단독자로서 홀로 설 수 있을 때 정상에 오를 수 있는 것이다.

나의 주관과 무관하게 다른 사람에 휩쓸려 따라한 적이 있는가? 이른바, 친구 따라 강남 간다는 말처럼 심리학 용어로는 양떼효과, 군중심리라고 부른다. 이는 비슷한 무리의 사람들 속에서 위험을 회피하거나 뒤처지지 않고자 맹목적으로 타인의 생각이나 행동을 따라가는 현상이다. 20대의 경우 이러한 군중심리는 흥미도 없고 실제로 무익하지만 스펙을 채우려 어쩔 수 없이 이리저리 몰려다닌다.

막연한 불안함은 우리를 목적 없이 달리게 한다. 이는 에너지 낭비, 시간 낭비일 뿐이다. 그런 의미에서 무작정 달리기를 했다면 잠시 멈출 필요가 있다. 그리고 고민해봐야 한다. 진짜 이 길이 맞는지. 멈추면 비로소 더 정확한 길이 보인다.

빌게이츠는 1년에 두 번씩 일주일간 모든 일을 멈추고 섬 같은 곳에서 이전의 업무를 돌아보고 미래를 계획하는 이른바 '생각주간(Think Week)'을 갖는 것으로 유명하다. 그 외에도 세계적인 리더들이 비슷한 자기만의 시간을 가진다. 소프트뱅크 손정의 회장은 아무리 바빠도 하루 10분은 반드시 자신의 생각에 몰입할 시간을 갖는다. 워렌 버핏은 1년에 50주일을 생각하고 2주일을 일한다고 말할 정도로 읽고 생각하는데 많은 시간을 보낸다.

무리 지어 다니면서 성공한 사람은 없다. 그러나 대부분 현대인은 자신의 자유와 주체성을 버리고 집단 속에 묻혀 자신을 잃어간다. 자기발전을 위해 뭔가를 배우거나 공부할 때는 우선 홀로서기를 해야 한다. 머리의 좋고 나쁨이나, 독서의 질과 양보다는 단독자(單獨者)로서 올바르게 섰는지가 중요하다.

학창시절에 친구와 함께 하는 것이 학교에서 괴롭힘을 당하지 않기 위한 하나의 생활의 지혜가 된 것 이다. 그래서 사회생활에서도 어떤 그룹에든 속하기 위해 발버둥 치게 된다. 따돌림 당할까 봐 혼자 있는 것을 피하려 한다. 그런 습관이 들면 혼자 있을 때 마음이 불안정해져서 점점 혼자 잇는 시간을 피하게 된다.

'혼자 있는 시간의 힘' 저자 사이토 다카시는 대학에서 학생들을 가르치며 흥미로운 사실을 발견하다. 혼자 수업을 받는 학생이 친구들과 몰려다니는 학생에 비해 학습 에너지는 물론, 몰입도가 높다는 것이다. 그는 무리지어 다니면서 성공한 사람은 없다고 말한다. 저자 자신도 10여 년이 넘는 시간 동안 혼자서 공부에 몰입하며 내공을 쌓았다. 사이토 다카시를 유명 저자이자 메이지대 인기 교수로 만든 것은 바로 혼자 있는 시간의 힘이었다. 성공을 좌우하는 가장 중요한 요소는 지능이나 학습의 양이 아닌 '혼자 있는 시간에 집중할 수 있는 힘'이다.

그러나 현대인들은 혼자 있기를 두려워한다. 소속된 집단이나 가까운 친구가 없으면 자신을 낙오자로 여기고, 필요 이상으로 인맥에 힘을 쏟는다. 외로움을 못 견디고 쓸데없이 관계에 휘둘리는 사람은 평생 다른 사람의 기준에 끌려 다닐 것이다. 사람은 혼자일 때 성장한다. 혼자 있는 시간을 어떻게 보내느냐가 인생을 좌우한다.

당당히 무리에서 떨어져 단독자가 되어라. 누구나 주위 사람들이 자신을 어떻게 생각할지 두렵고 신경 쓰인다. 그러나 역사에 일획을 그었던 인물들을 보면 공통점이 있다. 어떤 분야에 미쳐 '남들이 어떻게 생각하든 상관없다. 나는 내가 좋아하는 길을 간다'는 자신만의 확고한 태도를 갖았다는 것이다. 누가 이해해주든 무관하게 '나는 나'라고 마음먹으면 된다. 모든 것은 자기가 생각하기 나름이다. 사람은 소외당했다고 생각하지 않으면 절대 소외감을 느끼지 않는다. 더 큰 성공을 위해 과감히 외로움을 택한 것이라 생각해야 한다.

보통 소외감을 느끼는 이유는 소외당하고 있어서 외로운 것이 아니다. 그저 소외당하는 것은 외로운 것이며 외로운 것은 나쁘다고 자신이 생각하기 때문에 필사적으로 무리에 끼고 싶어 한다. 생각을 조금만 바꾸면 간단히 해결된다.

불후의 명언 '멀리 나는 새가 멀리 본다' 는 남긴 소설 〈갈매기의 꿈〉에는 홀로 비상을 꿈꾸는 갈매기, 조나단 리빙스턴이 등장한다. 조나단은 모든 갈매기의 괄시 속에서도 비상을 향한 날갯짓을 멈추지 않는다. 그는 서글픈 따돌림 끝에 결국 먼 벼랑 끝으로 격리된다. 그러나 높고 멀리 날기를 계속하여 선구자가 된다.

〈갈매기의 꿈〉은 모든 존재는 무한한 잠재력을 지니고 있으며, 그 잠재력을 실현시키는 인생의 목표를 이루려면 필사적으로 외로움과 고독이 있음을 보여준다. 조나단 리빙스턴은 외로움 속에서 비로소 자신의 한계를 넘어설 수 있었다. 만일 외롭고 힘들다고 현실과 타협하고 무리에 섞이길 택했다면, 그는 자신이 대양을 날 수 있다는 소중한 사실을 결코 깨닫지 못했을 것이다. 우리도 마찬가지다. 막연한 불안감과 소극적인 마인드로 무리의 일원이 되기 위해 현실과 타협한다면 자신의 잠재력을 결코 깨닫지 못할 것이다. 남들과 어울리느라 외로움을 포기한다면 자신이 생각보다 대단한 잠재력을 갖춘 존재라는 사실을 알지 못한 채 생을 마감하게 될 것이다.

그러나 많은 이가 단지 남의 시선이 두려워 자신을 한계 속에 가두는 잘못을 저지른다. 단순히 무리에 속하기 위해 노력하지 마라. 남에게 맞추기 위해 애쓸 시간에 자신을 더욱 성장시키고 행복하게 할 방법을 고민하라. 내 인생의 진정한 주인이 되고, 자아실현을 위해 기꺼이 외로움을 선택하는 용기가 필요하다.

특히, 아리스토텔레스는 혼자 있는 시간에 독서의 유익에 대해 강조했다. 잘 쓰인 문학작품을 통해 인간의 정서가 정화된다고 말할 정도이다. 이런 측면에서 책 혹은 문학작품으로 마음의 병을 치료하는 독서치료라는 것도 존재한다. 독서는 지식을 줄 뿐 아니라 심리적 효용도 가지고 있는 것이다. 그래서 혼자만의 시간에 독서를 통해 내면을 성숙하게 하고, 지식을 쌓아서 좀 더 나은 인간으로 거듭나게 만드는 보석 같은 시간이 된다.

03

욕망을 성공의
자양분으로 삼아라

성공에 있어서 욕망과 욕구를 활용하면 효과적으로 원하는 것을 성취할 수 있는 지렛대가 된다. 그러나 많은 이들이 자신의 욕구를 따르는 것을 두려워한다. 욕구에 집중하면 인생이 완전히 망가지는 것으로 생각한다. 스트레스를 받아서 놀면서 쉬고 싶어도 참는다. 먹고 싶은 호텔음식도 비싸서 돈 낭비 할까봐 참는다. 그렇게 모든 욕구를 통제하면 어떻게 되겠는가? 매순간 고통스러울 것이다. 하고 싶은 것이 있어도 꾹 참고 아무것도 시도하지 않게 된다. 그저 미래를 위해 지금 당장 하고 싶은 일들을 참으며 욕구를 억누르며 살고 있다.

하고 싶은 욕구를 느끼면 곧바로 행동하는 것이 좋다. 원하는 욕구를 해결한다는 것이 꼭 나쁜 것만이 아니다. 물론 욕망을 부정적으로 무절제하게 사용하여 인생을 망치는 사람도 있다. 그러나 긍정적인 방향으로 사용하면 좋다. 오히려 적절히 하고 싶은 일들을 함으로써 스트레스를 풀어주고 삶의 활력과 성공의 자양분으로 삼으면 아주 훌륭한 도구가 될 수 있다. 특히 새로운 기회를 많이 만날 수 있기에 긍정적인 자극이 된다. 수많은 시도를 거치고 계속 다양한 경험을 하다보면 결국 자신이 진정으로 원하고 필요한 것이 무엇인지 잘 알게 된다.

물론 처음에 욕구를 좇다 보면 몇 번의 시행착오를 겪기도 하고, 실수를 하게 될 수 있다. 하지만 두려워하지 않고 계속해서 자신이 원하는 일에 집중하면 더 노련하고 현명해질 질 것이다. 몇 번의 경험을 거치면 나름의 노하우가 생겨 유익한 것을 보는 안목이 생겨서 성공에 가까워진다.

이처럼 자신이 간절히 바라는 욕구에 충실히 따르면 후회도 없다. 인생에는 해서 후회하는 것보다 하지 않아서 후회하는 것들이 훨씬 더 많다. 다양한 시도를 하다보면 결국에는 자신이 진짜 좋아하는 일을 찾게 된다.

사람의 욕구는 생각보다 건설적이고 지혜로운 특성이 있다. 신선한 욕구는 계속 새로운 기회와 동기를 열어준다. 후회할까봐 지금 내 자아가 욕망하는 일을 거부하는 사람은 당장 눈앞에 벌어지고 지극히 상식적이고 평범한 일 이상은 이루지 못한다. 그러나 원대한 야망을 품고 있는 사람이라면, 견문을 넓히고 여러 경험을 쌓을수록 자연스럽게 새롭고 신선한 욕구들이 생겨난다.

역사상으로도 결핍이 역사상 가장 위대한 정복자를 만들었다는 것을 우리는 수없이 봐왔다. 우리에게 잘 알려진 위대한 성공은 대부분 결핍에서 시작된 것이다. 현재 상황이 만족스럽고, 더 이상 필요한 것을 느끼지 못하면 원하는 것을 얻기 위한 동기가 없고, 현재에 안주하게 된다. 뭔가 결핍이 느껴지고 부족하다는 것을 인식하면 그것을 채우고 싶어 하는 욕망도 생겨난다. 이 욕망이 사람을 행동하게 하는 강력한 동기가 된다. 만약 모든 것이 풍족하고 다 가지고 있다면 무엇을 더 하고 싶겠는가? 내가 굳이 행동 하지 않아도 충분히 누릴 수 있다면 자신의 잠재력과 능력을 발휘하려고 움직이지도 않을 것이다. 열정을 품고 새로운 것을 배우려는 욕망도 없을 것이다.

결핍에서 간절함이 나온다. 자신이 무엇인가에 결핍을 느끼고 있다는 것은 긍정적인 신호이다. 드디어 행동하고 시도해야 할 때인 것이다. 욕망하는 것을 손에 넣고 달콤한 희열을 맛보기 위해 능력을 발휘해야 할 때이다. 건강이 안 좋으면 건강해 지기 위해 보약을 먹거나 운동을 해야 한다. 풍족한 돈이 없다면 돈을 벌기 위해 일을 해야 한다. 성공하기 위한 지식이 부족하다면 열심히 배워야 한다. 지금 부족해 보이는 것은 자신을 성장시킬 좋은 기회이자 적극적으로 행동할 수 있게 한다.

역사상 가장 넓은 영토를 지배한 징기스칸은 이런 말을 남겼다.

"집안이 나쁘다고 탓하지 말라. 나는 아홉 살 때 아버지를 잃고 마을에서 쫓겨났다. 가난하다고 말하지 말라. 나는 들쥐를 잡아먹으며 연명했고, 목숨을 건 전쟁이 내 직업이고 내 일이었다. 배운 게 없다고, 힘이 없다고 탓하지 말라. 나는 내 이름도 쓸 줄 몰랐으나 남의 말에 귀 기울이면서 현명해지는 법을 배웠다. 너무 막막하다고, 그래서 포기해야겠다고 말하지 말라. 나는 목에 칼을 쓰고도 탈출했고, 뺨에 화살을 맞고 죽었다 살아나기도 했다. 적은 밖에 있는 것이 아니라 내 안에 있었다. 나는 내게 거추장스러운 것은 깡그리 쓸어버렸다. 나를 극복하는 순간 나는 징기스칸이 되었다."

이런 칭기즈칸의 열악한 환경을 보고도 자신의 환경을 탓할 자격이 있는 사람은 거의 없을 것이다. 그러나 칭기즈칸은 절대 자신의 처지를 비관하거나 환경을 탓하지 않았다. 대신 그 결핍을 삶의 원동력으로, 성장의 동력으로 삼아 자신의 잠재능력을 끌어올렸다. 그리고 역사상 가장 위대한 정복자로 우뚝 서 있다.

우리가 사는 이 세상은 마치 게임과 같다. 물론 금수저라고 부유한 집안에서 이미 부를 지니고 태어난 사람도 있지만, 모두가 1단계부터 시작하는 것이다. 이미 많은 아이템을 가진 상태에서 시작하면 재미가 없다. 무언가 부족하고 모자란 상태에서 점점 더 위로 올라가는 것이 게임의 재미인 것이다. 인생의 즐거움도 부족함을 하나씩 채워가는 데서 찾을 수 있다. 그렇기에 결핍이 성공을 만든다. 금수저, 흙수저, 동수저 등 수저 탓을 하지 말고 내가 이 세상에서 어떤 위대한 것을 직접 성취할지에 집중하라.

욕구는 삶의 나침판과 같다. 그동안 가족과 주변의 시선에 끌려 사느라 자신의 욕구를 억눌러온 사람들이 많다. 그렇게 참고 참다가 자신이 하고 싶은 것이 무엇인지 조차 잊게 된다. 그러다가 한 순간에 인생이 허무하게 느껴진다. 아무리 열심히 살아왔지만, 내 마음대로 해본 것이 아무것도 없기에 큰 욕구불만이 생긴다.

그러나 자신이 원하는 욕구에 따라 하고 싶은 것들을 마음껏 하는 사람들은 오히려 더 큰 욕구를 찾을 수 있다. 점점 더 하고 싶은 것이 훨씬 많아진다. 지금 원하는 것을 이룬 사람은 다음에 더 큰 단계를 쉽게 발견할 수 있다. 그렇기에 계속 발전할 수 있고, 성장하려고 노력하게 된다.

자신을 욕구를 믿고 원하는 것을 채워가며 사람은 얼굴표정 부터가 다르다. 일단 삶의 에너지가 높아지고 행복함을 느끼면 산다. 자신이 좋아하는 일을 추구하고 남들보다 열정적으로 살아간다. 남들보다 몇 배 더 열심히 무리해서 일하고도 진한 행복감을 느낀다. 이 욕구들이 모여 더 나은 미래를 위한 꿈과 비전, 목표를 만든다. 결국, 욕구가 미래를 이끌어야 한다. 그래야 에너지 넘치고 활력이 생기는 인생을 장식할 수 있다.

반대로 자신의 욕구를 신뢰하지 못하고 항상 억누르기만 하는 동안 활력은 떨어진다. 자신이 진짜 원하는 것이 아니기에 하고 싶은 마음이 들지 않고 계속 속박당하는 기분을 느끼게 된다. 학창시절 부모님이 공부하라고 강요하면 공부가 싫어지고 가출하고 싶어지는 것과 같다. 자신의 자연스런 욕구를 간섭하고 통제하기만 하면 아무것도 시도하기 싫어진다. 이는 결국 능력도 발휘되지 않아서 자신의 잠재력을 개발할 수 있는 기회를 놓쳐서 성공적인 삶과는 거리가 있다. 자신의 행복한 인생을 위해 내 가슴이 원하는 것을 제대로 느낄 줄도 알아야 한다. 마음속의 솔직한 욕구를 받아들이고 따르는 용기가 필요하다. 그 욕구는 당신이 원하는 길로 이끌어줄 것이며 삶의 기회를 발견하는 나침반이 되어줄 것이다. 가슴 속의 건강한 욕구를 잘 활용하여 당신을 발전시키고 성장시키는 동력으로 삼아라!

04

미래를 결정하는 환경의 힘,
'코이의 법칙'

"젊은이들에게 조언하건대 자신보다 나은 사람과 사귀어라. 책에서든 인생에서든 그것이야말로 가장 유익한 사귐이다. 올바른 대상에게 감탄하는 법을 배워라. 그것이야말로 인생의 큰 즐거움이다. 위대한 사람들이 감탄한 것에 주목하라. 그들은 위대한 것에 감탄하는 반면 천박한 사람은 천박한 것에 감탄하고 그것을 숭배한다."

-W.M. 새커리

"어리석은 자 때문에 괴로움을 겪지 마라. 바보를 알아보지 못하는 사람은 스스로가 바보이다. 바보인 줄 알면서 멀리하지 못한다면 더욱더 바보이다."

-발타사르 그라시안

'코이'라고 하는 일본 잉어가 있다. 이 잉어를 작은 수족관에 넣어

두면 5~8센티미터밖에 자라지 않는다. 그러나 큰 수족관이나 연못에 코이를 넣어두면 15~25센티미터까지 자란다. 그리고 강물에 방류하면 무려 90~120센티미터까지도 거대하게 성장한다.

환경에 따라 몸의 크기가 정해지는 건 비단 코이만의 문제가 아니다. 인간 역시 이 물고기처럼 자기가 처한 환경의 지배를 받아가며 살고 있다. 코이와 인간이 서로 다른 점이 있다면 코이는 인간에 의해 자기 힘으로는 절대 벗어날 수 없는 운명이 정해지지만 사람은 자기 스스로 세상의 크기를 결정한다는 것이다.

이처럼 인간에게 꿈이란 코이라는 물고기가 처한 환경과도 같다. 작은 꿈에 만족하면, 고작 평범한 사람이 된다. 그러나 원대한 꿈을 꾸면 더 크게 이룰 수 있다.

코이처럼 일부러 어항에 가두지 않았는데도 자기 능력이나 관념에 따라 간장종지처럼 작은 곳에 인생을 담는 사람도 있고 또 어떤 사람은 지구가 모자라 외계를 넘나들며 은하수에서 휘황찬란한 꿈을 실현하기도 한다. 물고기와 똑같이 인간도 노는 물에 따라 자신이 발휘할 수 있는 능력과 꿈의 크기가 달라지는 것이다.

당신 안의 코이를 꺼내서 용솟음치고 있는 저 깊고 넓은 바다에 던져 크고 활기찬 고래로 만들어라. 머지않아 당신의 몸으로는 도저히 담을 수 없을 만큼 크게 성장한 엄청난 크기의 고래들이 몰려와 미지의 세계로 당신의 운명을 끌고 갈 것이다.

멋진 미래를 만들기 위한다면 당장 당신의 주변 환경을 신경 써야 한다. 특히, 당신 주변에 어떤 사람이 있는지가 당신의 미래를 좌우한다. "유유상종"이라는 속담은 맞는 말이다. 혹은 지그 지글러(Zig Ziglar)의 말 대로 "칠면조들과 땅 바닥을 기어서는 독수리와 날 수 없는"것이다. 그렇기에 성공을 꿈꾼다면 그대가 만나고 가까이하는 사람들을 신중하게 선택하라.

하버드대학의 데이비드 맥클랜드 교수도 당신의 "준거집단(reference group)"이 인생에서 성공과 실패의 95%를 결정한다고 말했다. 준거집단이란 당신이 습관적으로 만나고 자신이 그들 중 한 사람이 되길 원하는 사람들이다. 준거집단은 가령 가족, 당신의 직원, 당신이 속한 정당이나 교회, 사교클럽의 구성원일 수 있다

당신에게 긍정적인 영향을 주고, 감동을 주고, 존경하고, 열정 넘치고, 꿈이 크고, 당신이 닮기를 원하는 사람들만 사귀는 습관을 들여라. 길에서 우연히 옆자리에 앉은 사람과 인연을 맺지 말라. 그저 우연히 이웃이 된 검증되지 않은 사람과 점심을 먹지 말라. 대화를 통해 당신의 생각과 느낌에 무한한 감동과 긍정적인 영향을 줄 사람들을 세심하게 골라서 신중하게 사귀어라.

사람은 환경의 영향을 가장 많이 받는다. 어떤 환경에 처하면 그 분위기에 점점 물들어 점차 환경에 걸 맞는 성격을 갖게 되고 기질이 개발된다. 친구를 사귀어도 친구의 성격에 영향을 받기에 가장 가까운

친구를 사귈 때에는 매우 신중해야 한다. 당신의 성격, 사고 나아가 인생에 영향을 미치기 때문이다.

세상에는 오래도록 깊이 사귈수록 자신에게 유익한 사람이 있는가 하면 절대로 멀리해야 하는 사람도 있다. 그가 내 정신과 생활 속으로 절대로 들어오지 못하도록 막아야 한다. 그렇지 않으면 그는 어쩌면 나의 인간관계 속 시한폭탄과 같은 존재가 되어 내 인생을 망친다.

부정적인 사람들의 특징은 자신이 노력해서 위로 올라갈 생각보다 남을 바닥으로 끌어내리려는 생각을 더 많이 하는 사람이다. 이런 사람과 함께 있으면 자신의 긍정적이고 좋은 에너지들이 점차 고갈 된다. 특히 사회경험이 적은 이들은 사람을 판단하는 능력이 부족하고 경험이 많지 않기 때문에 사람들을 잘못 사귀는 일이 있다. 부정적인 사람들이 모여 있는 무리에 들어가게 되면 실패자들을 본받고 부정적인 생각에 물들어 결국 그들처럼 되고 만다. 그들은 성공을 가로막는 장애물인 것이다.

발전을 원하지 않고 부정적인 생각에 사로잡힌 사람들과 사귀지 말라. 그들과 가까이 있으면 부정적인 관념에 짙게 물들어 성공을 향한 꿈을 천천히 포기하고 후퇴하게 된다.

아무리 긍정적인 사람일지라도 부정적인 사람과 함께 하다보면 닮아가게 된다. 그래서 성공한 사람들은 의도적으로 부정적인 사람들을 멀리하고 긍정적인 사람들과 가까이했다. 그들과 함께 있으면 신선한 자극이 되고 꿈과 목표에 대한 강한 동기를 지속적으로 유지할 수 있기 때문이다.

영화배우에서 미국 캘리포니아주지사가 된 아놀드 슈왈제네거도 역시 의도적으로 성공한 사람들, 즉 긍정적인 사람들을 만남으로써 인생이 달라졌다. 케네디가 마리아 슈라이버와 사귀고 있던 아놀드 슈왈제네거가 처음으로 그녀의 초대를 받았을 때 이렇게 말했다.

"나는 성공한 사람들과 기꺼이 함께하고 싶다. 주위에 머리가 빈 사람들만 있다면 나도 머지않아 그들과 똑같이 머리가 비게 될 것이다."

지금보다 좀 더 나은 삶을 살고 싶다면 긍정적인 사람들과 어울려야 한다. 의도적으로 사람들을 취사선별해서 만나는 것은 매우 중요한 성공요건이다.

부정적이고 비판적이며 불평만을 일삼는 사람은 멀리하라. 독수리처럼 날고 싶다면 그깟 칠면조들과는 아옹다옹하지 마라. 껍질을 벗고 나비가 되어 날아오른 후에는 더 이상 번데기가 아니다. 나비가 되었다면 번데기들과 놀 필요가 없다. 올챙이 시절은 그만 잊어도 좋다.

지금은 모든 분야가 무한경쟁시대이다. 경제가 살아나는 성장기 때처럼 스스로 노력만 하면 무조건 잘 될 수 있는 시기는 이미 지났다. 하지만 금수저도, 개천용도 자신의 환경을 탓하며 아무것도 하지 않는다면 그 무엇도 될 수 없다. 환경을 탓하지 말고, 그대 스스로가 보다 큰 야망과 꿈을 품고 직접 발로 뛰면서 눈부신 미래를 창조해내야 한다. 또한 좀 더 성공적인 미래를 이끌어가기 위해서는 스스로가 성공할 수 있는 주변 환경을 만들어 나가야 한다. 인간은 환경에 따라서 성공할 수 있느냐가 결정되는 중요한 요소이기도 하기 때문이다.

혹시라도 지금 당신의 환경이 열악하다고 해도 실망하지 마라. 인간의 운명과 환경은 직접 개척하고 맨손으로 이루어 나가는 것이다.

모든 위인들의 화려한 성공신화의 뒷면에도 열악한 환경에서도 항상 커다란 꿈을 놓치지 않는 굳은 신념과 함께 시작되었다. 당장은 빈털터리라 해도 주머니에 크고 원대한 꿈으로 가득 차 있기만 하다면, 우리는 그 누구보다 큰 자본으로 시작하는 셈이다. 당장의 돈보다 야망과 큰 꿈이 가장 중요하다. 꿈이라는 밑천은 특성상 바닥을 드러내는 일이 없으며, 끝없이 도전하도록 열정을 분출하는 무한한 에너지이다. 당신의 환경과 운명, 미래를 직접 창조해내서 최고의 인생을 살아라!

05

현재의 인간관계가
미래를 결정한다

"직접 만나든 책을 통해서든 아무도 만나지 않는다면, 5년 후에도 당신은 지금과 똑같은 사람으로 남아 있을 것이다."　　　　　　　　　−찰스 존스

"알고 보면 관계처럼 중요한 것은 없다. 우주의 모든 것은 오로지 서로 간의 관계로 인하여 존재한다. 어떠한 것도 고립 속에 존재할 수 없다. 우리도 '혼자 해낼 수 있다'는 착각에서 벗어나야 한다."　　　−마거릿 휘틀리

"자수성가한 사람이더라도 사실은 혼자 힘으로 성공한 것은 아니다. 다른 수천 명의 도움이 있었기에 그 자리에 설 수 있는 것이다. 작은 친절을 베풀어준 사람, 한마디 격려의 말을 건네준 사람…모두가 우리 개인의 성격과 사고방식의 형성에, 그리고 성공으로 나아가는 길에 기여하였다."

만사(萬事)는 인사(人事)라는 말이 있다. 인생에서 부딪히는 모든 문제는 적절하지 못한 사람들과 적절치 못한 관계를 맺음으로써 발생한다. 인생에서 큰 성공을 이루는 것은, 당신을 도울 수 있고, 또 당신이 도움을 줄 수 있는 사람들과 훌륭한 대인관계를 구축함으로 오는 결과이다.

좋은 인간관계는 인생의 밑거름이 된다. 행복과 성공의 85퍼센트는 당신의 개인적인 인간관계나 비즈니스를 통해 형성된 대인관계의 질에 의해 좌우된다. 좋은친구가 많을수록, 바람직한 방향으로 맺어진 인간관계가 많을수록 더 큰 성공과, 더 빨리 앞으로 나아갈 수 있다.

성공의 90퍼센트는 소위 '준거집단'에 의해 결정된다는 말이 있다. 준거집단이란 관습적으로 당신과 동일한 사람들로 평가되고, 당신과 함께 많은 시간을 보내는 사람들의 집단을 말한다. 인간은 카멜레온처럼 함께 하는 사람들을 바탕으로 행동하고 가치를 판단하며, 신념을 형성한다.

성공한 인생을 살기 위해 꼭 고민해야 할 것은 당신 주변의 인적 자원을 어떻게 구축하고 활용할 것인가 하는 것이다. 업무상 단 한번 만난 사람조차 당신의 성공 인맥을 활용할 수 있는 기술이 있다면, 당신은 이미 80%는 성공한 것이나 다름없다.

성공한 사람들의 주위에는 항상 사람이 많다. 하지만 그 사람들은 보통 생각하듯 타고난 배경이나 학연, 지연으로만 이루어진 관계는 아니다. 자신의 인생과 일에 대한 열정 그리고 노력의 결과일 때가 많다.

인간관계에서도 계산된 행동으로 환심을 사고 이해관계로만 얽혀서 이용하고 필요하면 배반하는 짧은 생각으로 처신하는 이들의 결과는 뻔하다. 인간은 100권의 책보다 단 한 사람과의 만남에서 더 큰 영향을 받는다.

대통령이나 국회의원이 되려 하건 초등학교의 학부모 회장이 되려 하건 절대 혼자만의 힘으로는 불가능하다는 것이다. 인간의 모든 일에는 타인의 도움이 절대적으로 필요하다. 그래서 '멀리 가려면 함께 가라'는 말이 있는 것이다.

성공한 업계의 리더나 사업가, 정치인, 세상을 뒤흔드는 실력자들을 유심히 살펴보면서, 성공한 사람들이 사람을 잘 사귀는 방법과 자신의 목표를 달성하기 위해 도움을 청하는 방법에 대한 탁월한 기술과 감각을 키워나갔다. 진정한 네트워킹이란 단순히 많은 사람들을 만나고 알고 있다는 것이 아니다. 다른 사람들이 더 잘될 수 있도록 효율적으로 돕는 방법을 찾아내는 것이다. 이것이 가장 합리적인 인관계의 중요한 핵심 기술이다.

인간관계는 어느 한순간에 내맘대로 형성되는 것이 아니다. 정작 당신이 필요한 순간에는 이미 늦다. 수많은 사업가들이 가장 먼저 부딪히는 문제는 바로 도움을 얻을 후원자와, 좋은 거래를 이끌어 갈 파트너와 고객이 없다는 점이다. 인간관계에 대한 준비는 성공보다 더 먼 미래에 대한 전략적인 준비이다.

그렇다면 성공적인 인간관계를 위한 몇 가지 원칙을 제안하면 다음과 같다.

첫째는 먼저 거두기 전에 먼저 부지런히 심어놔야 한다. 인맥으로 연결된다는 것은 도움을 청하고 도움을 주는, 지속적으로 주고받는 과정을 말한다. 사람과 사람은 서로 간에 연결되어 자신의 지식과 시간, 그리고 전문 지식과 정보를 나누면 나눌수록 모든 이가 누릴 수 있는 파이는 점점 커져간다.

둘째는 당신은 "얻어내는 사람"이 되기 전에 "주는 사람"이 먼저 되라.

우리는 사회에서 두 종류의 사람을 볼 수 있다. 첫 번째는 인맥을 자기 이익을 위해 이용할 수 있는 도구로만 본다. 이들은 다른 사람들을 기회주의자인 것처럼 자신의 입맛대로 조종하려는 경향이 있다. 이런 사람들은 새로운 사람들을 만날 때마다 '이 사람으로부터 내가 무엇을 얻어낼 수 있는가?'라는 질문을 한다.

두 번째는 인맥 개개인을 고유한 인격체로 보려 한다. 그들은 사람마다 개성과 고유의 가치관이 있고 제각기 다른 욕구와 성격, 지식을 지니고 있다는 사실을 이해하고 있다.

그런데 인간관계에서 중요한 원칙은 진실과 상호주의이다. 이는 당신이 오랫동안 서로 도움이 되고 유익한 인간관계를 유지하기 위해 반드시 지켜야 할 원칙이다. 단순히 눈앞의 이익을 위한 인간관계는 절대 오래가지 못한다. 상대방을 단지 당신의 이익을 챙기기 위한 수단으로만 생각한다면, 상대방 역시 당신을 그렇게만 생각할 것이다. 그런 관계는 기본적인 신뢰가 없고, 절대로 오래 갈 수 없다. 명심하라. 먼저 씨를 뿌려야 거둘 수 있는 것이다.

그런데 이 같은 인간관계도 관리해야 한다. 눈에 보이지 않으면 자연스럽게 마음에서도 멀어진다. 한두 해 넘게 연락도 없이 지내다가 당신에게 갑자기 뭔가를 부탁해 왔다고 생각해보라. 반갑다기 보다는 순간 이용당한다는 느낌이 들 것이다. 늘 상대에게 관심을 갖고 직접 만나라.

평범한 대중이라고 할 수 있는 80%에 속하는 사람들은 대개 오르지 않는 연봉에 고민하고 혹시나 직장에서 잘리지 않을까 불안해한다. 그들 대부분은 매일 밤 퇴근하면 집에 가서 텔레비전을 보거나 항상 만나던 사람들하고만 교류한다. 그러니까 발전 없이 똑같은 수준에 머물른다.

반면 상위 20%에 속하는 사람들을 끊임없이 새로운 사람과 만날 기회를 찾고 새로운 사람들과 교류한다. 또 원활한 관계유지를 위해서 다른 사람들에게 도움을 줄 방법이 없는지 항상 고민한다. 먼저 도움을 주는 것이 나중에 훨씬 유익이라는 것을 그들은 잘 알고 있기 때문이다. 이게 진짜로 지혜로운 사람의 생각이다.

상대에게 바라지 않고 나의 것을 아낌없이 주면 예상치 못한 순간에 결국 나에게 되돌아온다.

또, 한 조사에 따르면 성공한 사람들의 97%가 성공의 가장 중요한 요소로 인간관계를 꼽았다. 바로 사람을 보물로 보는 자세의 결과물인 것이다. 오늘부터라도 주변의 모든 사람을 보물로 쳐다보려는 노력을 해봐야 한다.

당신과 함께하는 주변의 사람이 어떤 사람인가도 무척 중요하다. 나의 발전과 성공을 시기하고 질투하는 사람들과는 사귀지 말아야 한다. 나의 성장을 가로막는 사람들과의 관계도 끝내야 한다. '독수리와 놀면 독수리처럼 행동하게 되고, 오리와 놀면 오리처럼 행동하게 된다'는 말이 있다.

일본의 이미지 트에이닝 코칭의 개척자인 니시다 후미오는 저서 〈된다 된다 나는 된다〉에서 그 이유를 다음과 같이 설명했다. "누구든

운이 없는 사람들과 어울리고 재수 없는 말을 입에 올리다 보면 그 또한 틀림없이 운이 없는 사람으로 전락하게 되어 있다. 따라서 친구를 사귈 때는 정말 조심해야 한다. 운이 없는 사람들과 함께 있으면 자신의 운조차 나빠진다. 무의식중에 운이 날아가는 사고와 행동을 취함으로써 자연스럽게 운을 쫓아 버리기 때문이다."

인생의 좋은 운을 불러오기 위해서 우리는 항상 긍정적인 사람으로 가려서 사귀어야 한다.

06

위기, 난세는
참 좋은 기회다

인류의 역사에서는 보통 난세(亂世)에는 영웅이 탄생했다. 이는 곧, 시대가 영웅을 만든다고 할 수 있다. '난세'란 전쟁이나 무질서한 정치 따위로 혼란스러워 살기가 힘든 세상을 가리키는 말이다. 어쩌면 우리들은 지금이 난세인지 모른다. 나라 안팎이 갖가지 혼란과 갈등, 경제침체 등에 휩싸여 어지럽다.

지금은 기업들이 경영이 어려워 정리해고가 종종 일어나고 있다. 직장인들은 쫓겨 나지 않으려고 노심초사하며 퇴근시간, 주말도 없이 여가를 포기하고 직장을 위해 온몸을 던진다. 그러나 정상적인 기업이라도 한창 일할 나이인 50대 초반이면 거의 퇴직해야 하는 것이 현실이다. 이런 난국이야말로 자신의 숨겨진 위대한 잠재력을 발굴하여 개발시켜서 개인 창업이나 자기가 진정으로 하고 싶은 것을 해 볼 수 있는 좋은 기회이기도 하다.

태평성대에는 영웅이 나타날 수 없다. 모두가 편안하고 배불리 잘 먹고 잘 사는데 영웅이 나설 필요가 있다는 건가? 영웅은 시대가 필요로 하고 시대가 만드는 것이다.

마치 영웅이 고난과 시련의 시기인 난세를 맞아 세상을 멋지게 바꾸듯이, 자신에게 어떤 식으로든 변화가 필요하다고 생각되면 난세는 분명히 좋은 기회다.

난세는 위기이다. 위기(危機)는 위험한 고비나 위기危와 기회機가 합친 말이다. 위기와 기회는 함께 있다. 따라서 국가를 구하는 영웅은 아닐지라도 자신을 변화시키고, 일으켜 세울 기회로 삼는다면 자신이 크게 도약할 수 있는 좋은 계기가 된다.

난세에는 세상이 어지럽기에 그만큼 허점과 빈틈들이 많다. 이럴 때일수록 역발상으로 잘만 생각하면 기가 막힌 기회가 숨겨져 있다. 취업난에 허덕이는 젊은이들은 남들 따라 입사경쟁률이 수백 대 일이 넘는 대기업, 좋은 기업에만 몰릴 것이 아니라 자신의 생각을 바꾸어 새로운 시도를 해 볼 좋은 기회가 될 수 있다.

어리석은 사람은 기회를 포기하고, 평범한 사람은 기회를 기다린다. 그리고 현명한 사람은 기회를 만든다. 어려울 때일수록 힘들다고 주저앉아 있거나 좋은 시절이 오기를 마냥 기다리고 있을 것이 아니다. 발로 뛰면서 적극적으로 행동하면서 스스로 좋은 기회를 만들어야 한다.

먹이사슬은 거부할 수 없는 자연의 법칙이다. 예컨대 동물들은, 천적이 무척 빠르게 달리면 먹잇감이 되는 동물도 잡혀 먹히지 않기 위해 더욱 빨리 달릴 수 있게 진화한다. 그러면 천적인 포식동물은 먹잇감을 못 잡는 것일까? 그렇지 않다. 포식동물도 더욱 빨라진 먹잇감을 잡을 수 있게 더한층 빨리 달릴 수 있도록 진화한다. 그리하여 먹이사슬의 균형이 안정적으로 이뤄지는 것이다. 이는 환상적인 자연의 조화다.

우리 인간은 뛰어난 지능 덕분에 먹이사슬의 제일 꼭대기에 있다. 인간에게는 천적이 없다. 천적이 있다면 바로 똑같은 인간이 천적이다. 그래서 인간끼리 전쟁을 벌여 수많은 인간을 죽이고, 다툼을 벌이다가 살인하기도 한다.

약 600만 년 전 인류가 등장한 이래, 끊임없이 진화를 거듭해 오고 있다. 그런데 중요한 것은 진화가 아무 이유 없이 저절로 생기는 관성적인 작용이 아니다. 이는 바로 생명체의 서식환경에 위기, 생존, 역경에 지장을 주는 장애요소가 생기면 그것을 극복하고 적응하기 위해 일어난다.

따라서 진화는 역경, 위기, 장애요소들과의 경쟁이다. 또한 생명체의 좀 더 나은 생존을 위한 변화이자 발전이다. 진화는 평온하고 순탄한 환경에서는 결코 일어나지 않는다. 현재 상태로 그대로 머물러 있다가 갑작스럽게 역경과 위기가 닥치고 치명적인 장애요소가 발생하면 전혀 대처하지 못하고 하염없이 무너지게 된다.

인간도 마찬가지다. 순탄하기만 삶은 얼핏 편안해 보인다. 그러나 갑작스럽게 위기, 역경, 고난 등을 맞게 되면 효과적으로 대처하지 못한다. 그리하여 좌절하거나 쉽게 무너진다.

평안하기만 한 인생은 위기와 역경에 대처하는 면역력이나 저항력, 그리고 판단력과 문제해결력을 약화시킨다. 그래서 한 번 틈이 생기면 하염없이 와르르 무너져 버린다. 그래서 비록 순탄한 인생이라고는 못해도 삶의 굴곡을 겪으며 크고 작은 고난과 위기를 경험해야 저항력, 면역력도 생기고, 어떤 위기라도 지혜롭게 극복할 수 있는 지혜와 용기가 생긴다. 즉, 시련을 성공의 비타민과 같다.

하버드대에는 '다른 사람보다 뛰어나고 싶으면 남보다 더 많은 고난을 견뎌라'라는 명언이 전해진다. 때로는 괴로움과 고난은 아픔과 상처와 피로를 동반한다. 그러나 이를 견뎌낸 경험은 앞으로 더 큰일을 해낼 기반과 자신감이 된다.

고난은 강인 의지를 지닌 단단한 사람으로 단련시키는 보약과도 같다. 이 굳은 의지는 당신을 점점 더 발전시키며 더욱 위대한 성공의 토대가 된다. 고난은 결국 우리를 더욱 크게 만드는 성장의 촉진제이자 행동하게 하는 마중물이다. 자고로 '부싯돌은 세게 부딪힐수록 더욱 찬란한 불꽃을 만드는 법이다.' 라는 말처럼 당신을 더욱 더 강하고 단단하게 만드는 고난과 난세의 위기를 게임처럼 즐겨라! 자신을 성장시켜라! 최고를 창조하라! 그게 당신의 사명이다!

다음은 미국 국민의 자랑이자 하버드대의 자랑인 하버드대 출신 미국 전 대통령 존 F. 케네디에 관한 이야기다.

그가 아주 어렸을 때, 그는 부모님과 마차를 타고 놀러 나가는 길에 마차에서 떨어지는 사고를 당한 적이 있었다. 빠른 속도로 달리던 마차가 길모퉁이를 돌면서 순간적으로 밖으로 튕겨나간 것이다. 케네디의 아버지는 급히 마차를 세운 후, 다정하게 물었다.

"쓸린 곳이 많이 아프니?"

"너무 아파서 못 일어날 것 같아요."

케네디가 흐느끼며 대답하자 아버지는 이내 눈길을 돌리며 말했다.

"그래도 털고 일어서서 바로 다시 마차에 올라야지?"

케네디는 순간 왠지 억울한 기분이 들기도 해서 뭐라 말하고 싶었지만, 그래도 스스로 일어서려 안간힘을 썼고 자리를 털고 일어나 힘겹게 다시 마차에 올라탔다. 아버지가 물었다.

"왜 너를 일으켜주지 않고 혼자 일어나라고 한 줄 아니?"

"아뇨."

아버지는 앞을 쳐다 보며 말했다.

"용감한 사람은 마땅히 그래야 하기 때문이란다. 넘어지면 일어나고, 또 넘어져도 다시 일어나야만 하는 거야······."

아버지의 흔들림 없는 눈빛을 보자 케네디는 아버지의 말뜻을 이해할 것도 같았다. 그날 이후 그는 아무리 어려운 일이 생겨도, 어떤 위기에 빠져도, 물러서거나 도망가지 않고 계속해서 앞으로 나아갔고, 이러한 노력 끝에 그는 1960년 대통령에 당선되었다.

평소 때는 잘 알기 어렵지만, 좌절과 마주했을 때 그 사람이 어떻게 대응하는가를 보면 그 사람은 철저히 검증할 수 있다. 모든 것은 당신에게 달려있다. 좌절을 경험 삼아 자신의 잠재력을 발견하고 더 단단한 사람으로 거듭날지, 아니면 패배감에 젖어 그대로 주저앉아 포기하고 말지를 엿볼 수 있기 때문이다.

좌절과 마주했을 때, 좌절에 슬퍼하고 자신의 처지를 원망하는 것은 인생에 아무런 도움도 되지 않는다. 성공하길 원한다면 담담하게 좌절에 맞서 이 뼈아픈 경험을 앞날의 밑거름으로 삼아 더 큰 위기에도 당당하게 극복하여 승리를 거머쥐는 멋진 인생을 살아야 한다.

07

나를 위해 무조건 용서하는 습관

불행한 과거는 과감히 놓아버려야 한다. 아무리 노력해도 과거는 바꿀 수 없다. 과거에 일어났던 일이 실제가 아니었으면 하는 헛된 욕망이 부정적인 감정들, 화, 분노, 책망의 주요한 원인이 된다. 이런 고통을 치료할 수 있는 방법은 용서의 습관을 기르고 모든 부정적 감정과 과거에 겪은 경험을 자유롭게 놓아주어야 한다.

혹시라도 당신이 어린 시절을 힘들게 보낸 사람, 혹은 나쁜 인간관계등과 같이 지금까지 살아오면서 억울한 대우를 받아본 적이 있습니까?

만일 그렇다면 난 당신에게 "그런 경험을 과감히 놓아버리세요!"라고 말하고 싶다.

대부분의 불행은 과거의 부정적인 경험을 놓아버리지 못하는 데서 생기고, 결국엔 부정적인 경험이 살아나도록 부채질을 하는 것 때문에 불행해진다. 이미 그 사건을 겪으면서 고통과 상처의 대가를 치렀으면서도 그 경험의 불씨를 시간이 지나도 오래도록 계속 살아있게 함으로써 계속, 반복해서 힘겨운 대가를 치르는 것은 어리석은 일이다. 정신건강에 매우 좋지 않은 손해나는 행동인 것이다.

누군가로부터 받은 상처로 속이 부글부글 끓으며 분노가 차오를 때가 있을 것이다. 어떻게 해서든지 상대방에게 복수하고 싶은 강렬한 욕구에 타오르기도 한다. 또는 내 스스로의 행동과 모습에 실망하고 나 자신에게 화가 나서, 자신을 학대하며 우울함과 깊은 좌절감에 빠지기도 한다. 이러한 행동이 나에게 백해무익한 것을 잘 알고 있으면서도 여전히 복수와 분노의 기회를 노리며, 깊게 상처 난 자리를 더욱 후비고 파서 더욱 악화시키는 경우가 허다하다. 그렇기에 오래도록 씻을 수 없는 상처로 남아서 당신을 끝없이 괴롭히고 있는 것이다.

용서(forgiveness)는 누군가를 위하여(for) 주는 것(giveness)이다. 여기에서 '누군가'는 먼저 나 자신이라고 할 수 있다. 즉 용서는 나에게 해를 끼친 상대방을 위한 것이 아닌, 나 자신을 위해서 주는 선물인 것이다. 분노와 복수심은 마치 불을 품고 있는 것과 같아서, 나 스스로를 해치게 만든다. 분노라는 독은 정신은 물론, 건강에도 매우 치명적이다. 일단 내 마음에서 분노라는 불을 끄면 나 자신이 먼저 건강해지고 편안해진다.

부처도 분노를 경험하는 것은 마치 뜨거운 석탄을 누군가에게 던지기 위해 쥐고 있는 것과 같다고 말했다. 뜨거운 석탄을 쥐고 있으면 상대방이 고통스러운 게 아니다. 실제로 석탄을 쥐고 있는 내 손이 가장 뜨겁고 고통스럽다. 그러나 그 석탄을 던져버리면 고통에서 벗어나게 되고 평안을 경험할 수 있다. 다시 말해 용서는 가해자가 아닌 나를 위한 선택이다.

실제 임상적으로도 용서는 몸을 건강하게 한다는 연구결과들이 많다. 대표적으로 한 연구에서는 단순히 용서를 상상하는 것으로도 스트레스를 완화시키고 혈압과 심박동을 안정시키는데 효과가 있었다. 이 연구는 다른 누군가의 부당한 행동으로 인하여 마음의 상처를 받은 71명의 대학생을 대상으로 실험한 것이다. 참여자들이 상처를 준 상대방을 용서하지 않은 채 증오심을 가득 느끼고 있을 때와 용서하는 장면을 상상할 때에 심장박동과 혈압을 측정하였다. 그 결과 증오심을 품고 있을 때에는 분노나 슬픔을 더 많이 경험하고, 이마 근육이 심하게 수축되면서 심장박동률과 혈압이 상승하였다.

그러나 자신에게 상처를 준 사람을 최대한 이해하려고 하고 공감하면서 용서하는 모습을 상상하도록 했을 때는 슬픔도 덜 느끼며 스트레스도 덜 받았다. 또한 심장박동과 혈압도 떨어졌다. 용서하는 장면을 상상하는 것만으로도 엄청난 정신적 고통에서 벗어나게 되고 슬픔과 스트레스도 덜 느끼며, 행복하고 건강해질 수 있다는 것이다.

혹시 당신에게 아직 용서하지 못한 사람이 있는가? 그를 용서하는 장면을 상상하고 그 사람에게 무엇을 말할지, 어떤 기분이 들지 상상해보라. 것만으로도 한결 몸도 마음도 한결 가벼워지고 편해질 수 있다.

이처럼, 용서가 필요하고 중요하다는 것을 머리로는 이해한다. 하지만 실제 실천하기는 쉽지가 않다. 마음과 감정을 다스린다는 것은 오랜 훈련이 필요하다. 그렇기 때문에 실천하는 용기와 연습이 필요하다. 용서하기로 마음먹었다고 해서 말끔히 분노가 사라지지는 않는다. 다만 굳은 결심이 필요하다. 이러한 용서의 연습은 습관이 되어 안정감과 평안함을 가져올 것이다.

인생을 살면서 사람 때문에 받은 여러 상처, 번뇌는 자신의 마음과 몸에 깊은 상처를 주는 것이다. 최대한 상대를 이해하고 용서하고자 노력하라. 상대를 용서하는 것은 그 사람이 좋은 것이 아니라 결국 내 마음이 편안해지기 위해서다. 결국에 용서는 나 자신을 위한 것이다.

남은 인생을 자유롭게 잘 살기 위해서 네 부류의 사람은 용서할 필요가 있다. 바로 당신의 부모, 과거 인간관계 속의 사람, 모든 사람, 마지막으로 바로 당신이다.

먼저, 당신을 키우면서 저지른 부모의 모든 잘못과 상처를 무조건 용서하라. 대부분 부모는 자식에게 실수를 범한다. 완벽한 부모는 세상에 아무도 없다. 부모는 자신의 작은 경험을 바탕으로 그들의 지식과 경험이라는 범위 내에서 할 수 있는 최선을 다하는 것이다. 그러나 그들은 완벽하지 않고, 모든 부모는 완전하지 못한 나약한 존재이기에 그들 또한 잘못을 저지른다. 당신도 부모가 되면 예외가 아닐 것이다. 자신도 완전한 인간이 되지는 쉽지 않을 것이다.

당신에게 잘못을 저지를 부모를 위해 스스로에게 "나는 부모님의 모든 것을 용서 한다"고 말하라. 그리고는 아픈 기억을 과감하게 놓아 버려라. 만일 부모가 살아 계시면 그들 옆에 앉아 당신이 지금도 화나고 분노했던 사건이나 경험에 대해 속 시원히 이야기를 나누면 좋다. 그들에게 "오랫동안 이것 때문에 화가 났었고, 상처가 되었습니다. 그러나 무조건 부모님을 용서하기로 결정 했습니다"라고 말하라. 성인이 되어 인격이 성숙해진 후에는 아무렇지도 않을 일들이 감수성이 예민하고 나약한 마음이었던 어린 시절의 말과 행동에는 의도치 않게 큰 상처로 남을 수 있다. 특히, 부모가 어떤 트라우마나 상처가 있는 경우에 자신도 모르게 똑같이 자식에게 대물림하는 경우가 적지 않다. 예를 들어서 술 먹고 어머니에게 손찌검을 하는 모습을 보고 자란 자녀는 '나는 절대 아버지처럼 행동하지 않을 거야.' 라고 다짐하지만, 성인이 되어 자신도 모르게 부인에게 아버지가 어머니에게 했던 행동을 똑같이 행동하는 경우가 흔하다. 그렇기에 무조건 용서하고 두 번 다시는 생각도 하지 말라.

두 번째로 용서할 사람은 어떤 식으로든 과거에 당신에게 상처를 입힌 모든 사람이다. 어린 시절 당신의 기억 속에서 상처 받았던 사람들을 용서하라. 그들을 한꺼번에 모아 "합동용서"를 해줘라. 과거에 당신을 불행하게 한 모든 사람을 용서하라. 오늘 그들에 대한 분노를 영원히 풀어준다고 결심하라. 그 후에는 그것들에 대해 말하지도, 생각도, 다시 떠올리지도 말라. 이미 끝난 문제라고 생각하라.

용서해야 할 네 번째 사람은 바로 당신이다. 얼마나 많은 사람들이 아직도 과거에 스스로 저지른 바보 같은 일 때문에 자신에 대한 부정적인 생각에 머물고 있는지 안다면 놀랄 것이다.

당신의 삶은 계속 성장하고 진화하는 끝없는 과정이다. 그 때의 당신은 지금의 당신과 다른 사람이다. 당신 자신을 자유롭게 해방시켜라. 당신 자신을 용서하고 놓아주라. 실수 때문에 자신을 용서하지 않고 당신의 인생에 등을 돌리는 행동은 스스로가 자신감을 죽이고, 상처를 입히는 일이다.

08

시련은 항상 성공의
길목에 있다

"사소한 반대를 두려워하지 말라.

성공의 '연'은 역풍을 받으며 솟아오른다는 사실을 상기하라."

–나폴레온 힐

"패배한다는 것은 일시적인 현상일 뿐이다.

그러나 포기한다는 것은 영원히 그만두는 것을 의미한다." –마릴린 사반

"세상에서 주목받는 인물들은 성공하기 전에 반드시 큰 장애물에 부딪
쳤음을 역사가 증명해 준다. 그들은 거듭되는 실패에도 용기를 잃지 않았
기 때문에 승리자가 될 수 있었다."

–B. C. 포브스

"만일 겨울이 없다면, 봄은 그다지 즐겁지 않을 것이다. 만일 우리가 때때로 역경을 경험하지 못한다면, 번영은 그리 환영받지 못할 것이다."

-앤 브래드스트리트

"가장 빠르고, 가장 똑똑하고, 가장 총명하고, 가장 부유한 사람에게 큰 승리는 오지 않는다. 큰 승리는 넘어질 때마다 일어나는 사람에게 오는 것이다."

-하이럼 스미스

인생도 나무와 비슷하다. 삶의 비바람과 뜨거운 햇빛을 받아보지 못한 사람은 잠깐의 소나무를 만나도 어떻게 해야 할지 몰라 와르르 무너지기 쉽다. 이런저런 어려움을 겪고 이겨내며 살아온 사람은 웬만한 비바람에도 꺾이지 않고 든든히 버틸 수 있다. 예기치 않은 비바람을 만날 때면, 인생은 매우 길고 이런 힘겨운 날들이 나를 더욱 강하고 단단하게 만들 거라고 생각하며 절대 피하지 말고 맞서라. 삶은 우리에게 충분히 이겨낼 수 있을 만한 어려움만 준다.

'맹자(孟子)'에 이런 말이 있다. '하늘이 장차 누군가에게 큰일을 맡기려 할 때는 먼저 그 마음과 뜻을 흔들고, 그 몸을 힘들게 하고, 그 육체를 굶주리게 하고, 그 생활을 곤궁하게 하여 하는 일마다 어지럽힌다. 이는 그의 마음을 두들기고 참을성을 길러 지금까지 하지 못했던

일을 잘 할 수 있게 하기 위해서다.'

이는 아무리 힘들고 순탄치 못한 운명을 타고났다 해도 절망할 필요가 전혀 없다는 뜻이다. 시련은 나를 더욱 강하게 단련시켜주는 선생이며, 더 나은 미래를 가져다주기 위한 과정일 뿐이기 때문이다. 시련을 달게 받는 사람은 아픈 만큼 성장한다.

이 세상에 시련과 역경 없는 순탄한 인생을 사는 사람은 단 한 명도 없다. 시련은 누구에게나 주어지지만, 그것에 어떻게 대처할지는 당신 선택에 달렸다.

독일의 철학자 쿠노 피셔는 "안락은 악마를 만들고 고난은 사람을 만드는 법이다"라고 말했다. 진정한 성공을 꿈꾸고 원하는 인생을 살고 싶다면 시련을 즐거운 마음으로 받아들여야 한다. 시련과 실패를 즐기며 점점 성장하는 사람은 반드시 성공한다.

위기는 약점을 보완하는 절호의 기회다. 등산가가 산 하나를 정복하고 나서 다시 다른 산을 오르려면 일단은 그 산을 다시 내려와야 한다. 인생이나 직장도 똑같다. 오르막이 있으면 반드시 내리막이 있는 법이다. '인생은 두 걸음 전진, 한 걸음 후퇴의 과정'이라는 말도 있다. 비즈니스도 마찬가지다. 어떤 사업도 주기와 흐름이 있다. 상승 곡선과 하강 곡선이 있다는 뜻이다. 비즈니스의 흐름은 종종 산업 전반을 완전히 뒤바꾸어 놓는 변화로 이어지기도 한다.

2년이나 3년, 4년, 10년 앞을 내다보고 계획을 세워 일상에서 흔히 나타나는 단기적인 상승과 하강에 편승해 롤러코스터를 타듯 굴곡을 즐겨라. 모든 것에는 항상 주기와 흐름이 있다. 그 어떤 상황에서도 마음의 평정을 유지하라. 신념을 갖고, 단기적인 행운과 불행에 얽매이지 마라.

뜻밖의 위기가 닥쳤을 때는 낙관적인 태도를 가져라. 지금의 위기는 비즈니스와 인생의 흐름뿐이다. 위기를 기회로 반전시킨 사례는 얼마든지 찾을 수 있다. 예를 들어 존슨 앤 존슨은 타이레놀 캡슐에 묻은 청산가리로 인해 사망사고가 난 즉시 제품을 전량 수거하고 사건의 발생과 진행 과정을 신속하게 언론에 공개함으로써 84퍼센트나 하락했던 매출을 단 6주 만에 400퍼센트 이상 신장시킬 수 있었다. 위기를 기회로 만드는 것은 낙관적이고 적극적인 태도이다. 위기는 당신의 약점을 보완할 수 있는 절호의 기회다.

특히, 삼성 이건희 회장은 "실수나 실패는 소중한 자산으로 격려 받아야 마땅하다. 하지만 같은 실수는 용서할 수 없다"고 말했다. 실수를 통해 다시 일어서고 배우고 도전하라는 의미다.

중요한 것은 실수 자체가 아니다. 실수를 정확히 파악해서 무엇을 배우느냐 하는 것이다.

씨앗이 굳은 땅과 바위를 피해 뿌리를 내리고 대기와 태양빛을 맞고 폭풍, 그리고 눈과 비를 맞으며 자랄수록 그 나무는 더욱 튼튼하고 크게 자랄 수 있다.

시련은 그 신련을 이겨낸 만큼의 힘을 키워준다. 참나무가 오랜 시간 수많은 폭풍우를 견뎌내며 뿌리를 내리고 가지를 뻗듯이 시련, 고통, 슬픔이 우리를 한층 성장시켜준다.

세상의 발전에 공헌한 위인들은 결코 안락한 환경에서 자란 것이 아니다. 이들은 시련이라는 이불을 덮고 시련을 베개 삼아 눈물과 피를 삼키며 힘들게 성장한 사람들이 많다.

훌륭한 칼은 오랜 시간 불꽃에 단련되고 예리하게 날이 선다. 고귀한 인격도 마찬가지다. 다이아몬드는 단단할수록 아름다운 빛을 발하는데 그 빛을 발하기 위해서는 더욱 단단하고 강한 연마제가 필요하다. 이 보석을 연마하기 위해서는 똑같은 강도의 연마제, 즉 다이아몬드 분말이 없다면 그 아름다움을 완전히 창조해 낼 수 없다.

당신은 이 세상에서 가장 빛나는 다이아몬드이다. 자신의 인생을 더욱 빛나는 보석으로 다음기 위해서는 시련이라는 강한 연마제로 자신을 단련시켜라.

에디슨은 67세에 화재로 인해 평생 동안의 연구업적을 날렸다. 그로부터 불과 3주 후, 축음기를 발명했다. 포드는 마흔 살에 파산했지만, 오래지 않아 자동차 왕이 되었다.

〈영혼을 위한 닭고기 수프〉의 저자 잭 캔필드와 마크 빅터 핸슨은 수많은 출판사들로부터 거절을 당했다. 그러나 결코 포기하지 않았다. 마침내 그들은 작은 출판사에서 자신들의 책을 펴내기로 했고, 단번에 베스트셀러에 올라 다른 '닭고기 수프 시리즈'와 함께 1,200만 부가 팔리는 경이적인 기록을 만들어낸 것이다.

영국의 소설가 존 크루제는 543권에 달하는 많은 작품을 발표했다. 그러나 첫 작품이 출판되기까지 753통의 편지를 출판사의 쓰레기통에 배달시켜야 했다.

이들처럼 항상 시련은 성공의 길목에 있는 것이다. 성공이라는 인생의 멋진 목표를 향해 달려가는 당신에게 시련은 당연한 과정으로 여기고, 시련을 당신의 애인으로 삼아라!

09

실패는 또 다른
출발점일 뿐이다

"나는 실패한 적이 없다. 어떤 어려움을 만났을 때 거기서 멈추면 실패가 되지만, 끝까지 밀고 나가 성공을 하면 실패가 아니기 때문이다."

－마쓰시타 고노스케

"어떤 의미에서 실패는 성공으로 가는 지름길이다.
잘못됐다는 것을 알게 될 때마다 열심히 바른 길을 찾기 때문이다."

－존 키츠

실패가 행운이 될지 불행이 될지는 전적으로 실패를 대하는 우리의 자세에 달려 있다. 실패를 겪었을 때 우리는 두 갈래의 갈림길을 마주하게 된다. 이때 주저앉아 좌절하는 길로 접어든다면 당신은 불행해질 것이다. 그러나 용감하게 다시 일어나 실패를 직시하고, 자신이 실패한 진정한 이유를 찾아 이를 이겨내는 길로 나아간다면 완벽한 자아를 실현할 수 있다.

하버드대에서 교편을 잡았던 미국의 유명 철학가이자 교육가 겸 심리학자 존 듀이 역시 실패와 성공의 관계에 대해 이렇게 말했다.

"실패는 단지 일시적일 뿐, 한 번의 실패가 영원한 실패를 의미하지는 않는다. 한 사람이 발휘하게 될 기지의 크기나 삶의 방향성은 대개 실패 이후에 결정된다는 것을 잊지 마십시오."

이처럼 실패는 생각보다 별로 대수롭지 않은 일이다. 그러나 우리는 실패에 대해서 모두 끝난 것으로 생각하고 부정적으로 받아들이는 경향이 있다. 그러나 생각을 살짝만 바꾸면 실패는 곧 새로운 시작점이 될 수 있다.

'아픈 만큼 성숙해진다' 라는 말이 괜히 있는 게 아니다. 당당히 실패와 마주서고 실패를 통해 좀 더 배우고, 끊임없이 자신을 보완하여 업그레이드한다면 얼마든 자신을 변신 할 수 있다. 그러니 실패했다면 자기 자신에게 '내가 왜 실패했을까?', '이번 실패를 통해 무엇을 배울 수 있을까?' 를 묻고 또 물어야 한다.

이처럼 실수와 실패는 자기계발과 발전의 수단이자 도전의 기회가 될 수 있다. 사람들은 실수를 통해서 좀 더 창의적인 일을 발견하고,

더 큰 성공으로 나아가는 계기를 만든다.

결코 한 번 실수 했다고 주저앉는 습관은 버려라. 실수를 통해 값진 교훈을 얻고 더 큰 도전의 발판으로 삼아야 한다. 실수와 실패를 도약의 디딤돌로 삼아 더욱 성장할 것인가, 좌절하는 걸림돌로 삼아서 한 번의 실수로 나락으로 떨어질 것인가? 선택은 당신 손에 달려 있다.

하버드대의 저명한 심리학자 벌허스 프레더릭 스키너 박사는 많은 성공인사가 성공을 거머쥘 수 있었던 이유는 그들이 수백 번의 실패를 겪고 거기에서 값비싼 교훈을 얻었기 때문이었다며, 그들이 만일 실패를 경험하지 않았다면 큰 성공을 거두지 못했을 것이라고 말했다. 때로는 크나큰 시련 앞에 더욱 폭발적인 힘을 내는 것이 사람이 가진 잠재력이다.

실패는 더 이상 끝이 아닌, 또 다른 출발점이다. 여기 인생이 엉망인 듯 보이는 한 사람이 있다. 그의 이력은 다음과 같다.

'23세 때 주의원 경선에서 낙선, 29세 때 주의회 의장선거에서 낙선, 31세 때 대통령 선거위원 낙선, 34세 때 국회의원 선거에서 낙선, 39세 때 국회의원 연임 실패, 46세 때 상원의원 선거에서 낙선, 47세 때 부통령 지명 실패, 49세 때 상원의원 선거에서 또 낙선, 51세 때 미국 대통령 당선,'

이 사람은 바로 미국 전 대통령 에이브러햄 링컨이다. 사람들은 그의 끈기에 놀라며 이렇게 많은 실패의 충격에서 어떻게 벗어날 수 있는지 의아해했다. 그는 이렇게 말했다.

"기억하십시오. 성공하겠다는 결심은 무엇보다도 중요하다는 사실을요."

인생에서 가장 가혹한 일은 아마도 대부분의 사람에게 실패일 것이다. 이보다 더 충격적이고 힘든 사건은 없을 것이다. 실패했을 때 더 큰 실패의 늪에 빠져 허우적거리지 말고, 신이 나를 강하게 연단시키고자 훈련하고 시험하는 거라고 여기며 도망치거나 울거나 불만을 늘어놓거나 절망에 빠져 주저앉지 마라.

실패를 멋지게 극복하고 더 큰 성공의 기회로 만든 한 사람의 이야기는 다음과 같다. 창업의 꿈을 안고 성인교육 아카데미를 차린 한 20대 젊은이가 있었다. 그는 광고와 홍보에 큰돈을 투자했고, 임대료와 물건 구매에 사용한 비용도 꽤 상당했다. 그러나 그렇게 야심찬 사업을 시작하고 수개월이 지난 후, 그는 나름 노력했음에도 돈 한 푼 벌기는커녕 오히려 마이너스 상태인 것을 보고 깨달았다. 고민 후에 젊은이는 결국 가족에게 돈을 빌려 뒷수습을 했다. 그리고 집에 틀어박혀 밖으로 나오지도 않고 꼼짝없이 집에만 있었다. 타인의 시선도 부담되고 온갖 추측이 난무하는 것이 싫기도 했고, 누군가 자신의 실패를 제멋대로 평가할까 봐 두렵기도 했기 때문이다.

그는 한참 오랫동안 실패의 늪에서 헤어져 나오지 못한 채 조용히 은둔생활을 했다. 그리고 어느 날, 도무지 혼자서는 재기할 방법을 찾을 수 없다고 판단한 그는 체념한 듯 자신의 은사를 찾아가 마음의 속사정을 털어놓았다. 그러자 은사는 이렇게 말했다.

"실패가 뭐 별거니? 실패는 자신을 똑바로 볼 수 있는 기회일 뿐이야. 실패를 통해서 이전의 방법이 잘못됐다는 게 증명됐으니 방법을 바꿔 새로운 마음으로 다시 시작하면 되는 거란다."

은사의 이 의미심장한 조언에 문득 깨달음을 얻은 젊은이는 기운을 차려 자신이 실패한 원인을 열심히 찾기 시작했다.

'대체 어디에서부터 문제가 생긴 거지?'

그는 한참의 고민과 사색 끝에 사업 방향을 살짝 바꿔 인성교육 프로그램 연구를 시작했다.

'인성교육 프로그램'이란 강연과 처세, 영업, 지능 개발을 하나로 융합한 독특한 방식의 성인교육 프로그램이었다. 젊은이는 낮에는 책을 쓰고, 밤에는 야간학교에서 학생들을 가르치며 열심히 일했다. 이후 직장인들을 위한 공개 강연반도 개설했다. 그리고 오늘날, 그는 미국의 유명한 기업가이자 교육가 겸 강연자로서 '성인교육의 아버지', '20세기에 가장 위대한 성공학의 대가'라는 칭송을 받고 있다. 이 이야기의 주인공은 바로 미국 인간관계학의 대가 데일 카네기이다.

우리 모두는 더 나은 미래를 위해서는 실수로부터 배워야 한다. 이로써 문제 해결 능력을 키울 수 있다. 성공한 사람들의 특징은 그들 대부분의 생각하는 시간을 문제 해결에 쓴다는 것이다. 그들은 인생은 문제 상황의 연속이라는 사실을 정확하게 인식하고 있다. 따라서 그들은 문제 자체에 부정적으로 생각하거나 힘들어하지 않는다. 대신 '어떻게 하면 문제를 해결할 수 있는가?'를 끊임없이 고민해 해결책을 찾아내는 데만 초점을 맞춘다. 그들은 끊임없이 문제 해결에 대해 고민한다.

'인생은 새옹지마(塞翁之馬)'라는 말은 필자가 가장 좋아하는 고사성어중의 하나이다. 인생의 1막 1장으로만 되어 있지 않다! 인생은 2-3번 이상의 새로운 계기를 맞게 되는 스릴 넘치는 장거리 경주이다. 그래서 늘 미래를 다잡아 나가도록하는 것이 그래서 필요하다. 실패가 끝이 아니고, 그렇다고 성공도 전부가 아니다. 이 스릴과 박진감 넘치는 인생에서 당신의 미래를 화려하게 창조하라!

10

습관을 정복하는
사람이 성공 한다

"습관은 최고의 하인이거나 최악의 주인이다." —나다니엘 에먼스

"먼저 습관을 만드세요. 그러면 습관이 당신을 만들 것입니다. 나쁜 습관을 정복하세요. 그렇지 않으면 습관이 당신을 정복하게 될 것입니다."

—롭 길버트

"습관이 성격을 만들고, 성격이 운명을 결정한다."

—존M.케인즈 John M. Keynes

"운명은 그 사람의 성격에 의해서 만들어진다. 그리고 성격은 그 사람의 일상의 습관에서 만들어진다."

—토머스 데커

"행복은 습관이다. 그것을 몸에 지녀라."

-G. 허버트

현재보다 앞으로의 인생에서 더 큰 성공을 원하면 지금까지 자신을 이끌어온 습관을 과감히 바꿔야만 한다. 그러나 사람들은 거의 다 지금까지 자신의 몸의 습관은 그대로 유지하면서 더 큰 성공을 원한다. 지금까지의 습관이 만들어 낼 수 있는 물리적인 한계 때문에 지금까지 자신이 행하는 습관으로는 더 큰 성공을 하기는 어려운 것이다. 이는 말도 안 되는 것이다.

자신의 습관이 자신의 미래를 창조한다는 것을 냉철하게 인식하고 판단해 보다 효율적인 삶을 살기 위해서는 잘못된 습관을 과감히 버리고 지금부터라도 시스템을 바꿔 보다 생산적이고 효율적인 시스템으로 자신을 변화시켜야만 더 큰 성공이 가능하다.

아리스토텔레스(Aristotle)는 말했다. "우리가 반복적으로 하는 행동이 곧 우리가 누구인지 말해준다." 우리는 일상생활에서 일어나는 일의 대략 95%를 습관적이고 무의식적으로, 그리고 자동반사적으로 처리한다. 습관의 노예가 되지 않기를 원한다면, 좋은 습관을 형성해 그 습관이 당신을 통제하게끔 하라.

다행히 어떤 습관이든 훈련을 통해 체득할 수 있다. 무언가를 매일 반복적으로 훈련하다 보면 그것은 어느새 숨 쉬는 것처럼 아주 자연스러운 일상 습관이 되어 당신의 삶을 이끌어갈 것이다.

심리학 연구에 다르면, 어떤 일을 12일 동안 반복하면 습관이 되고, 90일 동안 반복하면 무의식에 뿌리를 내려 평생 습관으로 자리 잡는다고 한다. 상상하는 습관도 마찬가지다. 90일 동안 반복하면 평생 습관으로 자리 잡게 된다. 이렇게 성공이란 것은 작은 일을 반복하는 것에서부터 시작된다.

작가이자 편집자인 호레이슨 맨(Horace Mann)은 "습관은 철사를 꼬아 만든 쇠줄과 같다. 매일 가느다란 철사를 엮다 보면 이내 끊을 수 없는 쇠줄이 된다."고 말했다. 습관은 마치 철사를 꼬아 만든 쇠줄과 같은 것이다. 좋은 습관은 어렵게 형성되지만 살아가는 데 도움이 된다. 반대로 나쁜 습관은 쉽게 형성되지만 살아가는 데 방해가 된다.

인간의 삶을 변화시키는 것 중 가장 큰 한 가지를 꼽으라면 '습관'이다. '습관'이란 어떤 행위를 오랫동안 되풀이하는 과정에서 자동으로 익혀진 행동 방식을 뜻한다.

율곡 이이의 〈격몽요결(擊蒙要訣)〉에 나쁜 습관과 사고를 과감하게 깨뜨려야 한다는 '혁구습' 혁구습(革舊習) '에 대한 이야기가 나온다. 나쁜 습관들은 단칼에 잘라버리듯, 뿌리째 뽑아야 한다. 습관은 서서히 고칠 수가 없기에 한 번에 싹 고쳐야 한다.

많은 습관들은 그 사람의 가치관, 인생관 등을 나타내기도 한다. 나쁜 습관들이 인생을 망칠지도 모르겠다는 생각이 들어 하나씩 찾아내어 건전한 습관으로 바꿔 나가는 사람들은 자신의 인생을 발전시킬 수 있는 매우 현명한 사람이다.

성공은 습관이다. 성공한 사람과 실패한 사람의 유일한 차이는 습관이다. 모든 분야에서 유난히 높은 성과를 거두고 성공적이고 행복한 인생을 살고 있는 사람은 삶의 모든 영역에서 전진하도록 이끄는 습관을 개발하기 위해 자신을 훈련하는 데 아낌없이 시간과 노력을 쏟은 사람들이다.

당신이 원하는 것과 무관하게 당신이 하는 행동의 95%는 습관에 의한 것이다. 더 나은 미래를 창조하는 비밀은 계속해서 당신이 되고자 하는 사람과 갖고자 하는 것에 걸 맞는 습관을 길러내는 것이다, 나쁜 습관은 한번 들이기는 쉬우나 인생을 어렵게 만들고, 좋은 습관은 한번 들이기는 어려우나 그것이 인생을 더욱 윤택하게 만들어준다.

역사상 가장 뛰어난 전설적인 세일즈맨이며 미국의 기업가이자 학자인 클레맨트 스톤(W. Clement Stone)은 "마음이 바뀌면 행동이 바뀌고 행동이 바뀌면 습관이 바뀌고 습관이 바뀌면 인격이 바뀐다. 그리고 바뀐 인격은 운명을 바꾼다"고 했다.

그는 가난한 집에서 태어나 6살 때부터 신문을 팔아 돈을 벌었다. 16살 때 보험 판매업을 시작한 그는 30세가 되기 전에 1천명이 넘는 사원을 거느리는 회사의 사장이 되었다. 그는 사장이었지만 자신의 직원들을 직접 교육하기 원했고 누구나 자신처럼 습관을 바꾸면 성공할 수 있다고 주장했다.

스톤은 자신의 지시를 따르지 않는 80퍼센트의 직원을 과감하게 해고했다. 그리고 자신의 말을 잘 따르는 200명의 직원들만 남겨 두었다. 모든 사람들은 당연히 스톤의 지나친 행동을 비난했고, 심지어 미쳤다고 했다. 그리고 조만간 그의 회사가 초라한 성적을 거둘 것이라고 예상했다. 그러나 스톤은 습관이 다른 사람은 특별한 결과를 창조해 낼 수 있다는 것을 잘 알고 있었다. 결국 남은 20퍼센트의 사원들이 유례없는 우수한 성과를 거두었다. 역시 습관이 바뀌면서 모든 것이 바뀐 것이다.

이처럼 습관이 인생을 창조한다. 당신도 좋은 습관을 만들어서 당신의 미래를 멋지게 창조할 수 있는 자신의 인생의 주인이다. 좀 더 나은 인생을 살기 원한다면 당신의 습관을 멋지게 길들이는 방법을 통해서 지금보다 훨씬 행복하고, 부유한 삶을 살 수 있다!

11

위기의 시대, 변화하는
사람만 생존한다

"나아지려고 노력하지 않으면 평범해져 버린다."

—올리버 크롬웰(Oliver Cromwell)

'모든 생명체는 진화하며, 진화하지 못하면 도태된다.' 이는 모든
자연계의 불변의 법칙이다. 생명체가 진화하는 이유는 자연환경에 적
응해야 죽지 않고 살아갈 수 있기 때문이다.

변화에 대해서 뼈저리게 느끼게 해주는 찰스 다윈의 진화론의 핵심
은 다음과 같다. '가장 힘이 센 종이 살아남는 것도 아니고, 가장 지능
이 높은 종이 살아남는 것도 아니다. 변화에 가장 잘 적응하는 종이 살
아남는다.' 이처럼 변화는 생존조건 중 가장 중요한 내용이다.

안정된 직장에 다니는 샐러리맨이라고 해도 현재에 만족해서, 그저 기계적으로 일하며 편하게 지내면 그 안정(?)이 보장되지 않는 시대이다. 우리 모두는 끊임없이 변화해야 살아남는다.

과거와는 달리, 정년이 보장되는 직업도 줄어들었고 성실과 복종만으로 평생직장을 보장받는 시대는 지났다. 어떤 자리라도 언제 갑자기 물러나게 될지 모르고, 하루아침에 직장을 나가야 하는 일이 허다하다. 수명은 점점 길어지고 퇴직은 점점 빨라져 현재에 안주하다가 전혀 노후자금을 마련하지 못해 남은여생을 가난에 시달리는 경우가 흔하다.

직장을 그만두어도 재취업은 하늘에 별 따기이며, 어쩔 수 없이 자영업을 시작하지만 실패할 확률이 80% 이상이라는 최악의 상황이다. 과거와는 달리 참 살기 쉽지 않은 세상이다.

정신을 바짝 차리고 미래를 준비해야 한다. 일하고 있을 때 꾸준히 자기계발을 해서 앞날에 철저히 대비해야 한다. 이것이 바로 진화다. 진화는 자신을 스스로 발전시키는 행동인 것이다. 무엇보다 흥미를 느끼는 것과 잘할 수 있는 것을 찾아서 꾸준히 발전시켜야 한다. 그러면 누구나 그 분야의 전문가가 될 수 있다.

영국에서 미국으로 새로 이민 온 사람들이 원래 미국에 살고 있던 사람들보다 자수성가형 백만장자가 될 확률이 4배나 높다는 통계가 있다. 왜 이주자들이 더 잘살게 되는 걸까? 더 많이 배우고 머리가 좋아서일까? 외부인인 그들은 주위의 도움은커녕 오히려 기존 토착민들의 텃새와 무시를 견뎌야만 한다. 그리고 오히려 학력수준도 토착민에 비해 낮은 편이었다. 그렇다면 그들이 성공 확률이 더 높은 비결은 무엇일까?

어디에도 기댈 곳 없고, 도움 청할 사람이 아무도 없는 절박한 상황이 그들을 그렇게 강하게 만들어준 것일까? 세상에 믿을 것은 나 자신뿐이며, 모든 것을 스스로 해야 한다는 절박한 상황은 사람을 더 긴장하게 만들고 몰입하게 만든다. 이때 자신도 모르고 있었던 초인적 능력이 깨어나 일반인들에게는 찾아 볼 수 없는 괴력을 발휘하기도 한다.

이민자들은 새로운 곳에 정착하기 위해서 발버둥 친다. 그들은 언제 어디서나 긴장의 끈을 놓지 않으며, 눈에 쌍불을 켜고 호시탐탐 기회를 찾는다. 그러한 절박함과 더불어 외부인의 낯선 시선이 합쳐져서 원래 있던 일반 사람들이 미처 발견하지 못한 것까지도 찾아내는 것이다.

당연히 편하고 익숙한 환경에서는 그들처럼 긴장할 필요가 전혀 없다. 조금이라도 불편하고 힘들면 아무에게라도 도움을 요청할 수 있다. 그래서 익숙함은 곧 편안함이고 편안함은 곧 나태함으로 이어진다. 그래서 아무리 야심차고 새로운 결심을 했어도 익숙하고 편안한 환경을 떠나지 못하면 물에 물탄 듯 술에 술 탄 듯, 흐지부지 되기 쉽다.

몸도 마음도 새로운 장소로 옮겨가야 제대로 작심을 할 수 있는 것이다. 새로운 결단으로 환경도 새롭게 바꾸는 것이 좋다.

구약성경에도 큰 민족을 이루기를 원하면, 이름을 창대케 하고 복의 근원이 되고 싶다면, '본토, 친척, 아비 집'을 떠나라고 명령하는 내용이 있다. 잔뼈가 굵은 자신의 삶의 터전을 바꾸고, 지금까지 영향을 주었던 모든 사고방식과 인습, 문화적 행태들을 버리고 가장 가까운 가족마저도 완전히 떨어져나야만 새로운 가치관을 바탕으로 좀 더 새로운 비전을 향해 나아갈 수 있다.

이처럼 새로운 미래를 창조해내기 위해서는 주변 환경을 바꿔야만 하는데, 우리가 만나는 사람을 바꾸면 새로운 시각을 배울 수 있다.

미국의 대통령이었던 존F. 케네디(John F. Kennedy)는 1962년 라이스 대학 연설에서 '10년 이내에 인간이 달 위를 걷게 하겠다'고 선언했다. 그러나 많은 과학자들은 입을 모아 그것은 '현실적으로 불가능한 일'이라고 했다. 그때 케네디는 자존심 상해하며 쓸데없이 그들과 논쟁하기보다, 그들을 한자리에 불러 모아 그게 왜 불가능한 일인지 정확한 이유를 설명하라고 말했다. 이후 과학자들은 각자 모든 연구결과와 전문지식을 총동원해서 '유인 우주선에 달 위의 착륙할 수 없는 이유'에 대해 자세히 정리해서 제출했다.

그 이후 케네디는 더 이상 그들을 만나지 않았다. 그 대신 '가능하다'고 말한 과학자들만 따로 만났다. 그리고 그들과 함께 '불가능하다'고 말했던 과학자들이 주장한 '불가능한 이유'들에 대해 조목조목 상세한 해결책을 찾았다.

결국 1969년 8월 닐 암스트롱(Neil Alden Armstrong)은 달 위를 걷게 되는 역사적인 순간이 실현되었다. 케네디가 만일 계속 '불가능한 이유'만 주장하는 과학자들과 만났더라면 이 큰 비전이 실현될 수 있었을까? 그들의 불가능한 이유와 부정적인 사고에만 영향을 받아 아마도 포기하게 되었을 것이다. 결론적으로 우리는 어떤 사람과 만나 어떤 일을 하느냐는 대단히 중요한 일이다. 우리가 만나는 사람들은 알게 모르게 서로에게 엄청난 영향을 주기 때문이다.

요즘 당신이 주로 자주 만나고 사귀는 사람들은 어떤 사람들인가? 부정적인 말과 행동으로 주변 사람을 주눅 들게 하거나 무능하게 만드는 사람이 있는가? 당신이 행복과 성공을 꿈꾼다면 긍정적인 사람을 가까이 하고, 부정적인 사람은 멀리하라. 사고방식과 습관은 주변인을 통해서 전염된다.

〈영혼을 위한 닭고기 수프〉의 공저자 마크 빅터 한센(Mark victor Hansen)은 무명시절 어느 행사장에서 〈네 안에 잠든 거인을 깨워라〉의 저자 앤서니 로빈스(Anthony Robbins)를 만났다. 당시 마크 빅터 한센은 자신과는 비교할 수도 없을 만큼 유명한 강사인 앤서니 로빈스에게 다가가서 어떻게 하면 그렇게 유명해지고 부자가 될 수 있었느냐고 물었다.

그때 앤서니 로빈스는 대답 대신 이렇게 되물었다.

"당신이 자주 가는 사교클럽에는 주로 어떤 사람들을 만날 수 있나요?"

"백만장자들이요. 거기 모이는 사람들은 다 백만장자들뿐입니다."

마크 빅터 한센의 이 대답을 듣고 앤서니 로빈스가 대답했다.

"그게 바로 문제입니다. 백만장자가 아니라 억만장자와 만나야죠! 당신이 닮고 싶은 사람과 가까이 지내세요. 그들이 당신에게 억만장자 마인드를 갖게 해줄 겁니다."

내가 주로 만나는 사람은 누구이며, 자주 나가는 모임은 어떤 분위기의 모임인가? 당신의 미래 모습으로 만들고 사람들과 어울리고, 당신이 닮고 싶지 않은 사람은 절대로 멀리해야 당신이 산다. 오프라 윈프리도 자신의 인생 10계명에서 '주변에 험담하는 사람을 멀리' 하고, '나에 버금가는, 혹은 나보다 나은 사람들로 주위를 채우라' 고 주장했다.

옛말에 근묵자흑(近墨者黑), 근주자적(近朱者赤)이라 했다. 맹자 엄마도 괜히 극성을 떨었던 게 아니다. 적극적으로 새로운 친구를 찾아라. 성공하고 싶다면 성공한 친구들을 만나고, 글을 잘 쓰고 싶다면 글 잘 쓰는 친구들과 사귀어라. '나에게 어울리는 미래'를 가슴속에 품고 있다면, 그 눈부신 미래에 어울리는 친구들을 만나고 모임에 나가 어울려라. 새 친구들은 나에게 열정이 불타오르도록 계속 에너지를 불어넣어 줄 것이다.

CHAPTER

05

제 5 장

감정 다스리기

〈前 도시철도협회 김익희 회장(포스코건설 부사장)과 인터뷰 중인 모습〉

CEO 인터뷰 전문기자로 활동하면서 취재 중인 장면.

01

모든 두려움을 없애는 방법

자신의 환경을 금수저, 더 나아가 다이아몬드 수저, 은수저, 흙수저로 나타내는 젊은이들이 많다. 이 같은 헬조선의 현실은 녹록치 않은 것이 사실이다. 학자금 대출로 빚내서 겨우 학업을 마치면 취업난에 허덕이다 시급 아르바이트로 연명하는 청년들에게는 지독한 절망을 먼저 마주치게 되는 참 안타까운 현실이다.

아프니까 청춘이다? 아니다 아프면 환자다. 병원에 가든 무슨 수를 써서든 열정을 되찾자. 우리를 위로하는 힐링강의 같은 잠시잠깐 진통제에 머물지 말고, 젊은이들에게는 냉혹한 현실을 제대로 직시하고 좀 더 용감하게 가슴으로 부딪치는 연습을 해야 한다. 그것이 지금의 현실이다. 진정 자신을 위한 길이 무엇인지 찾아야 한다.

두려움은 누구에게나 있다. 사실 모든 사람에게 각기 다르지만 두려워하는 것들이 있을 것이다. 요즘과 같은 미래를 보장할 수 없는 위기에 시대에는 두려움이 더욱 고조될 수밖에 없다. 그런데 이때 가장 중요한 것은 일상에서 자연스럽게 발생하는 두려움을 어떻게 관리 하는가이다. 랄프 왈도 에머슨(Raloh Waldo Emerson)은 두려움에 대처할 수 있는 해결책을 다음과 같이 제시한다. "두려워하는 일을 하라. 그러면 두려움이 사라질 것이다."

두려움을 당당 극복하고 흔들리지 않는 용기와 자신감을 얻기 위한 방법은 의외로 단순하다. 바로 '두려운 일을 시도하라' 이다. 그리고 두려움이 완전히 사라질 때까지 그 일을 반복하면 된다. 이렇게 하나씩 두려운 일을 시도하다 보면 당신은 지금의 모습을 깨고, 대범한 인간으로 다시 태어나는 것이다. 가령 대중 앞에서 말하는 것이 두렵 다면 과감히 부딪혀서 시도하라. 어느 순간 대중연설의 대가가 되어있을 것이다.

모든 사람이 가장 두려워하는 것은 바로 '실패'에 대한 두려움일 것이다. 문제는 실패 그 자체가 문제가 아니라 실패해선 안 된다는 생각이 두려움을 만든다. 우리는 왜 실패하는 걸 두려워할까? 모든 것을 잃고 다시는 재기할 수 없을까봐? 실패에 대한 두려움은 걱정을 통해 두려움을 키우고 대담히 행동하지 못하게 행동을 제한한다. 실패는 성공의 과정이며, 결코 두려워할 대상이 아니라 성공과정에서 함께 가는 친구 같은 존재이다. 에디슨, 링컨과 같은 위대한 위인들처럼 실패를 당신의 인생의 긍정적인 동반자로 여겨라.

사람들은 쓸데없이 걱정하느라 시간과 에너지를 쏟는다. 실제로 자신에게 일어날 일보다 더 크게 과장되게 생각하는 경향이 있다. 조지 월튼 박사는 우리가 하고 있는 '걱정'에 대해 분석했다. 그 결과 우리가 매일 하는 걱정의 40%는 절대 일어나지 않을 사건들이고, 30%는 이미 일어난 일들, 22%는 사소한 일들, 4%는 우리가 어찌할 수 없는 일이고, 오직 나머지 4%만이 우리가 대처할 수 있는 일이었다.

우리 뇌는 의식적·무의식적이든 하루 6만 가지 이상의 잡다한 생각들을 떠올린다. 그중 약 5만 7,000개는 아무런 의미가 없거나 부정적인 것들이다. 매일 떠오르는 오만 가지 생각 중 현실에서 진짜로 일어날 일은 희박하다.

두려움으로 인해 생겨난 스스로가 정한 한계를 뛰어넘어라. 과학자가 벼룩 한 마리로 실험을 했다. 벼룩을 책상 위에 올려놓고 책상을 내리칠 때마다 벼룩이 뛰어오르는 높이를 쟀다. 그런데 그 높이가 벼룩 몸길이의 100배 이상이나 됐다. 과학자는 벼룩을 뚜껑이 달린 병 안에 넣었다. 벼룩은 뛰고 또 뛰어 병을 벗어나려고 시도했지만 뚜껑이 달린 병을 벗어날 수 없었다. 그러나 벼룩은 포기하지 않고 계속해서 뛰었다. 30분 후, 병에서 벼룩을 꺼내 다시 책상 위에 올려놓았다. 벼룩은 여전히 뛰기를 반복했지만 그 최고 높이가 병뚜껑이 있던 위치를 벗어나지 못했다. 스스로가 만든 한계와 두려움이 만든 벽에 갇힌 것이다.

벼룩이 높이 뛰지 못하게 된 이유는 병의 높이가 벼룩의 잠재의식에 엄청난 영향을 준 것이다. 이로써 벼룩 스스로 점프 높이를 낮게 조절하게 된 결과이다. 즉, 스스로가 한계를 정해 더 높이 뛰어오르지 못한 것이다. 움직이고자 하는 욕망과 잠재력이 자기 자신에 의해 파괴되는 것. 과학자는 이 현상을 '자기불구화(Self-handicapping)'라고 정의했다.

이는 인간에게 무서운 일이다. 그런데 이 현상은 생각보다 많은 사람에게서 찾아볼 수 있다.

'나는 수줍음이 많아.'

'나는 무능력해.'

'나는 기억력이 나빠.'

'나는 사교성이 부족해.'

사람들은 이처럼 부정적이고 진취적이지 못한 '꼬리표'로 자기 자신을 정의한다. 이러한 자기불구화는 우리 안에 잠자고 있는 무한한 잠재력을 스스로가 짓눌러 위대한 인물로 태어난 자신을 지극히 평범한 사람으로 전락시키는 잘못을 저지른다.

　자기불구화란 바로 이런 것이다. 자신의 능력을 한껏 발휘하려는 순간 불현 듯 자신이 만든 '꼬리표'가 머리에 떠올라 자신도 모르게 바짝 움츠러들게 만든다. 결국 자신의 실력을 제대로 발휘하지 못하면 그런 경험들이 쌓이고 쌓여 결국 부정적인 악순환이 된다. 어느새 성공과도 저점 멀어져 능력이 제한된다. 많은 사람이 인생을 헌신해가며 바쁘게 시간을 보내다 결국 평범한 일생을 보내는 이유도 바로 이것이다.

　현재의 상황을 바꾸고 싶다면 스스로 설정해놓은 한계의 '꼬리표'를 떼어내고, 다른 사람들이 만들어놓은 틀에서 과감히 벗어나라. 결코 불가능이나 한계를 생각하지 말고 끊임없이 자신에게 도전하라. 이때 불가능은 절대 없다고 생각하라. 모든 사람이 갖춘 잠재력이라는 보물을 발굴한다면 자신도 깜짝 놀랄 만한 힘을 발견하게 될 것이다.

　에디슨은 사람의 잠재력에 대해 이런 말을 했다.

　"사람이 감추고 있는 잠재력은 무궁무진합니다. 한 사람이 어떤 일을 감당할 수 있을지는 아무도 모르지요. 직접 시도해보지 않으면 자신이 어떤 능력을 얼마만큼 가졌는지 영원히 모르고 살아갈 수밖에 없습니다. 기억하십시오. 나를 부정할 수 있는 사람은 아무도 없습니다. 그러니 자기 자신을 믿으십시오. 그러면 극복하지 못할 일이 없으니다. '난 못해, 안 돼, 방법이 없어, 안 통해, 절망적이야'라고 말하며 뒷걸음치지 마십시오."

자신의 한계를 넘어서야만 최고의 인생, 최고의 성취를 이룰 수 있다. 승리는 바로 당신의 손에 달려있다는 것을 잊지 마라. 하버드대 출신들처럼 성공적이고 남다른 인생을 꿈꾸는가? 그렇다면 '내가 과연 성공할 수 있을까?' 혹은 '실패하면 큰일이야'라는 생각을 벗어던지고 지금 당장 자신이 만들어놓은 한계라는 틀부터 과감히 깨라. 그러면 자신이 그어놓은 선을 과감히 뛰어넘어 내면의 무한한 잠재력을 일깨우면 당신도 반드시 성공의 주인공이 될 것이다. 우리는 누구나 무한한 잠재력을 지니고 있고, 용기 있게 도전하는 사람만이 더 뛰어난 사람으로 발전할 수 있다.

02

생각 다스리기의 힘

"내면의 힘이 환경보다 우세하다고 과감히 믿는 사람만이 위대한 무언
가를 성취하는 법이다."
　　　　　　　　　　　　　　　　　　　　　　-브루스 바튼 Bruce Barton

"자신의 주인이 되면 인생의 모든 법칙이 변할 것이다. 고독해도 더 이
상 외롭지 않고, 빈곤해도 더 이상 가난하지 않으며, 연약해도 더 이상 약
하지 않을 것이다." 　-하버드 대학교 헨리 데이비드 소로Henry David Thoreau교수

"악을 선으로 만들고, 불쌍한 사람과 행복한 사람, 부자와 가난한 사람
을 만드는 것은 마음이다."
　　　　　　　　　　　　　　　　　　　　　　　　　-애드먼드 스펜서

큰 뜻을 이루려는 사람은 더욱 자기관리가 중요하다. 정치인이나

고위공직자들의 국회 인사청문회를 보면 자기관리에 허점들이 드러난다. 모든 인간에게 자기관리가 그만큼 쉽지 않은 것이라는 것을 말해준다. 평범한 일반들에게는 별 문제가 되지 않는 행동도 국가와 사회의 리더에게는 유난히 큰 문제가 된다. 꿈이 클수록 그만큼 자기관리는 큰 비중을 차지한다. 그렇기에 자신의 감정과 생각 그리고 행동을 다스릴 줄 알아야 한다.

자기관리는 한 마디로 유교의 경전 가운데 하나인 '대학(大學)'에 나오는 '수신제가치국평천하(修身齊家治國平天下)'가 걸맞을 것 같다. 이는 '먼저 자기 자신을 갈고 닦고 나서 가정과 자기 주변을 돕고, 그 다음 나라를 다스리는 일, 천하를 얻는 일에 나서라는 것'이다. 실천이 어렵지 정답이다.

결국 자신을 갈고 닦아 더 나은 인간으로 가꾸는 것이 곧 내적인 자기관리이다. 스스로 인격이나 교양 등을 꾸준히 길러나가 품격을 갖추는 일이 선행되어야 한다.

본성은 자신의 감정이고 자기관리는 이성적인 행동이다. 그런데 이성과 감정이 일치하기는 여간 힘든 일이 아니다. 때론 감정에 이끌리어 행동하다가 큰 실수를 저지르기도 한다. 우리는 인간이기에 이성적인 행동을 해야 하며, 여기에는 자신의 감정조절도 포함된다. 결국 감정 조절이 자기관리의 핵심이다. 또한 자기관리가 철저한 사람이 감정

조절도 잘한다.

마더 테레사는 '생각은 결국 운명으로 이어 진다' 는 말을 했다. 의식적인 행동은 '실현했다' 고 표현할 수 있지만 스스로 생각지도 못했던 일이 벌어진다면 그것은 단순한 '우연' 에 지나지 않다. 사람은 자신이 생각한 일만 실현시킬 수 있다. 생각지도 못한 일을 우연히 이룬다는 것은 있을 수 없다. 먼저 의미 있는 생각을 해야 자신의 운명을 뜻 깊은 것으로 만들 수 있다.

그렇기에 생각의 주인이 되는 것이 중요하다. 주관을 가지고 당신 인생의 주인이 되어라. 우리는 돈이 없는 것이 아니라, 주관이 없는 것을 두려워해야 한다. 외부의 말들과 압박을 견디지 못하고 이리저리 흔들리다 보면 결국에는 자기 주관도 없이 남의 장단에 춤을 추게 되는 타인의 삶을 살게 될 것이다.

하버드 대학에서는 학생들에게 자신만의 주관을 가지라고 다음과 같이 가르친다.

"사람들이 자주 저지르는 잘못 중 하나는 자신을 끝까지 믿지 못하고 권위자의 말 한마디에 자신을 바꿔버리는 데 있다."

그렇기에 타인의 말과 평가에 끌려 다니지 않고, 자기 주관을 갖도록 노력해 인생의 주인이 되어야 한다. 확실한 주관을 갖기 위해서는 사고력을 키워야 한다. 주위 분위기에 따라 동조하기를 좋아하는 사람은 자기 스스로 생각하는 습관이 없다보니 생각하기를 피한다. 그렇게 하다보면 부모, 지인, 언론, 친구의 말에 따라 이리저리 휘둘리다 큰 낭패를 볼 수 있다. 자신과 관련된 문제는 본인이 가장 잘 알기 때문이다. 가끔은 직관과 자신이 원하는 것이 무엇인지를 제대로 파악해서 행동해야 할 때가 있다. 따라서 평소에 퀴즈를 풀거나 추리소설을 읽으며 사고력을 키우는데 도움이 된다.

인생의 주인이 되기 위한 연습을 위해서는 매일 아침 거울을 보고 스스로에게 다음과 같이 대화를 시도하는 것도 좋다.

"나는 내 운명의 주인이자, 내 영혼의 리더 이다. 미래 어떤 인생을 살 것인지는 바로 내 손에 달려 있다. 자신을 신뢰하고 내 인생의 주인공으로 살 수 있다면 난 어떤 시련과 고난도 극복하고 달콤한 성공의 길로 나아갈 수 있을 것이다. 나는 나를 무한 신뢰하고 사랑한다." 이처럼 남의 말에 휘둘리지 말고 자신의 인생의 설계자이자 멘토, 리더가 되어라.

또한 당신이 바라는 꿈을 실현하기 위해서는 주변에서 종알대는 쓸데없는 부정적인 말을 차단하고 긍정의 힘으로 나아가기 위해서는 때로 '귀머거리' 가 될 필요가 있다. 주관을 가지고 자신의 미래를 창조해 나가기 위해서는 다음의 이야기처럼 주위의 소리에 귀를 막을 필요가 있다.

어느 날, 고탑 앞에서 높이 올라가기 대회가 열렸다. 그런데 경기에 참가하는 두꺼비들 주변에 구경꾼들이 몰려왔다. 경기가 시작되자 구경꾼들은 비난과 야유를 퍼부었다.

"두꺼비들한테는 절대 어림도 없어! 분명히 실패하고 말거야. 두고 보자고!"

그 소리를 들은 많은 두꺼비들은 자신감을 잃었다. 그러나 그 와중에도 열심히 탑을 오르는 한 두꺼비가 있었다. 구경꾼들은 쉬지 않고 떠들어댔다.

"아주 힘들어 보이네! 탑 꼭대기까지 오르기는 아주 글렀어! 그만 포기하시지!"

그 말에 맥이 풀린 대다수의 두꺼비들은 체념하고 오르기를 중단해 버렸다. 하지만 단 한 마리의 두꺼비만은 어떤 말에도 흔들리지 않고 정상을 향해 쉼 없이 오르고 있었다. 그 결과, 모두가 중간에 경기를 포기할 때에도 강한 의지로 끝까지 오르기를 포기하지 않은 단 한 마리의 두꺼비만이 탑의 꼭대기에 다다를 수 있었다.

많은 두꺼비들은 험한 경기에서 유일하게 승리한 두꺼비의 비결이 궁금했다. 그러나 놀랍게도 비결은 그 두꺼비가 귀머거리라는 데 있었다!

이 외에도 자신만의 주관을 가지고 주변의 평가에 굴하거나 흔들리지 않으면서 자신만의 성취를 이룬 예는 너무나도 많다. 대표적인 예는 다음과 같다.

루트비히 판 베토벤(Ludwig van Beethoven)의 바이올린 연주 실력은 정말 형편없었다. 자신이 만든 곡을 연주할 때조차 실력은 그리 나아지지 않아 절망스러운 상태였다. 그는 선생으로부터 항상 "넌 절대로 작곡가가 될 수 없어."라는 말을 듣곤 했다.

찰스 로버트 다윈(Charles Robert Darwin)이 '진화론(evolution theory)'을 발표하고 의사의 길을 포기했을 때였다. 그의 아버지는 다음과 같이 비난을 퍼부었다.

"진짜 해야 할 중요한 일은 내팽개치고 한다는 게 고작 종일 개나 쥐 따위를 잡으러 다니는 허접한 짓이나 하다니!"

다윈은 자서전에서 이렇게 밝히기도 했다.

"어릴 때, 나를 알던 모든 선생님과 어른들은 나를 그저 평범한 한 아이로만 생각했다. 명석하다거나 특별하다는 이야기는 한 번도 들은 적이 없다."

'전쟁과 평화(War and peace)'의 작가 레프 톨스토이(Leo Tolstoy)는 대학 시절 성적 미달로 자퇴를 권유받기까지 했던 문제아였다. 당시 담당 교수는 이렇게 평가했다. "지능도 많이 떨어지고 공부에 대한 흥미도 많이 부족한 게 가능성이 있어보이진 않네요."

만일 위의 인물들이 '자신의 길'을 끝까지 고집하지 않고 다른 사람의 부정적인 말에 휘둘렸다면 위대한 업적을 이루는 것은 결코 불가능했을 것이다.

어떠한 환경과 주변사람들의 평가에도 흔들리지 않고 자신에 대한 확신으로 자신만의 길을 가는 것이 중요하다.

03

감정을 조절해야
인생을 주도할 수 있다

"현재 좌절하고 있다면, 눈에 보이지 않고, 귀가 들리지 않고, 말을 할 수 없는 상황에서도 행복해지기 위해 노력했으며, 책을 써서 많은 사람들에게 용기를 준 헬렌 켈러(Helen Keller)를 생각하라."

–하버드 대학 격언

우리 인생의 주된 목적은 행복에 다다르는 것이다. 그런데 행복과 같은 우리가 가장 추구하는 긍정적 감정에 이르지 못하게 방해하는 것은 부정적 감정이다. 우리가 성공을 위해 해야 할 일은 부정적 감정을 제거하는 것이다. 인류의 최대 적은 결국 모든 종류의 부정적 감정이란 사실을 깨달아야 한다.

지금가지 밝혀진 부정적 감정들은 그 종류만 해도 오십여 가지 이상이나 된다. 사람들이 부정적 감정들을 잘 대처하게끔 도와주는 조력자 역할을 하고 있는 사람들은 심리학자, 심리치료사, 심리분석가와 같은 사람들이다. 현재 부정적 감정들이 우리 삶의 질을 떨어뜨리고 좀먹는 것을 막아주는 역할을 하는 이들의 도움이 종종 필요한 경우가 있다.

부정적 감정들에는 대표적으로 시기 질투, 분노, 두려움, 의심, 타인의 말과 생각에 민감하게 반응하는 감정 등이 존재한다. 그러나 이 모든 감정이 결국엔 하나의 감정에서 비롯된다는 것이다. 바로 무언가에 대한 비난이라고 할 수 있다.

엘리너 루스벨트(Eleanor Roosevelt)는 이렇게 말했다. "당신의 동의 없이 그 누구도 당신에게 열등감을 느끼게 할 수 없다."

다른 사람이 당신의 행동을 비난할 때, 그 사람은 원거리에서 당신의 감정을 통제하는 것과 같다. 다른 사람이 당신을 열등하고 별 볼일 없고 화내는 존재로 만드는 것을 절대 허락하지는 않을 것이다. 그렇기 위해서는 좋은 방법이 있다. 당신 인생의 주인이 되어야 한다.

그리고 당신의 현재와 미래에 대한 책임을 100% 온전히 받아들여라. 책임을 온전히 받아들일 때, 당신은 삶의 진정한 주인이 될 수 있다. 그리하여 부정적인 상황의 피해자가 되기보다는 오히려 상황을 자유롭게 통제하는 승리자가 되어서 당신의 인생을 멋지게 주도하라. 그러면 모든 부정적 감정이 사라지고, 삶의 질을 높아질 것이다. 더불어 당신의 인생을 더욱 풍요롭게 해줄 긍정적인 감정들만 남도록 마음을 잘 다듬어야 한다.

진정한 자유는 스스로를 제어하는 데에서 나온다. 그래서 자신을 통제하지 못하는 사람은 진정한 자유를 누린다고 볼 수 없다. 자기통제가 인생의 주인이 되는 첫걸음이다.

스탠포드대학 심리학과의 월터 미셸(Walter Mischel) 교수는 4살짜리 어린이를 대상으로 흥미로운 사회 실험을 진행했다. 유치원생 아이들을 마시멜로가 있는 방에 두고서 15분 동안 먹지 않고 기다리면 마시멜로 하나를 더 주기로 했다. 즉, 어른이 돌아올 때까지 참을성 있게 기다리면 마시멜로 두 개를 받을 수 있고, 지금 당장 마시멜로를 먹기를 원한다면 한 개만 먹을 수 있게 하는 실험이었다.

아이들 가운데 일부는 어른이 돌아올 때까지 기다리며 참을성을 지켰다. 그러나 충동적인 아이들은 어른이 나가자마자 마시멜로 하나를 불쑥 꺼내 먹었다. 그로부터 십 수 년이 흐르고 아이들이 청소년이 되었을 때 다시 조사해보았다. 유혹을 이겨냈던 아이들은 사회에 잘 적응하고 자신감도 강했다. 그리고 인간관계도 양호한 데다 어려움도 잘 극복해냈다. 반대로 자제력이 낮았던 아이들은 적응력이 떨어지고 충동적인 데다 쉽게 화를 냈다. 그리고 다른 사람과의 관계성도 좋지 않은 것으로 나타났다. 이 실험은 자신을 제어하는 능력이 인생에 얼마나 중요한지를 극적으로 보여주었다.

자신의 감정을 제대로 조절하지 못하는 사람은 성공하기 어려운 것은 당연하다. 큰일을 할 사람은 모든 일에 인내할 줄 알고, 큰일과 작은 일을 구분할 수 있어야 한다. 또한 언제나 이성을 가지고 냉정함을 유지해야 하며 사소한 충동적 감정에 휩쓸려서는 절대 안 된다.

특히 하버드 출신 인재들은 별것 아닌 사소한 일에 결코 신경 쓰거나 에너지를 허비하지 않는다. 그들은 자신의 삶이 중요하고 굵직한 일에 에너지를 쏟게 하여 결국은 성공하는 것이다. 결국 스스로를 제어할 수 있는 사람만이 운명을 다스릴 수 있는 것이다.

성공의 가장 큰 적은 기회가 없거나 능력이 부족한 것이 아니다. 자신의 감정을 제대로 다스리지 못하기 때문이다. 감정을 제대로 통제하는 사람은 모든 일을 안정적인 상태에서 처리하기 때문에 절대 실수하지 않는다. 능력발휘를 제대로 하기 위해서는 안정적인 정서 상태는 필수이다.

기분이 좋지 않을 때 분노를 조절할 수 있어야 하고, 의기소침해 있을 때 자신에게 힘을 불어넣을 수 있어야한다. 그리고 어떤 부정적인 감정에도 흔들리지 않고 스스로를 다스릴 수 있다면, 성공은 결국 당신의 것이다.

다양한 감정 중에서도 당신을 성공으로 이끌 수 있는 긍정적인 감정은 흥미롭게도 '가장' 할 수 있다. 심리학에서는 스스로 행복한 척 가장하고 그렇게 행동하면서 실제로 그런 감정을 느끼게 된다고 주장한다. 미국의 유명 교육자 데일 카네기(Dale Carnegie)는 이렇게 말했다.

"내가 하는 일이 즐겁다고 '가장' 한다면, 부정적인 감정은 줄어들고 실제로 일이 즐겁게 느껴질 것이다."

일종의 역할연기 같은 것은 자기가 원하는 감정을 느낄 수 있게 도와준다. 그리고 이것은 자신의 감정을 '가장' 하는 것과 비슷한 효과를 가진다. 감정을 컨트롤 하는 데에 이 '감정을 가장하는' 행동이 큰 도움이 될 것이다.

감정은 행동과 밀접한 관련이 있다. 심리학자들은 사람들이 자신의 감정을 바꾸지 않는 한 행동을 바꿀 수 없다고 생각해왔다. 가령 눈물을 흘리는 이를 보며 "좀 웃어볼래"라고 말하면 억지로 웃어 보인다. 그러고 나면 실제로도 이상하게 기분이 좋아져 기분 좋게 웃게 되는 경우가 많다.

또한 미국의 심리학자 폴 에크만(Paul Ekman)은 실험을 통해 감정의 변화가 행동의 변화를 불러온다는 사실을 입증했다. 실험 참가자들에게 나이가 들면 어떤 감정을 느끼게 될지 상상해보게 했더니 놀랍게도 80% 이상의 사람들이 그 같은 감정을 느끼게 되었다고 답했다. 일부러 분노를 가장하면 그로 인해 심박수와 체온이 점점 상승했다. 게다가 시간이 흐를수록 기분이 나빠지면서 화가 나기도 했다. 이 같은 감정의 특징을 이해하면 당신도 감정의 주인이 될 수 있다.

또한 의식적인 행동을 통해 기분을 바꾸는 것과 감정을 가장해 행동을 바꾸는 것은 모두 우리가 인생의 고난과 역경을 이겨내는 데 큰 도움이 된다.

우리가 만일 행복, 감사와 같은 긍정적인 감정을 유지할 수 있다면 좌절하고 패배했을 때 스스로 행복하다고 '가장' 할 수 있다. 그러면 실제로 행동도 그렇게 변하고 인생도 행복해질 수 있다는 말이다. 이런 식으로 감정을 통제하는 방법으로 우리는 인생의 진정한 주인이 되는 것이다.

만일 당신이 기분이 나쁠 때 감정대로 망나니처럼 행동하는 사람은 영원히 감정의 노예에서 벗어나지 못한다. 자신의 감정을 완전히 통제하고 실제 행동으로 감정을 변화시킬 수 있는 방법을 실천하는 사람만이 스스로 자신의 감정을 통제할 수 있고 자신과 인생의 진정한 주인이 될 수 있다.

04

비판에 대처하는 방법

스티브 잡스뿐 아니라 뛰어난 경영자는 일반적으로 생각하는 '상식'이나 '업계 관행'을 완전히 뒤집은 남과 전혀 다른 시각으로 상황 판단을 하곤 했다. 혹여나 경쟁사와 비슷한 애매한 결정을 내렸다가는 회사를 키우기는커녕 살아남기도 어려운 것은 당연하기 때문이다.

이 같은 경영자는 간혹 '이단아' 또는 '독재자'처럼 비치기도 한다. 물론 사람들에게 외면당하거나 심지어 비난받는 일도 종종 있기도 한다. 그럼에도 이런 비난을 무시하고 나만의 칼라를 밀어붙일 줄 아는 것도 뛰어난 경영자의 자질이라고 볼 수 있다.

스티브 잡스 역시도 '이단아'이자 '독재자'였다고 볼 수 있다. 그의 곁에서 일했던 사람들은 하나같이 그에 관해서 입을 모아 거만, 오만,

독선적, 자기중심적, 협조성이 없다, 성격이 까칠하다 등등. 이런 식으로 그를 표현한다.

그는 젊은 시절 일할 때 샤워조차도 거의 하지 않았다. 심지어 회사 안을 맨발로 돌아다녔을 정도로 자유분방하고 개성이 뚜렷한 사람이었다. 이를 보고 너무 불결하다고 불평한 회사 직원들은 야간 근무로 교체되었을 정도다.

그와 같은 불결한 생활습관은 건강상 그리 좋은 행동은 아니지만 이처럼 그는 주변 사람들의 시선은 전혀 의식하지 않는 사람이었다. 즉, 그는 '미움 받기를 두려워하지 않았다' 는 점이다.

애플을 창업한 후, 잡스는 회사에서 지나치게 엄격한 요구 등으로 직원들에게 두려움의 대상이 되었고 결국 아무도 그를 가까이하려고 하지 않았다. 그는 점심은 늘 혼자 먹었으며 한마디로 모두가 싫어하는 괴짜였던 것이다. 이 정도로 부정적인 평판의 경영자도 드물 것이다.

그는 상식이나 관습과는 다른 시각으로 어떤 비난에도 굴하지 않고, 남들로부터 '미움 받는다', '비판 받는다' 는 사실을 알았지만 자신의 스타일을 고집했다. 스스로가 원하는 방향으로 행동한 것이다.

이처럼 그는 회사의 기대에 따르지 않고 끈질기게 자기 방식만을 고집하자 심한 비판이 쏟아졌다. 결국 얼마간 회사를 떠나야 했다. 그러나 결국 잡스는 자신의 방식이 옳았다는 것을 성과로 증명해 보인 사람이었다.

그는 남들의 비판보다 세상 어느 것과도 바꿀 수 없는 소중한 '자신에 대한 믿음'을 철저하게 따른 사람이었다.

이처럼 남들과 다른 생각, 상식에서 벗어난 행동은 심한 비난을 받기도 한다. 의견이 상식과는 거리가 멀고 독창적일수록 거부와 냉대의 강도도 높아진다. 그 대신 소수의 사람들은 '정말 기발한 의견이다', '신선하다'며 호응해 주기도 한다.

그런데 중요한 것은 '나 자신의 생각'이다. 아무도 나만큼 나를 잘 아는 사람도 없고, 남들의 생각이 항상 옳은 것은 아니다. 그렇기에 주관을 갖고 자신의 생각을 밀어붙일 줄도 알아야 한다.

이처럼 비판에 지나치게 마음을 다칠 필요가 없다. '비판 따위는 늘 있을 수 있는 일'이라고 무시하면 된다. 남의 시선이나 비판 따위가 두려워 그저 평범한 한 인간으로 남을 수 있는가?

남들처럼 행동하면 남들과 다를 바가 없고, 그 이상은 절대 될 수 없다. 남과 다르게 생각하고 행동하면 비판이 필연적으로 따라올 수밖에 없다는 것을 명심하라. 그저 비난은 당연하다고 생각하고, 크게 개의치 않는 쿨한 마음을 가질 필요가 있다.

진정한 성장을 위해서는 꼭 겪어야지만 키가 커지는 성장통처럼 비판도 나를 키우는 성장통이라고 생각해야 한다. 비판을 받을 때는 기분이 그리 유쾌한 일은 아니다. 비판의 내용이 터무니없을 때도 있고 비판 때문에 나의 생각이 옳지만 괜히 자존심이 상하는 일도 있을 것이다. 하지만 그 비판을 받아들이던 무시하던 그것을 결정하는 몫은 당신 손에 달려있다. 모든 사람의 의견을 다 수렴해서 들을 필요가 있듯, 비판도 어떤 사람들에게 어떤 상황에서 들려오는 소리인지를 먼저 냉정하게 확인해볼 필요가 있다.

간혹 나의 발전을 위한, 신뢰할 사람으로부터 들려오는 건전한 비판의 경우에는 겸허하게 받아들이고 스스로를 되돌아 볼 줄도 알아야 한다. 이처럼 비판을 그대로 받아들이지 말고, 객관적으로 걸러서 듣는 것이 현명한 방법이다.

우리에게 너무나 잘 알려진 카네기는 우리에게 이렇게 말하고 있다. '세상에는 자기보다 높은 교육을 받은 사람이거나 성공한 사람들을 악담함으로써 천박한 만족을 느끼는 사람이 있다.' 그렇기에 우리는 부정적인 사람들이나 불평가들의 쓸데없는 비평에 자존심 상해하고 상처받지 않아야 한다. 또한 남들이 당신을 비판할 때 혹시라도 자신을 내심 부러워하거나 질투하는 것은 아닌지 다시 한 번 상황판단을 잘 하는 것이 좋다.

'아무도 죽은 개를 걷어차지 않는다.' 는 말이 있듯이 누군가 나에 대해 비평을 하고 험담을 일삼는 진짜 이유는 무엇일까? 상식적인 기준으로 봤을 때, 내가 엄청나게 비도덕적인 행동을 하거나 누군가에게 피해를 입히는 실수를 하지 않은 이상 비난의 이유는 '그 사람이 나보다 잘났기 때문'이라는 것을 명심할 필요가 있다.

어느 조직이든 1등은 남다른 질시와 비난이 끊임없이 들려온다. 주목받는 자리에 있고, 잘나가는 사람일수록 그를 헐뜯고 끌어내리려는 근거 없는 악의적 소문과 질투어린 비판이 난무한다는 것을 잘 알 것이다.

만일 당신이 남들에게 심한 비판을 받고 있다고 한다면 그것은 내가 비판을 받을 만큼 크게 성장하였다는 뜻이고, 비판을 하는 사람은 대부분 자신의 삶에 만족하지 못하고 자존감이 낮은 사람들일 가능성이 크다는 것을 명심하라. 또한 그들은 나의 능력과 가치를 시기, 질투하고 있다는 말이다. 솔직히 만일 내가 아무짝에도 쓸모가 없는 볼품없는 사람이라면 그 어느 누구도 나를 거들떠보기는커녕 신경 쓰거나 건들지 조차도 안 할 것이다.

1929년 미국 대학가에서는 한 사건이 벌어졌다. 각계의 저명한 지성인들은 이 사건으로 인해 시카고로 속속 모여들었다.

사건의 주인공은 로버트 허친슨이라는 젊은이였다. 그는 몇 년 전, 식당종업원과 목공소 인부, 가정교사와 옷 외판원 등을 전전하며 간신히 예일대를 졸업했는데, 그로부터 불과 8년 후엔 시카고 대학의 총장으로 취임한 것이다.

게다가 그의 나이는 불과 서른이었으니, 각 대학의 원로들이 보기에는 매우 젊은 사람이기도 하고 매우 탐탁지 않게 생각했던 것이다. 대학교수뿐만 아니었다. 각계각층에서는 한 결 같이 이 '놀라운 젊은이'에 대한 비난의 소리가 쏟아졌다. 너무 젊다, 경험이 아직 부족하다, 검증되지 않았다 등등 온갖 비난의 견해가 나왔으며, 심지어는 언론까지도 나서 맹렬히 공격했다.

드디어 총장 취임식 날, 로버트 허친스의 아버지에게 한 친구가 다가와 이렇게 말했다.

"오늘 신문에서 일제히 자네 아들을 비난하는 기사들을 보고 깜짝 놀랐다네."

그러자 허친스의 아버지는 대꾸했다. "그렇지, 정말 난리더군, 그러나 죽은 개에게는 발길질하는 사람은 아무도 없다네."

그렇다. 중요한 개일수록 자극제가 되어 그 개에게 발길질을 하는 사람들의 쾌감은 더욱 클 것이다. 이처럼 세상에는 부당한 비난은 위장된 칭찬인 경우가 많다. 아무도 죽은 개는 걷어차지 않는다는 말처럼 당신이 아무짝에도 쓸모없는 형편없는 사람이라면 비난받을 자격도 없었을 것이다. 뭔가 당신이 잘났기에 비난받는 다는 사실을 기억하라.

중국에는 이런 말도 있다.

"그대가 천냥을 가지고 있으면 세상 사람들이 험담을 할 것이고,

그대가 만냥을 가지고 있으면 세상 사람들은 모함을 할 것이다.

그러나, 그대가 천만냥을 가지고 있으면 사람들은 밑에 들어와 종
으로 일하려고 애걸할것이다." 부당한 비난은 위장된 찬사라는 것을
꼭 기억하라.

05

100번 넘어져도 다시 일어나는 힘,
회복탄력성

"인간이 만드는 가장 위대한 영광은 절대 추락하지 않는 데 있는 것이 아니라, 넘어질 때마다 다시 일어서는 데 있다." ─공자

인생의 바닥으로 내려간 사람들이 열정적인 사람의 위치로 다시 회복해서 올라오는 과정을 조사했다. 또, 바닥으로 떨어지기 전보다 훨씬 더 높이 올라가는 사람들이 있다는 것도 알게 됐다. 이 과정에서 힘을 발휘하는 어떤 마음의 특성을 발견한 것이다.

자신이 닥친 크고 작은 시련과 어려움을 오히려 성장으로 발판으로 삼는 힘에 대한 심리학자들이 발견한 마음의 특성이 바로 "회복탄력성(Resilience)"이라고 한다.

탄력성이라는 말처럼 원래 제자리로 다시 되돌아올 수 있는 힘을

일컫는 말이다. 마치 고무공처럼 바닥을 박차고 다시 튀어 오르는 현상을 말한다. 또 회복 탄력성이란 인생의 크고 작은 역경과 시련, 실패를 오히려 도약의 발판으로 삼아 더 높이 튀어 오르는 '마음의 근력'이다.

누구나 어려움이나 실패, 좌절과 역경이 없는 인생은 없다. 그러나 힘들고 부정적인 사건들은 직면하고 이겨낼 것인가, 좌절할 것인가에 대한 문제가 남아 있을 뿐이다. 회복탄력성은 누구나 가지고 있는 내면의 힘이다.

이처럼 회복탄력성이란 시련이나 고난을 이겨낼 수 있는 긍정적인 힘인데, 대부분의 사람들은 인생을 열정적으로 살기를 원한다. 자신의 삶을 성공으로 이끄는 원동력인 열정적인 에너지를 시종일관 유지하기는 결코 쉽지 않다.

전혀 예상치 못한 일들이 우리 인생에 크고 작은 좌절과 역경을 전해주기 때문이다. 그럴 때 사람은 마치 연약한 유리병처럼 땅에 떨어져 우지직 깨어지는 경우가 많다. 심지어 우울감에 빠져 긴 시간을 방황하는 사람들도 있다.

그러나 많은 사람들이 좌절 속에 계속 머물러 있지 않다. 다시 회복되어 열정적인 모습으로 삶 속으로 되돌아가는 경우도 많다. 회복탄력성은 삶의 어려움을 자양분으로 삼아 툴툴 털어내고 다시 일어나는 힘이다.

　이런 회복 탄력성에는 세 가지 요소가 있다.

　첫 번째는 감정과 충동을 조절할 수 있는 자기 조절 능력이며, 두 번째는 상대방과의 소통능력과 공감능력을 뜻하는 대인 관계 능력이다. 그리고 세 번째는 시련을 극복할 수 있는 '긍정성'이다.

　시대를 막론하고 위대한 농구 선수로 손꼽히는 마이클 조던은 고등학교 시절 학교 농구 팀에서 퇴출된 적이 있었다. 그러나 그는 다시 일어설 수 있는 탄력성을 갖춘 사람이었다. 그래서 스포츠 역사상 최고로 극적인 순간을 여러 번 보여줄 수 있었던 그는 다음과 같이 말한다.

　"선수로 활동하면서 제가 놓친 골이 적어도 9,000개는 될 겁니다. 그리고 경기에서 거의 300번 정도 패배했죠. 사람들이 내가 승패의 판도를 바꿀 슛을 쏠 거라고 믿고 있을 때 실패한 적도 26번이나 됩니다. 나는 살면서 계속 실패하고 또 실패했어요. 그래서 결국 성공할 수 있었던 것입니다."

　세계적으로 큰 업적을 거두거나 위대한 성공을 이룬 자신만의 1%의 삶을 실현한 사람들 역시 도 그들의 성공 여정에서도 어김없이 다양한 실패를 경험했어야 했다. 성공하고 싶다면 실패도 경험해야 하고, 탄력성을 갖고 적극적으로 도전하는 자세가 필요하다. 실패라는 것은 단순히 거뜬히 뛰어넘고 극복해야할 장애물에 불과하다. 그것은 한 길의 끝이자 다른 길의 시작이다.

덴마크의 동화 작가인 안데르센은 누구보다 회복 탄력성이 뛰어난 인물이었다. 그는 극심한 가난 속에서 알코올 중독자인 아버지의 학대를 받으며 힘들게 자랐다. 그런 그가 "나는 나의 가난한 삶을 바탕으로 '성냥팔이 소녀'를 창작할 수 있었고, 못생겨서 받았던 놀림을 바탕으로 '미운 오리새끼'를 탄생시킬 수 있었습니다. 역경은 나에게 큰 축복이었습니다."라고 말할 정도로 시련을 당당히 기회와 성공으로 바꿀 수 있었기에 지금의 그가 있을 수 있었다.

그런데 대부분 회복탄력성이라는 이야기를 들었을 때, 이순신, 링컨, 오프라 윈프리 등 '엄청난' 삶의 역경에도 불구하고 다시 도전하고, 일어선 사람들을 생각하곤 한다.

그런데 특별한 사람만 회복능력을 갖춘 것은 아니다. 우리 인간 모두는 인생의 모든 역경을 이길 수 있는 잠재력인 회복 탄력성을 갖고 있다.

누구에게나 고통, 한계, 역경 등이 찾아온다. 그러나 역경은 '나를 성장시키는 선생'으로 생각하고 피하지 말고 대면하라.

그렇다면 회복탄력성이 높은 사람들은 어떤 특성을 지녔을까? 그들은 자신의 삶을 스프링처럼 유연하고 탄력 있게 만들어 나갈 수 있고 역경이나 도전, 스트레스와 같은 극한 상황에서도 만족할만한 삶을 나아갈 수 있다고 한다. 미국 심리학회에서 정의한 회복 탄력성의 특성은 다음과 같다.

첫째, 현실적인 계획을 세워서 한걸음 씩 수행해 나가는 힘(목적성과 인내심)

둘째, 자신의 감정과 능력에 대한 긍정적이고 낙관적인 태도와 확신

셋째, 의사소통과 문제 해결의 기술

넷째, 감정에 대한 이해와 조절능력(평정심)이다.

또한 회복탄력성이 좋은 사람들은 다른 사람의 피드백을 잘 받아들이고 자신의 감정을 잘 조절하는 특징이 있다. 그리고 어떤 상황에서도 부정적인 면보다 긍정적인 면을 본다. 또 강한 자신감을 갖고 있으며. 실수를 통해 배우는 자세를 갖추었고 항상 자신감을 갖고 있다.

대표적으로 회복탄력성이 높은 사람들은 다음과 같다. 나치 치하에서 용기를 잃지 않았던 소녀 안네 프랑크, 남아프리카 공화국의 흑인 인권 운동가 넬슨 만델라, 가난과 신체적 성적 학대의 경험을 딛고 토크쇼의 여왕으로 성공한 오프라 윈프리, 나치의 강제 수용소에서 살아남아 그곳에서의 경험을 바탕으로 '의미치료'라는 분야를 개척한 정신의학자 빅터 프랭클, 교통사고로 온 몸이 마비된 상황에서도 많은 연구와 활동을 하는 이상묵 서울대학교 교수, 가발공장 여직공으로 시

작해서 하버드대학교에서 박사학위를 받고 미국육군중령까지 지낸 서진규 소장

　이들의 공통된 특징은 어떠한 절망의 상황에서도 희망을 가졌다는 점이다. 아무리 어렵고 힘든 상황이라도 희망을 잃지 않았기에 지금과 같이 위대한 성과를 거두고 모두의 존경을 받을 수 있는 것이다.

　이처럼 회복탄력성이 높은 사람은 남보다 더 극한 상황과 큰 어려움을 겪는 경우가 많다. 하지만 그들은 어려움을 결코 실망과 절망, 원망으로 대하지 않았다. 어려움 속에서도 잘될 거라는 믿음과 용기, 유연성을 잃지 않았다.

06

관점을 바꾸면
파랑새가 보인다

"희망은 마치 독수리의 눈빛과도 같다.

항상 닿을 수 없을 정도로 아득히 먼 곳만 바라보고 있기 때문이다.

진정한 희망이란 바로 나를 신뢰하는 것이다.

행운은 거울 속의 나를 바라볼 수 있을 만큼 용기가 있는 사람을 따른
다. 자신감을 잃어버리지 마라. 자신을 존중할 줄 아는 사람만이 다른 사
람을 존중할 수 있다."   —쇼펜하우어의 '희망에 대하여' 중에서

빅터 프랭클(Victor E. Frankl) 박사는 2차 대전 당시 나치의 죽음의 수
용소에서 살아남은 사람 중의 한 명이다. 그의 책 '죽음의 수용소에
서'에는 그가 수용소에서 겪었던 비참한 삶의 실체가 고스란히 담겨
있다. 그는 수용소에서 직접 체험한 경험과 인간적 반응을 환자의 심

리 치료에 적용함으로써 심리치료법에 변혁을 가져오는 로고테라피 (Logoteraphy)라는 방법론을 개발했다. 전문가들은 이 치료법의 가치를 매우 높게 평가해 프로이트와 아들러 이후의 가장 커다란 성과라고 평가할 정도로 위대한 업적이다.

빅터 프랭클은 아우슈비츠에 있는 죽음의 수용소 수없이 많은 육체적 고통과 마음의 상처를 입었다. 죽음과 분노의 공포로 가득했던 수용소에서 자신에게 주어진 고난의 의미를 찾으려고 애썼다. 한 개인으로 무력하기 짝이 없는 그는 바꿀 수 없는 사실, 즉 '수용소의 한 죄수'라는 상황을 바꿀 수 없었다. 절망이란 더 이상 어쩔 수 없을 때 생긴다. 상황을 바꿀 수 없을 때 우리는 절망한다. 그러나 그는 변화시킬 수 있는 것이 하나 있다는 것을 깨달았다. 상황을 변화시킬 수 없다면, 이 상황을 해석하는 자신의 관점을 바꾸는 것이다. 그는 고난의 의미를 찾기 시작했다. 후에 그는 자신이 겪은 이러한 변화의 힘을 환자의 치료에 적용했다.

이처럼 우리도 청춘을 바친 직장에서의 내몰림 혹은 치명적인 암, 사랑하는 가족의 죽음, 이혼, 결별, 사고 등과 같이 우리가 피할 수 없는 절망적 상황조차도 그 의미를 발견함으로써 재해석될 수 있다. 우리 스스로를 변화시킴으로써 절망적 상황을 바꾸어가는 것이다.

중요한 것은 빅터 프랭클처럼 고난을 재해석함으로써 미래에 대한 꿈을 만들어낼 수 있었다는 점이다. 그는 자신이 겪고 있는 고난을 객

관화시킬 수 있었다. 그리고 자신의 고난에 대한 관찰자가 되었다. 그는 반드시 살아남아 이 체험을 세상에 알려야만 하고 이 체험을 통해 환자를 치료해야만 하는 삶의 목적이 있었다. 이것이 그가 도저히 그곳에서 죽을 수가 없게 만든 것이다. 이게 바로 그를 살린 인생의 비전이었던 것이다.

이처럼 마음을 바꾸면 세상이 달라진다는 것은 석가의 가르침이기도 하다. 일체유심조(一切唯心造)라는 말을 들어보았을 것이다. 이것은 '모든 것은 마음먹기에 달려있다.' 라는 말이다.

이것이 우리 인생의 기본 진리와도 같다. 사실 생각을 약간만 바꾸면 모든지 즐겁게 해낼 수 있고 실패나 위기도 좋은 기회로 삼고 나를 도약시키는 계기가 될 수 있다.

우리에게 잘 알려진 원효대사의 이야기도 우리에게 관점에 대한 자세를 어떻게 해야 취해야하는지 소중한 깨달음을 준다. 불교의 배움을 위해 유학길에 오른 원효대사는 660년, 신라가 당나라와 연합하여 백제와 고구려를 점령하기 위해 통일 전쟁을 치르고 있던 당시였다. 원효대사가 당나라에 불교공부를 위해서 길을 떠나게 되는데 가는 도중 동굴 속에서 잠을 자게 되었다. 그러다가 목이 너무 말라 어두운 동굴 속에서 마침 바가지에 물이 있어 정말 시원하고 달콤한 게 참 맛있게 마셨던 것이다. 아침에 일어나서 주변을 살피다가 보니 밤에 마신 물이 해골에 들어 있는 썩은 물이란 걸 알게 된 것이다.

그래서 바로 구역질을 하다가 문득 깨달음을 얻었는데 바로 '모든 것은 마음먹기에 따라 달렸 구나' 라는 생각이었다. 그냥 평범한 물이라고 생각하고 마셨을 때는 그렇게 시원하고 맛있었는데 해골물인걸 보자 바로 구역질이 나온 것이 그 이유였다. 이는 화엄경에 나오는 일체유심조의 구절과일치하는 깨달음이다.

"해골에 담긴 물은 어젯밤과 오늘 모두 똑같은데, 어째 어제는 단물 맛이 나고 오늘은 구역질을 나게 하는 것인가? 바로 그것이다! 어제와 오늘 사이 달라진 것은 물이 아니라 나의 마음인 것이다. 진리는 밖이 아는 내 안에 있는 것이다."

(三界唯心·萬法唯識·心外無法 胡用別求 ; 삼계유심 만법유식 심외무법 호용별구)

07

감사하는 삶 살기

    인생이란 내 뜻대로만 흘러가는 게 아니기에 결코 쉽지 않은 여정이다. 감사할 줄 모르는 사람은 만족할 줄 모르고, 만족할 줄 모르는 사람은 당연히 불평불만이 많아질 것이다. 이렇게 우리의 삶이 부정적인 방향으로 흘러가면 자연스럽게 창조적인 힘을 상실할 것이고, 더 위대한 일을 해낼 수 없을 것이다. 반대로 인생이 긍정적인 방향으로 흘러가면 더욱 풍성하고 행복한 미래로 나아갈 수 있을 것이다.

    영국의 천재물리학자 스티븐 호킹(Stephen Hawking)은 항상 웃는 얼굴과 편안한 시선을 보여주었다. 호킹이 세계적인 사랑과 존경을 받고 있는 이유는 뛰어난 지혜와 지식을 갖추었을 뿐 아니라 그는 삶의 역경을 당당히 극복한 진정한 인생의 '투사'이기 때문이다.

하루는 연설을 마친 그에게 젊은 연기자가 물었다.

"병마가 당신을 30년간이나 휠체어에 꼼짝없이 묶어 놓았는데 운명이란 녀석에게 너무 많이 빼앗겼다고 생각하지 않으신가요?"

호킹은 미소를 지어 보이고는 손가락을 이용해 타자를 두드렸다. 그러자 대형 모니터에 그의 말이 전해졌다.

'제 손가락은 이렇게 여전히 움직일 수 있고, 제 두뇌는 여전히 생각할 수 있습니다. 저는 평생 추구하고 싶은 꿈이 있고, 저를 사랑해주고, 제가 사랑하는 가족과 친구들이 있습니다. 그리고 저는 여전히 감사하는 마음을 가지고 있습니다.'

이렇게 스티븐 호킹처럼 항상 모든 것에 감사하는 습관을 가진 사람은 언제나 사물의 긍정적이고 아름다운 면에 관심을 가지기 때문에 큰 성공을 거둘 수 있다.

이처럼 감사하는 마음이 없다면 세상은 미래에 대한 희망이 사라지고 황폐해질 것이다. 감사는 주변에 긍정적인 에너지를 전파하는 엄청난 힘을 갖고 있다. 감사하는 마음이 강할 때는 긍정적인 에너지 진동이 먼 우주까지 뻗어나간다. 그리고 동시에 같은 진동 주파수를 가진 사물을 강하게 끌어들이는 특성이 있다. 그래서 세상에 감사하는 마음이 커지면 커질수록 더 많은 것을 끌어당기고 얻을 수 있는 것이다. 감사하는 삶을 살면 우리가 무엇을 기대하든 우주가 보답해 줄 것이다.

특히, 노벨평화상 수상자이자 남아프리카공화국의 첫 흑인 대통령인 넬슨 만델라. 그는 27년 동안 감옥살이를 한 대통령으로도 유명하다. 그가 오랜 감옥 생활을 마치고 출소하던 날 세계 각국의 외신기자들이 몰려와 열띤 취재경쟁을 벌였다.

칠순을 넘긴 나이에도 불구하고 아주 건강한 모습으로 출소하는 만델라에게 한 기자가 질문을 했다. 27년간 옥살이를 했는데도 어떻게 이처럼 건강해보일 수 있습니까? 그러자 만델라는 웃으면서 이렇게 대답했다.

"저는 감옥 에서도 항상 감사하는 마음을 잊지 않았습니다.

하늘 땅 물 어느 것 하나 감사하지 않은 일이 없습니다. 강제노역을 할 때조차 감사한 마음으로 했습니다. 그렇잖아도 운동량이 부족했는데 강제 노역이라는 명목으로 운동까지 시켜주니 얼마나 감사합니까?"

끝을 전혀 알 수 없는 지옥 같은 상황 속에서도 조차 결코 감사의 마음을 잃지 않았던 넬슨 만델라. 그가 출소한 후에 대통령에 당선되고 노벨평화상까지 수상한 기적 같은 삶은 오직 감사의 힘으로 이루어낸 결과였다. 기적은 절대 멀리 있지 않으며, 항상 우리 주변에 있다. 작고 사소한 일에도 항상 감사하는 습관이 바로 기적을 창조해낼 수 있는 비결이다. 감사는 기적을 창조해내는 마법 같은 도구라는 것을 기억하자.

특히, 매사에 감사하는 태도를 가진 사람은 스트레스나, 정신적인 상처를 훨씬 덜 받는다. 이는 단순히 심리학에만 해당되는 이야기가 아니다. 언제나 감사하는 마음과 긍정적인 마음을 유지하는 사람들은, 부정적인 사람들에 비해 강한 면역력을 가지고 있다는 사실이 밝혀졌다. 똑같은 스트레스의 상황에서도 질병의 위험에서 벗어나 평균 10년 이상이나 장수하는 것으로 분석되었다. 이처럼 마음가짐 하나만 바꾸는 것만으로도 내 인생의 행복도와 만족도가 달라질 수 있다.

또한 스코틀랜드 스털링대 연구진이 2015년 5월 성인남녀 186명을 대상으로 심리테스트와 건강테스트를 실시한 결과 자신의 주어진 삶에 대해 감사하고 주변 환경에 대해서 긍정적으로 인식하는 사람은 그렇지 않은 사람에 비해서 심장병 발병 확률이 3분의 1정도 낮게 나타났다. 또 스털링대 연구진의 2012년 연구에 따르면 감사하는 사람의 면역력은 그렇지 않은 사람에 비해 평균 1.4배나 높게 나타났으며, 워릭대의 성인남녀 201명을 대상으로 한 조사에서는 '삶을 감사하게 여긴다' 는 사람은 '나는 불행하다' 고 응답한 사람에 비해 우울증 증세를 보인 경우가 절반 가까이 낮게 나타났다. (2008. 11 알렉스 우드 교수 연구팀)

성경에도 '범사에 감사하라' 는 지혜를 가르쳐준다. 범사는 일상적인 모든일을 뜻한다. 결국 살아있는 것 자체가 감사할 일 이라는 의미로 해석된다. 또한 한국을 '동방의 등불' 이라고 축원했던 인도의 시성

라빈드라나트 타고르는 "감사의 분량이 행복의 분량이다."라고 했다. 감사할 줄 알아야 행복할 수 있다는 말이다.

이처럼 감사하는 마음은 당신에게 더욱 많은 것을 가져다주며, 정신건강은 물론 신체건강에도 매우 긍정적으로 작용하게 된다. 당신의 인생을 더욱 행복하고 만족스럽게 살기를 원한다면 모든 환경과 당신이 갖고 있는 것은 물론, 아직 갖지 못한 것 까지도 이미 이룬 것처럼 감사하면 어느 순간 감사의 힘으로 끌어당긴 당신이 원하는 모든 것들은 당신의 손에 이뤄질 것이다.

08

자제력을 키워 인생의
주도권 되찾기

'한 사람의 성공을 가로막는 가장 큰 장애물은 다른 무엇이 아니라 바로 자기 자신이다' 라는 명언이 있다. 왜일까? 대부분의 사람이 자신을 잘 제어하지 못하기 때문이다. 분명 공부를 많이 하면 자신의 성장에 도움이 된다는 사실을 알고 있지만 TV나 오락의 유혹을 뿌리치지 못하고, 좀 더 열심히 일하면 승진과 연봉 상승에 도움이 된다는 사실을 알면서도 자신의 게으름을 어쩌지 못하며, 흡연이 건강에 해롭다는 사실을 잘 알고 있지만 금연을 선언한 지 얼마 안 가 다시 담배를 피우는 것처럼 말이다.

하버드대 출신들이 다른 사람보다 더 성공하고 더 행복한 삶을 사는 이유는 무엇일까? 그 이유를 따져보면 '자제력' 보다 더한 이유는 없을 것이다. 자기관리를 하지 못하고 마음 가는 대로 아무런 제약 없이 행동한다면 자아실현을 할 수 없을 뿐만 아니라 실패의 길로 들어서게 될 것이다. 자제력은 평생의 노력이 필요하다. 마치 전투를 치르듯 단 한시도 방심해서는 안 된다.

하버드대 심리학 교수 폴 해머네스는 이렇게 말했다.

"권력은 결국 자제력 있는 사람이 차지한다."

그는 학생들에게 사업을 크게 일구려면 감정적으로 일을 처리하거나 자신이 하고 싶은 대로 해서는 안 된다고 가르친다. 자신의 언행을 통제해야 자그마한 실수나 단점이 더 큰 실수로 이어지는 것을 막을 수 있다는 것이다. 즉, 자제력은 자아실현을 위해 반드시 갖춰야 할 덕목이라는 것이다.

자신을 단속할 수 있어야 타인을 통제할 자격이 생긴다. 전기 작가 겸 교육가인 토머스 헉슬리는 교육 문제에 대해 이렇게 말했다.

"교육의 가장 가치 있는 성과는 바로 자제력을 키우는 것이다. 자제력을 갖춘 사람은 항상 심지가 굳은 사람으로 평가받는다."

자제력은 자신을 통제하는 힘이다. 자신의 생각이나 말투, 행동에 대해 자신을 억제하는 것이다.

만약 게임을 좋아해 업무에 지장을 줄 정도라면 당신은 게임을 포기하겠는가? 아니면 계속해서 게임을 즐기겠는가? 만약 당신이 오늘

어떠한 일을 계획했는데 아침잠이 너무 달콤해 일어나고 싶지 않다면, 그런데도 당신은 당시 생각할 필요도 없이 침대에서 일어나 옷을 입겠는가?

이러한 문제에 대해 지면상으로 대답하라면 대부분의 사람은 자신을 제어할 수 있을 것 같다고 생각한다. 그러나 현실에서 막상 상황이 닥쳐 자신을 시험해야 할 순간이 오면 아마도 다를 것이다.

"아무렇게나 성공하는 사람은 없다. 성공은 철저한 자기관리에서 온다."

자기통제는 하버드에서 중시하는 것 중 한 가지다. 자기통제란 자기 자신을 수시로 점검하고 반성하는 능력으로, 우리가 더욱 수준 높은 삶을 스스로 만들 수 있게 해준다. 우리는 자기통제를 통해서 자신의 감정을 조절하고 잘못된 유혹을 뿌리치기도 하며 특별한 '개인'의 삶을 완성시킨다. 그러면서 끝내 성공으로 이끈다.

빌 게이츠의 성공도 결코 우연이 아니다. 강력한 자기 통제력과 깊은 관계가 있다. 그가 "사업을 일으키려면 스스로에게 너무 관대해선 안 되며, 자기 자신을 통제해야 성공할 수 있다."라고 했던 말처럼 말이다. 실제로 그는 자신이 했던 말처럼 거의 모든 시간을 컴퓨터에 대한 공부와 일에 쏟았고 잠시도 자신의 삶에서 고삐를 느슨하게 하지 않았다.

게이츠는 중학생 때 독학으로 컴퓨터를 배웠다. 지금 전 세계 모두가 알고 있는 성공적인 기업인 마이크로소프트도 처음으로 회사를 세웠을 때 늘 성공가도만 달렸던 것은 아니다.

실제로 빌 게이츠는 회사를 세운 후에 고통과 좌절을 수도 없이 겪었다. 그러나 그럴 때마다 그가 우물쭈물 망설이며 결정을 내리지 못하는 대신, 늘 올바른 선택을 할 수 있도록 도와주었던 것이 바로 자기통제력이었다. 자기통제를 통해서 너무 자만하지도, 너무 감상에 빠지지도 않고 객관적으로 상황을 인식하고 또 자신이 나아가야 할 길을 똑바로 바라볼 수 있었다.

타고난 재능이 아무리 뛰어나도 자기 통제력이 부족하면 자신의 잠재력을 최대한 발휘할 수 없다. 하버드 강의실에서 '자기통제'를 강조하는 이유도 바로 여기에 있다. 심지어 하버드에는 자기통제를 주제로 한 강의까지 개설된다고 한다. 자기통제의 구체적인 형식과 방법은 매우 다양하니 그럴 만도 하다. 성공의 가장 높은 곳은 자기통제의 빛에서 비롯되며, 이는 위대한 기적을 만들어낸다.

자제력은 매우 중요하다. 자신의 욕망에 대한 작은 억제도 자신을 더욱 강력하게 변신시킬 수 있다. 따라서 자아를 실현해 자기 운명의 주인이 되고 싶다면 먼저 남다른 자제력을 키워라. 하버드대의 여러 교수는 자신의 감정과 걱정, 두려움을 제어할 수 있는 사람이 국왕보다 낫다고 본다.

시어도어 루스벨트, 헨리 키신저, 빌 게이츠, 로버트 오펜하이머 등은 모두 자기관리에 능해 자신을 훌륭히 통제했다. 그들이 자아실현을 할 수 있었던 원인 중 하나가 자제력이라고 해도 과언이 아니다.

모든 것의 중심에는 우리 스스로가 서 있는 것이다. 세상의 모든 일은 다 내 탓이다. 자신의 속에 있는 장애물은 스스로 제거하지 않으면 성공에서 멀어지게 된다. 성공하는데 가장 큰 장애물은 스스로에게 있는 것이다.

성공인사들을 보더라도 자제력이 강하지 않은 사람은 없다. 자신을 통제할 줄 알아야 다른 사람을 통제할 자격이 생긴다.

잠깐 쉬려다가 밤새 웹서핑을 즐기고, 다이어트를 하겠다고 생각만 하다가 정작 운동은 잘 하지 않고, 일을 잘하고 싶은데 드라마 생각이 머릿속에서 떠나지 않는다면 당신은 자제력을 키울 필요가 있다. 자제력의 중요성을 인식하고 열심히 자신을 통제하려고 노력할 때 어떤 일이든 차근차근 허둥대지 않고, 뒤탈 없이 삶의 주도권을 되찾은 자신을 발견하게 될 것이다. 더불어 당신이 생각지도 못한 수많은 성공 기회가 다가올 것이다.

06

제6장

나를 1000% 더 키우는 배움의 힘

〈터키의 그랜드캐니언으로 불리는 '카파도키아' 에서〉

카파도키아는 초기 기독교인들이 로마제국의 종교박해를 피해 피신해
바위에 동굴을 파고 숨어서 250년간 신앙을 이어갔던 곳이다.
이곳은 이슬람교인들이 로마를 침략해 왔을 때도 기독교인들의 은신처가 되어
신앙생활 이어갔을 정도로 그들의 간절한 신앙심이 느껴져 절로 숙연해진다.
당시 변변한 장비가 없었음에도 바위 동굴 속에 수천 개의 기암이 굴을 뚫어 만든
카파도키아 동굴 수도원이 그대로 있다.
이렇게 힘들게 뚫어서 숨어 살고 당시 나와서 전도를 했다고 하니
당시 기독교인들의 믿음이 참 대단하다고 느껴진다.

특히, 터키에서 성경에 많이 기록되어 있는데 대표적으로 아브라함이 살았던 '하란',
바울의 고향인 '다소' 그리고 노아의 방주가 발견된 '아라랏산'을 직접 볼 수 있다.
성경에 터키를 배경으로 한 수 많은 것들을 직접 눈으로 목격하니 성경이 진실이라는 것과
하나님의 살아계심을 몸소 느낄 수 있는 소중한 성지이다.

01

365일 항상 배우는 사람이
성공 한다

배움을 중단해서는 안 된다. 공부란 시간이 많이 걸리지만 그 성과가 드러날 때에는 천문학적인 이익으로 돌아오기 때문이다. 한푼 두푼이 아니라, 수백, 수천 억, 수 조 단위로 이익이 눈덩이처럼 커져서 돌아올 수 있는 것이 바로 지식의 무서운 힘이다.

한국의 경우 사회 전반적으로 여유가 없다보니 멀리 보는 힘을 상실했고, 공부에 대한 존경도 숭상도 없다. 공부를 통해서 10년 혹은 10년 이후에 멋진 인생 승부를 걸겠다는 생각이 부족하다. 그리고 사회 전반적으로 여유가 전혀 없다 보니, 그저 지금 당장 돈이 안 되면 쓸데없는 것으로 생각하고 있다. 이렇게 해서는 국가에 미래는 없다. 지금 당장의 이익이 아니라 짧게는 10년, 적어도 100년 이후를 본 도전을 하고 투자를 해야 한다. 그렇게 미래를 위해서 장기적으로 투자한다는 생각으로 공부를 해야 희망이 있다.

오늘날처럼 빠르게 변화하는 시대에 남들과 차별화되지 않은 평범한 능력 하나만 가지고 버티는 것은 자신의 경력과 미래를 망치는 가장 빠른 길이다. 몇 년 전과 비교했을 때 오늘날에는 모든 분야에서 경쟁이 더욱 치열해졌다. 게다가 변화의 흐름에 대한 속도가 눈부시게 빠르다보니 기존의 생각을 끊임없이 변화시켜나가지 않는다면 새로운 기회를 놓치고 위협받게 될 것이다.

유대인은 유난히 배움 그 자체를 중시하기로 유명하다. 유대인의 가장 큰 힘은 생각하는 것에서 나오고, 이 힘은 바로 공부와 독서에서 나온다.

유대인의 대다수가 성공을 할 수 있는 것은 공부하는 것을 사회 전반적인 문화로 자리 잡았기 때문이다. 즉, 극소수의 오피니언 리더 만이 평생 공부를 하고, 배움 그 자체를 즐겨하는 것이 아니라 완전히 국가 전체의 문화로 만들어버린 것이다.

그리고 유대인의 진정한 힘은 지금 당장 눈앞의 빠른 이익을 바라는 조급증에 빠지지 않고 좀 더 멀리 보면서 공부를 한다는 것이다. 한국 사람들은 공부를 몇 년 하면 돈이 나와야 한다고 생각한다. 그러나 그들은 배움 그 자체를 목적으로 두고 공부를 한다. 10년이고, 20년이고 그냥 공부를 하는 것이 습관이 되었다. 배움 그 자체가 목적이기 때문이다. 유대인에게는 이렇게 배움에 대한 큰 열정이 있다. 그래서 평범한 집에 가도 책은 많지만 텔레비전이 없다.

그러나 우리는 어떠한가? 평생 공부는 특정 계층만 하는 것이라고 생각하고, 심지어 교수들도 공부를 제대로 안하는 경우도 종종 있다. 상상력을 발휘해서 창조적인 세계를 드러낼 수 있는 농도 깊은 연구를 하지 않는다. 이런 기본적인 학자적 자세를 잃은 학자들이 너무 많고, 진정한 탐구욕에 불타서 열정적으로 공부하는 학자가 거의 없는 것이 현실이다. 이렇게 되면 제대로 된 결과가 나올 수 없다.

그러나 유대인은 어떤 대가를 바라지 않고 전 국민이 공부를 조건 없이 즐긴다. 이렇게 배움을 숭상하는 유대인 사회에서는 지금 당장 돈이 생기지 않더라도 책을 본다. 그러나 우리는 책을 보면 잘못된 것이라고 여기는 문화가 퍼지고 있으며 오직 스펙만 따서 좋은 기업에 취직하는 것만이 최고가 되고 있다.

책 보는 문화를 중요하게 생각하지 않는 국가의 미래는 없다. 이것은 유대인이 증명하고 있다, 유대인은 배움 그 자체를 중시하며 즐겨한다. 심지어 결혼 후에도 약 1년간은 〈탈무드〉 공부를 하느라 직장에도 다니지 않는다. 한국 같으면 말도 안 되는 일이다. 남편이 돈도 벌지 않고 공부만 하는 것을 도저히 이해하지 못한다. 그러나 유대인 사회에는 공부가 당장 몇 푼을 버는 것보다 몇 천 배의 이익을 준다는 것에 대한 강한 확신이 있다.

공부하지 않는 민족은 미래가 있을 수 없다. 또한 깊게 생각하지 못하는 민족도 미래가 없다. 단순히 겉으로만 보이는 허상이라고 할 수 있는 외면만 중시하는 풍조의 민족은 미래가 없을 것이다. 당연히 공부와 독서를 게을리 하는 민족의 미래는 어두울 수밖에 없다.

지금 우리는 시대적으로 정신을 못 차릴 정도로 매우 빠른 변화의 시대를 살아가고 있다. 배를 제대로 몰기 위해서는 바다에서 파도를 타는 방법을 먼저 배워야 한다. 이처럼 세상의 물살이 빠르게 바뀌는 바다와도 같아서 사람도 거센 파도 속에서 다시 일어나 기회를 찾기 위해 노력해야 한다.

현재 대학교의 수는 엄청나게 많아졌고, 석박사의 수도 넘쳐난다. 그러나 정작 사회에서는 높은 학력의 전문지식만을 앞세워 졸업한 사람은 특별한 메리트가 없는 시대이다. 이 세상에는 대단히 많고도 다양한 길이 있다. 그러나 사람들은 아무생각 없이 남들 가는대로 2,3개의 좁고 작은 길에만 몰려든다. 공무원과 같은 확실하고 안정적인 길에만 몰려 좁은 길에서 서로를 겨누고 잡아먹는다. 그러나 독특한 나만의 창조적인 생각이나 특이한 이력을 지닌 1%가 특별한 사람이 피 튀기는 경쟁 없이 세상의 주목을 받으며 승승장구하게 된다.

그렇기에 다양한 분야에 대한 탐구와 공부를 통해서 나만의 세계를 창조하고 나만의 분야를 개척해서 남과 다른 생각을 세상에 펼쳐낼 수 있는 사람이 인정받는다. 남과 다른 아이디어를 펼치고 차별화된 인재가 되기 위해서는 끊임없는 자기만의 공부는 필수이다.

세상을 바꾼 인물들도 역시 모두가 교과서적인 획일화를 거부했던 사람들이다. 남들과 똑같이 획일화되는 평범한 사람이 되는 것 보다는, 자신만의 배움의 시간을 통해서 남과 다른 자신의 능력과 적성에 맞는 분야와 일을 찾아야 한다. 이렇게 남들과는 다른 색깔의 오직 나만의 인생을 살아갈 수 있어야 진정한 자존감과 행복을 만끽할 수 있다.

에디슨과 같이 전기를 발명하고, 특허만 1천 종 이상을 가진 사람이나 산업혁명에 결정적 계기가 된 증기기관을 만든 제임스 와트의 공통점은 초등학교도 졸업하지 못한 사람이라는 점이다. 안전면도기를 세계 최초로 생산한 질레트사의 초대사장도 병마개행상이었다. 이들은 번듯한 학위 대신 자신만의 적성과 개성을 살려 성공한 사람들이다.

배움에 있어서 진정 중요한 것은 학교에서의 학위는 아니다. 다양한 경험과 자신만의 열정과 재능을 발굴하여 오랜 시간 자신만의 방법으로 배움에 투자한 결과로 남들이 감히 범접할 수 없는 나만의 지식 세계와 아이디어로 세상을 놀라게 할 수 있는 인생을 살아야 한다.

청춘은 이제 시작이다. 인간이란 서로가 각자 너무나 다르게 태어난 독창적인 존재로서 스펙과 같은 설명서가 들어있는 남과 비슷한 획일화된 제품이 되는 것은 옳지 않다. 이 세상에 오직 하나뿐인 핸드 메이드 작품이 되어야 할 것이다. 'Only one' 단 하나의 유일한 존재가 되라!

02

6개월 안에
누구나 전문가가 되는 법

한 분야에서 전문가라고 할 수 있는 사람은 해당 분야에서 꽤 인정받으며 높은 수익을 얻고 있다. 그만큼 전문가로 인정받을 수 있는 사람은 많지 않다. 그만큼 상당한 고지에 오르려면 남들보다 많은 지식과 경험의 내공이 있어야하기 때문이다. 그래서 사람들은 전문가를 은근히 동경하면서도 시간도 오래 걸리고 공부도 엄청 많이 해야 할 것 같아 전문가가 된다는 것에 두려움을 느낀다. 심지어 시작하기도 전에 미리 포기하는 사람도 있다.

배움에는 끝이 없다. 전문가가 되고 위해서는 그 분야의 초보자에게 기초적인 것을 알려주는 수준의 전문가가 되기까지는 최소 6개월 안에 충분히 될 수 있다.

전문가가 되는 가장 빠른 방법은 독서이다. 책을 통해서 가장 단시간에 고급 지식을 축적해 전문가가 될 수 있다. 책이란 것은 다양한 사람들이 수십 년간 보고, 듣고, 배우고, 경험한 깨달음과 지혜의 정수만 모아놓은 집합체인 것이다. 그래서 책을 읽는 시간에는 과거의 천재들의 두뇌와 연결되는 신비로운 체험과 할 수 있다. 이로서 책은 인간의 뇌를 혁신적으로 변화시킨다. 즉, 독서를 통해서 평범한 두뇌를 천재로 만들 수 있다는 것이다.

오직 한 사람의 인생을 사는 사람과 수천 명의 다양한 인생을 직·간접적으로 접하고 사색함으로 얻은 다양한 경험과 깨달음 그리고 지혜의 엑기스를 두뇌에 품은 사람은 감히 비교할 수 없을 것이다.

책을 최소한 1,000권 이상을 읽으면 두뇌에 지식이 모이고, 정리되고, 융합되어 확산된다. 일반적으로 책을 쓰고 강의를 하는 전문가로 변화한 가장 큰 계기는 독서를 통해서다.

미래학자 앨빈 토플러도 무서울 만큼 방대한 양의 독서를 자랑하기에 미래를 내다볼 수 있는 통찰력을 갖추게 된 것이다. 그가 한국에 왔을 때 한국의 청소년에게 자신을 '독서 기계'라고 소개하기도 했다. 그리고 "미래에 대해 상상하기 위해서는 독서가 가장 중요하다"라고 하면서 미래를 지배하는 힘은 읽고, 생각하고, 커뮤니케이션하는 능력이라고 말했다. 이처럼 시대를 내다보는 탁월한 시각은 독서를 통해서

가능하다. 모든 것은 아는 만큼 보이며, 다양한 독서를 통하여 시대의 흐름을 읽고 분석하는 능력이 미래를 이끌어 갈 수 있는 리더의 필수 조건이다.

이처럼 독서 습관은 미래를 내다보는 통찰력을 길러주고 사람이 생각하는 방식 즉, 사고방식을 완전히 바꿔 놓는 계기가 된다. 독서하기 전에는 몰랐던 새로운 시각을 갖게 하고, 세상을 바라보는 시야를 넓히고 생각을 더욱 깊게 만든다. 독서를 통해 사고력이 획기적으로 변화하게 되면 자신이 가진 지식을 세상에 전달해야 한다는 사명감과 이를 분출하고 싶은 욕구를 느낀다. 그래서 자신의 지식을 강의와 세미나, 책으로 전문적으로 전달할 수 있는 전문가가 된다. 그러면 어느새 사람들도 자신을 전문가로 인식하기 시작하는 기적 같은 일들이 일어난다.

이처럼 사람들이 찾는 전문가가 되는 방법은 생각보다 간단하다. 그 방법은 바로 '100권독서'이다. 이는 자신의 관심분야 책 수천 권 중에서 내용이 충실하게 담겨진 책 100권을 선정해서 읽는 것이다. 물론 그냥 무턱대고 100권만 읽으라는 것은 아니다. 좀 더 자세한 방법은 다음과 같다.

우선 당신이 관심 있는 분야, 전문가가 되고 싶은 분야를 신중하게 정해야 한다. 그리고 그 분야에서 존경할 만하고 후기가 좋은 저자의 책을 포함해 해당 분야에 관련된 책 150권을 잘 선정해 리스트로 잘 정리한다.

전문성을 인정받아 평이 좋거나 유명 저자의 책을 보면 뒷면에 참고도서가 있을 것이다. 그 책들을 모조리 찾는다. 만약 주장이 서로 상충하거나 방향성이 달라도 상관없다. 무조건 다 찾아야 한다. 그리고 찾은 책들의 참고서적도 모조리 찾는다. 이렇게 찾은 책 중 총 150권을 리스트로 정리하라.

이때 주의할 점은 책에 밑줄을 치며 특이사항은 공백에 메모를 해 가며 여러 번 읽어야 하므로 도서관에서 빌리지 말고 무조건 구매해서 읽어야 한다.

그리고 이 모든 책을 독파했다면, 해당 분야에서 소책자를 만들어 보는 것이 좋다. 만들고 싶은 내용에 대한 자신의 생각을 글로 나열해 본다. 책을 읽는 것이 지식을 흡수하는 과정이라면 책을 쓰는 것은 심도 있게 융합된 지식을 정리하고 새롭게 탐구하는 재창조의 과정이다. 이를 통해 지식은 한층 더 성숙해지고 풍성해질 것이다. 그리고 그 주제에 대해 자신만의 주장을 가지고 자신의 시각과 경험을 바탕으로 자유롭게 펼칠 수 있게 된다.

이처럼 광대한 양의 흡수된 지식을 모으고, 재분류하고, 체계화하여 지식이 정리된다면, 당신은 프로로 재탄생하게 될 것이다. 그럼 그 분야에서 일반인들보다 몇 배 이상의 지식과 이를 새롭게 융합하고 자신만의 철학을 담아서 사람들에게 효과적으로 전달할 수 있는 능력을 가지게 된다. 그 지식만으로도 꽤나 많은 수입을 창출할 수 있다. 그러면 사람들은 당신을 기꺼이 해당 분야의 전문가로 모실 것이며 그만한 대가를 지불하고 당신의 지식을 듣고자 할 것이다.

노무현 전 대통령은 무엇이든지 한 번 관심을 가지면 끝장을 볼 때까지 파고드는 버릇이 있었다. 주변에서는 그가 내용을 소화시키는 시간이 매우 빠르고 학습 능력이 매우 뛰어나다는 이야기를 곧잘 하곤 했다. 〈노무현의 색깔〉이라는 저서에는 그는 30분 동안 강좌를 들으면 그것을 30분 동안 사람들에게 잘 설명한다는 내용이 나온다.

이처럼 노무현의 방식으로 단기간에 업계 전문가가 되려면 다음과 같이 3가지 요소를 갖추어야 한다. 우선 독특한 주제 설정과 몰입력 그리고 이를 풀어서 전달할 수 있는 설명능력이다.

당신도 한 달 만에 해당 분야에서 최고의 전문가가 되고 싶다면 노무현을 벤치마킹하는 것도 좋다.

노무현처럼 남이 관심을 두지 않는 분야나 아주 작은 주제를 선정하여 10년까지는 아니더라도 일 년 아니, 한 달만이라도 몰입하여 파헤치면 전문가 못지않은 지식과 실력을 두루 갖추게 될 것이다. 요즘 세상에는 단 하나쯤은 남보다 특출 난 것이 있어야 자신을 더욱 돋보이게 할 수 있다. 남들과 차별화 할 수 있는 나만의 무기를 하나 만든다는 생각으로 실력을 쌓아라.

전문가가 되는 것은 단순히 한 분야에 오랫동안 경력을 쌓았다고 자동적으로 전문가가 되는 것은 아니다. 일정시간 동안 제대로 파고들어 지식과 통찰력을 쌓는 공부를 하고 경험해야 비로소 진정한 전문가가 된다. 예를 들어 요즘 시대에는 마케팅부서에 10년 넘게 근무 했다고 해서 그를 마케팅전문가라고 인정할 수는 없다. 그가 집중적인 공부를 통해 지식과 경험을 제대로 쌓지 않았다면 그는 그저 평범한 마케팅 담당자일 뿐이다. 시간이 자동으로 당신을 전문가로 만들어주는 시대는 지났다. 해당 분야에 대한 집중적인 독서와 고민, 그리고 해당 분야의 미래를 전망할 수 있는 시각을 갖추기 위한 일정한 노력과 시간투자 없이 자연스레 전문성이 길러지길 바라지 마라.

03

배움은 가장 유익한
미래 투자다

"삶의 단계마다 질문을 던져라 "나는 여기서 무엇을 배웠는가?" 어떤 분야든 중단 없는 배움은 성공의 최소 조건이다."   −데일리 웨이틀리

"내일 당장 죽을 것처럼 오늘을 살고, 평생을 살 것처럼 배워라."

−마하트마 간디 Mahatma Gandhi

리더는 끊임없이 배우는 사람들이다. 배움에 대한 열정이야말로 21 세기를 이끌어 갈 핵심 비결이다. 평생 배움은 지금 당신이 어느 분야에서 활동하든지 성공을 위한 최소한의 필요조건이다. 평생 배움에 대한 자세는 당신이 자수성가형 부자가 되는 필수 요건 중 하나이다.

배움만큼 수익이 확실한 최고 투자는 없다. 배움은 자신이 열정을

갖고 있는 분야에 대해서 좀 더 명확히 재정립하는 데 큰 역할을 하며, 미래를 내다보는 통찰력을 길러준다.

'배우는 일' 이란 정규 학교 과정을 제외한 교육으로, 주로 의식, 자기계발, 경영 등에 대한 공부와 같은 사교육을 말한다. 배움에 쓴 돈은 후에 더 큰 수익으로 돌아오기 때문에 배움에 투자해야 한다. 보통 배움이라고 하면 영어공부나 자격증에 배움을 한정하곤 한다. 그러나 남들도 다 갖춘 것들로는 큰 차별화 요소가 될 수 없다. 대부분이 비슷한 공부를 하고 있기 때문이다. 남다른 생각과 아이디어를 창조 하는 데는 부족함이 많다.

남들 다하는 평범하고 대중적인 공부가 아니라 자신만의 특별한 전문분야, 자기계발, 의식 확장, 또 '수익과 직결되는 공부' 를 해야 한다. 가장 큰 수익으로 돌아오는 배움이란 바로 이런 것이다.

특히 평소 사회 곳곳의 여러 면모를 다양한 각도에서 기획해서 담아낸 다큐 프로그램을 많이 시청하면 좋다. 그러면 다양한 갈등과 문제를 간접적으로 접하게 되고 해결책과 지혜를 직접 배울 수 있다. 이를 통해 세상을 바라보는 안목이 확장되고 옳고 그름을 판단하는 판단력과 사고력도 커진다. 따라서 주도적으로 생각하지 못하고 타인의 의견에 휩쓸리게 되는 일은 크게 줄어들 것이다.

이외에도 배움의 방법에는 여러 가지가 있다. 인간은 세월이 갈수록 사고력이 저하되고 생각의 틀이 굳어진다. 그러나 끊임없이 공부하면 절대 늙지 않는다. 사람들은 모든 사물에 대한 호기심을 잃는 순간 늙기 시작한다고 보면 된다. 이 변화무쌍하고 방대한 세상을 다 아는 것처럼 자신만의 독선에 빠져서 똑똑하다고 착각하고 매일 시간을 허비할 때 늙는다.

"소년이 배우는 것은 해 뜰 때의 별빛과 같고 장년에 배우는 것은 한낮의 햇빛과 같고 노년의 배움은 어둠 속의 밝음과 같다. 그리고 노년의 공부는 어둠 속에 빛나는 촛불과 같은 존재이다."라는 말이 있다. 나이와 무관하게 우리는 젊든, 노년이든 항상 배움의 열정을 꽃피워야 평생 싱싱한 젊음과 활력을 갖춘 인간으로 성장할 수 있는 것이다. 학교를 졸업했다고 모든 배움을 중단하고 책읽기를 게을리 하면 어느 순간 빠르게 변화하는 이 시대에서 뒤처진다.

헨리 포드도 다음과 같이 배움에 대한 열정을 표현했다. "배우기를 멈추는 사람은 스무 살이든 여든 살이든 늙은이다. 계속 배우는 사람은 언제나 젊다. 인생에서 가장 멋진 일은 마음을 계속 젊게 유지하는 것이다."

배움의 또 다른 장점은 인간의 사고가 매우 유연해진다는 것이다. 공부하지 않으면 당연히 자기중심적인 사고방식을 벗어나지 못해서 고집불통이 될 수밖에 없다. 자신이 경험한 세계 외에 다른 세상은 전혀 접해 본 적이 없어서 자기 생각이 옳고 최고인 걸로 착각하게 된다.

또 세상을 진정으로 이해하고 제대로 바라보는 것이 불가능하다. 현대사회는 전체를 읽어내는 넓은 안목이 없다면 세상을 자기 관점으로만 보고 잘못 판단하는 실수를 저지를 수 있다. 마치 장님이 코끼리의 다리만 만져보고 코끼리라는 동물을 판단하는 것과 같다.

세계관이 하나인 사람은 세상을 오직 하나의 방식으로만 이해한다. 자신과 조금만 달라도 전혀 이해하지 못하거나 받아들이는데 힘들어 한다. 편파적 시각으로 자기고집만 내세우는 사람들은 주변 사람을 매우 불편하게 만드는 것도 이 때문이다. 자신만의 우물 속에 갇혀 있으면 우물 속에서 영원히 좁은 세상만 아는 바보가 된다.

그러나 공부를 많이 하면 세상을 바라보는 시각이 확 트이고, 삶이 풍요롭다. 이는 마치 다양한 나무가 자라고 있는 울창한 숲과 같다. 배움을 통해서 다른 사람의 인생과 생각을 이해하려하고 받아들이며 공감능력이 향상되고, 유연한 사고로 변화를 자연스럽게 받아들일 수 있는 생존력이 강한 인간이 된다.

"아는 만큼 보인다"는 말은 진리이다. 지식의 폭과 깊이이가 깊을수록 사람은 넓고, 깊게 생각하고 정확하게 판단할 수 있는 것은 당연하다. 결국 끊임없는 배움을 통해 한 사람의 머릿속에 담겨진 지식이 그 사람이 세상을 바로 보는 통찰력을 가져다준다.

공자는 매일 온고이지신(溫故而知新)하는 하루가 되라고 충고한다. 그

것이 바로 '대학(大學)'에서 강조한 '日新又日新(일신우일신)'이다. 단 하루라도 마음속에서 새로움을 키우려는 부단한 노력을 중단해서는 안 된다는 말이다.

매출액 1,179억 달러, 종업원 수 82만 5천명, 이는 세계 최대의 유통기업 월마트의 규모다.

빈곤한 가정에서 태어난 샘 월튼은 잡화를 취급하던 작은 백화점 J.C. 페니에서 주급 75달러를 받고 사회생활을 시작했다. 그는 이곳에서 일하는 동안 소매업은 자신이 평생을 걸 만한 일이라고 생각했다. 관리자로 진급한 그는 상점 운영에 관한 노하우를 익혀 가기 시작했다.

그러는 동안 그에게는 평생 동안 지닐 한 가지 습관이 생겼다. 그것은 소매업 관련 서적을 탐독하고, 경쟁 업체를 찾아다니며 그들의 장점을 자기 것으로 만들었다. 휴일에는 도서관에 앉아 소매점 관련 서적을 모조리 읽었다. 또 근처 백화점이나 유통 업체를 돌아다니거나 교회의 백화점에 대해 공부를 하며 시간을 보냈다. 월튼은 자신이 직접 겪은 경험과 독서 그리고 다른 사람들에게서 얻는 배움까지도 귀하게 생각했다.

1960년대 구멍가게에서 1970년대의 로컬 체인점, 1980년대의 리저널 체인점, 1990년대의 글로벌 체인점으로 성장하기 까지, 그는 경쟁 업체들의 혁신적인 경영 방법을 터득함으로써 세계 최대의 유통 업체로 성공할 수 있었던 것이다.

어떤 분야든지 끝없이 배워 나가며 변화하지 않으면 도태될 수밖에 없다. 이 같은 월튼의 급성장의 비결은 모든 시간과 공간을 배움으로 가득 채움에 있다.

또한, 2015년 포브스(Forbes) 기사에 따르면 미국 억만장자의 66%가 자수성가로 돈을 벌었다. 그들은 거의 맨손으로 시작해 10억 달러 이상의 자산가로 거듭났고, 그들 중 다수는 40세 미만의 젊은이였다.

성공의 비결은 묻는 말에 많은 이들이 답은 지속적인 배움에 있다고 답했다. 그들은 스펀지처럼 모든 경로를 통해 새로운 정보를 끊임없이 받아들였다. 배움을 통해 우연히 얻게 되는 아이디어 하나 혹은 통찰의 순간이 성공에 매우 결정적인 역할을 했다는 것이다.

워렌 버핏(Warren Buffett)도 하루의 80%를 읽고 공부하는데 쓴다. 투자 전, 그는 시장에 나와 있는 제품과 서비스, 그리고 산업 자체에 대해서 누구보다 많은 정보를 가지고 의사결정을 내린다.

이처럼 성공한 사람들은 매일 배우는 습관을 지니고 있다. 그들은 매일 아침 그들은 자기 분야에 좀 더 도움 되는 책 60페이지씩 읽는다. 또 계속 업데이트되는 새로운 정보와 아이디어를 얻기 위해 인터넷 검색을 한다.

당신도 마치 여기에 자기 미래가 좌우되기라도 한다는 듯 계속 지식과 기술의 영역을 넓혀나가고 새로운 정보를 받아들여라. 여기에 당신의 미래가 달려 있다.

04

인스턴트 성공을 경계하고
내공을 키워라

단기간에 우리 몸을 무너뜨리는 것이 인스턴트 '음식'이라면, 우리의 정신과 신체를 망가뜨리는 것은 인스턴트 '성공'이다. 인스턴트 '성공'이란 인스턴트식품처럼 자신의 노력이나 시도에 비해 운 또는 우연함으로 빠르게 원하는 결과를 얻는 것을 뜻한다. 우리는 과분한 성공을 경계해야 한다. 사람은 쉽게 얻어지는 것에 익숙해지면 노력하려는 의지가 약해지기에 황홀한 경험에 빠져 자신을 과대평가하고 더 성공하지 못하게 막는다.

이 같은 인스턴트성공은 요행을 바라는 마음이 생길 여지를 준다. 사람이란 본능적으로 쉽게 얻어지는 성공의 유혹에 대단히 빠지기 쉽다. 쉽게 이룬 것은 쉽게 사라질 수 있다는 것을 명심해야 한다.

도박 사기꾼도 인간의 이런 심리를 이용하여 돈을 뺏고 인생과 희망마저 훔쳐간다. 그들은 절대 돈을 따지 않는다. 오히려 상대에게 돈을 따도록 한다. 그러다 해볼 만한 게임이라는 생각을 무의식에 심어준다. 쉽게 돈을 딸 수 있다는 생각이 차올랐을 때쯤 모든 돈을 빼앗아버린다. 그러나 그들은 다시 돈만 있으면 한 방에 다시 잃은 돈을 찾아올 수 있다고 착각한다. 하지만 절대 돈은 다시 돌아오지 않고, 빈 털털이가 될 뿐이다.

운 좋게 성공의 기회를 빨리 얻었어도 준비가 되어있지 않은 사람이라면 금세 잃고 무너진다. 성공에서 만큼은 빠른 것이 좋다고만은 할 수 없다. 실력이 아닌 운으로 잠깐 성공할 수 있지만 유지할 수 없다면 작은 빈틈에 무너지는 것은 시간문제다. 자신이 그릇이 된 후에야 비로소 지켜낼 수 있다. 갖춰지지 않았는데 우연히 오는 성공은 오히려 독이 될 수가 있다. 자만을 불러오고 더 이상 발전할 수 있는 생각을 앗아가기 때문이다.

미국의 정치가이자 과학자인 벤자민 프랭클린은 이렇게 말한다. "우리는 다른 사람에게 지혜를 살 수도 있고 빌릴 수도 있다. 지혜를 사는 자는 그 대가로 시간과 돈을 지불해야 한다. 하지만 지혜를 빌린다면 다른 사람이 실패에서 얻은 교훈을 자신의 재산으로 변화시킬 수 있다." 배움에 있어서 가장 현명한 사람은 자신의 실패는 물론 다른 사람의 실패에서도 배움을 얻는다. 이는 마치 지렛대로 무거운 물건을 가볍게 들어 올리는 것처럼 다른 사람의 자본을 이용해 자신의 자산을 높이는 방법과 같다고 볼 수 있다.

하버드 비즈니스 스쿨 수업에서는 다른 사람의 실패 사례를 배움에 적극 활용한다. 재학생들은 선배들의 졸업 후 인생 이야기와 더불어 실패담을 공부한다. 후배들에게 같은 배움의 길을 걸어온 선배의 실패만큼 최고의 선생도 없기 때문이다. 졸업생들은 5년 만에 한 번씩 동창회에서 자신의 근황을 담은 보고서를 제출한다. 근황 보고서는 졸업 10년 후(30~40대), 20년 후(40~50대) 순서로 자료를 정리해둔다.

여기서 주목할 점은 하버드 스쿨의 졸업생 근황 보고서가 수많은 실패로 가득 차있다는 점이다. 일반적으로 하버드를 나온 사람은 안정적이고 높은 자리에서 풍요로운 생활을 할 거라는 예상과는 다르게 모두가 성공적인 인생을 살지는 않았다. 졸업 후 계속해서 아르바이트로 일하며 겨우 생활을 유지하는 사람도 있었고, 아주 힘겹게 살아가는 사람도 많았다. 재학생들에게는 선배들의 이처럼 가장 현실적인 이야기는 와 닿을 수밖에 없으며 큰 도움이 될 것이다. 더불어 진지하게 자기 자신과 미래에 대해 고민해보는 시간이 된다.

미국 경영 통계학 연구에 따르면, 타인이 저지르는 실수나 실패를 내가 똑같이 저지를 확률이 60%에 가깝다고 한다. 이를 볼 때, 다른 사람의 실패를 통해 배우는 것은 미연에 생길 일을 막는 좋은 방지책을 마련해두는 일이며, 최소한의 투자로 최고의 효과를 거두는 배움의 최고봉이 된다. 내가 직접 시간과 비용을 허비하면서 얻을 수 있는 것을 타인의 경험으로 손쉽게 배울 수 있기 때문이다.

'성공은 가장 멍청한 스승이고 실패는 가장 위대한 스승'이라는 말이 있다. 그러나 실패한 사람 모두가 배움을 얻을 수 있는 것은 아니다. 직접적이든, 직접적으로든 실패 경험을 얻은 사람 전부가 좋은 가르침을 얻지는 않는다. 그 이유는 배움에 대한 열정과 실수를 통해서 더 큰 깨달음을 얻어서 한 단계 도약하고자 하는 자세가 있는지 여부에 따라서 좌우된다.

세계에서 뛰어난 경영 대학원으로 손꼽히는 하버드 스쿨이 '타인의 실패'에 대해서 학생을 교육하는 이유는 또 한 가지가 있다. 인간이란 자신의 상황과 비슷한 어려움을 겪은 사람들이 극복하는 과정을 보면 큰 위안을 얻는 것은 물론, 자신도 할 수 있다는 자신감과 해결의 실마리를 얻기 때문이다. 특히 사람은 누구나 어려움을 겪는다는 것을 느끼고 큰 역경 앞에서는 나를 포함한 모두가 힘들다는 점에서 크게 공감하며 위로받을 수 있다.

세상은 하루가 다르게 급속도로 빠르게 변화하고 있다. 무한경쟁과 불황으로 인해 모두가 생존을 염려하는 시대이다. 지금 우리에게 가장 필요한 것은 자신의 가치와 잠재력을 확고하게 상승시킬 수 있는 배움이다.

특별한 내공을 키워서 위기의 시대에 안정적으로 성공하기 위해서는 배움 자체가 즐거워서 못 견디는 경지에까지 이르러야 한다. 이렇게 되면 마치 에스컬레이터를 탄 것처럼 별다른 일을 하지 않아도 자동으로 성장하는 자신을 볼 수 있다. 성공과 배움은 서로 동반자이다. 그러나 무조건 열심히 배움에 투자한다고 모두가 성공하는 것은 아니다.

특히 삶에 급격한 질적인 변화를 일으키고 싶다면 먼저 의식을 바꿔야 한다. 의식을 바꾸지 않은 공부와 자기계발은 밑 빠진 독에 물을 붓는 것과 같다. 우주의 법칙을 제대로 이해하고 의식을 확장한 사람은 의식 변화가 생겨서 인생에 놀라운 비전을 만들게 된다. 당신이 그 비전을 위해 행동하는 순간 성과를 만드는 배움의 선순환이 비로소 시작될 것이다.

보다 풍요로운 인생을 살고 진정한 내공을 키우기 위해서는 우선, 이 우주가 어떤 법칙에 의해 움직이고 있는지부터 제대로 배워야 한다.

우주의 법칙을 요약하면 다음과 같다. "사람은 모두 무한한 가능성을 가지고 있다. 그 무한한 가능성을 이끌어주는 회로는 잠재의식이다. 그리고 지금의 내 현실은 지금까지의 내 생각이 만들어낸 결과이다."

이 법칙은 당신이 인스턴트식의 성공이 아닌, 진정한 내공을 키워서 당신이 원하는 모든 것을 이룰 수 있도록 도와주는 황금 같은 비결이다. 이 법칙을 알고 배움에 투자하고 노력하는 사람과 전혀 모르고 행동하는 사람과는 하늘과 땅 차이의 결과가 나타난다. 그래서 완벽히 이해하고 자신의 것으로 만들 수 있을 때까지 계속 배워나가야 한다. 배움에 의해 이 같은 우주의 법칙을 확실하게 몸에 익히면 이후에는 자연스럽게 성공의 길을 걷게 된다.

05

독서하는 사람들이
세상을 주도한다

"좋은 책을 읽는다는 것은 과거의 가장 훌륭한 사람들과 대화하는 것
이다."

-데카르트

　세계는 이미 무한 경쟁 체제로 돌입했으며, 이는 '피할 수 없는 현
실'이 됐다. 무한 경쟁 시장의 승자는 나모다 우월한 지식을 가진 사람
이다. 당신은 피할 수 없는 현실을 맞고자 어떤 준비를 하고 있는가?

　책을 가까이 하는 것은 변화가 극심한 시대에 자신을 보호하기 위
한 내공과 실력을 쌓는 일이다. 우리의 삶은 하나이지만, 독서를 통해
타인의 새로운 삶을 경험하고, 배움을 얻을 수 있다. 책을 통해 제2,
제3, 제4의 삶을 마음껏 누려볼 수 있는 것이다.

　그러나 너무 많은 이들이 독서를 취미로 착각하고 있다. 30대 중반

에 들어서야 독서의 힘을 실감하고 책을 손에 잡지만 그때는 이미 늦다. 진정한 독서의 효력은 보통 10년 뒤에 발휘하기 때문이다. 독서로 얻은 내공을 발휘하기도 전에 구조조정이나 대량 해고의 폭풍에 휩쓸리게 될 것이다. 20대부터 독하게 생존독서를 해야 30대에 독서에 투자한 시간과 노력을 보상받을 수 있고, 40대에는 구조조정이라는 무시무시한 폭풍을 뚫고 승천하는 용이 될 수 있다.

성공한 인물 중에 독서를 가벼운 취미로 생각한 사람은 아무도 없다. 성공한 사람들은 모두 독서를 생존으로 받아들이고, 책을 통해 자기 자신의 끝없는 혁신으로 성공한 인물들이다.

삼성그룹, 효성그룹, 동양기전, 대성그룹, 이메이션 코리아, 벽산그룹, 이랜드 그룹 같은, 쉽게말해 탄탄한 기업을 이끌고 있는 사람들은 그 바쁜 일정 속에서도 1년 평균 100권에서 200권까지 책을 읽는다. 또한 중소기업진흥공단이 발표한 자료에 따르면, 중소기업의 성공한 최고 경영자들은 매달 1천여 쪽 이상의 독서를 하는 것으로 나타났다.

세계적인 미래학자 앨빈 토플러는 저서 〈부의 미래〉에서 "리더가 되려는 사람이면 꾸준하게 책을 읽어야 한다"면서 "6개월 전에 안 지식을 가지고 밑의 사람을 이끌려는 우를 범하지 말라"고 경고했다. 6개월 전에 알았던 지식은 이미 쓰레기 같은 지식이 되어 쓸모없기 쉽다고 말했다. 그 만큼 세상은 빠르게 돌아가고 있으며, 새로운 지식을 끊임없이 흡수하려는 노력을 해야만 좋은 리더가 될 수 있다는 역설인 것이다.

손정의는 이름 없는 사업가에 불과했다. 그러나 독서의 중요성을 깨닫고 4천여 권의 책을 읽은 뒤 세계를 뒤흔드는 사업가로 변신했다.

고등학교를 거의 꼴찌로 졸업한 정문식은 공장의 공원으로 일하면서도 책을 손에 놓지 않았다. 그 결과 대한민국에서 가장 성공한 중소기업이라는 이레전자의 창업주가 되었다.

충무로에 위치한 전파사의 직원이었던 조현정은 광적인 독서가였다. 그러나 오늘날 대한민국에서 가장 성공한 컴퓨터 사업가 중의 한 명이다.

이처럼 크게 성공한 이들은 지독하게 생존독서에 매달린 결과 기적 같은 변화를 이루어냈다. 그대도 인생의 기적을 이루는 주인공이 되어야 한다.

하루에 한 권 이상의 책을 읽는 자는 10년 뒤에 머릿속에 대략 3,650권의 책이 담기기 때문에 머릿속에 도서관 하나가 생기는 것과 같다.

반면, 한 달에 한 권 정도의 책을 읽는 20대는 10년 뒤에 머릿속에 작은 책꽂이 하나가 생겨난다. 머릿속에 대략 120권의 책이 담기기 때문이다. 머릿속에 겨우 책꽂이 하나를 갖고 있는 30대는 아무리 노력해도 머릿속에 도서관 하나를 갖고 있는 사람을 도저히 따라잡을 수 없다.

책을 항상 가까이 하라. 책에서 얻는 지혜는 당신의 견문과 시야를 넓히고 사고를 확장해줄 것이다. 책을 많이 읽으면 세상을 관조하게 된다. 어느 정도 거리를 두고 세상을 바라보는 습관이 생긴다. 타인의 삶을 늘 살펴보게 되고, 이를 통해 타인의 삶을 내 삶으로 이입할 수도 있다. 또 내 삶이 언제든 바뀔 수 있다는 변화를 배우면서 조금씩 떨어져서 생각하는 습관을 가지는 관찰자의 삶을 살게 된다. 타인의 삶을 내 삶으로 이입하는 과정을 통해 인간과 사회를 통찰하는 삶을 살게 된다. 결국, 인문학적으로 최적의 지점에 다가선 삶으로 완성된다.

또한 독서를 통해 많은 생각들을 하게 되고, 그 결과 예술가가 된다. 예술가적 감수성은 세계 모든 것을 다양한 측면에서 바라보게 하는 시각을 열어주어 배움에 강력한 힘을 준다. 즉, 노벨상은 다르게 생각하기의 산물인데, 강력하게 그 힘을 제공하는 것이다. 유대인이 노벨상을 많이 받는 가장 큰 이유는 독서와 사색이다.

유대인은 전 세계에서 책을 가장 많이 읽어 항상 '책의 민족'으로 불린다. 책을 보게 되면 생각이 많아지고, 이는 글을 쓰면서 정리하게 되는 행동으로 이어진다. 그렇게 지식들을 융복합 적으로 재정리되면 지식의 빅뱅이 창조된다. 세상에 없던 전혀 새로운 아이디어와 지식은 그렇게 쓰는 행위를 통해 태어난다. 쓰면서 깊은 몰입을 하게 되고, 그러면서 기존 지식들을 엮어내 지식의 혁명이 탄생한다.

결국 유대인의 힘은 통찰력에서 나온다. 세상의 본질을 꿰뚫어보고, 통찰력이 담긴 두뇌로 연구를 하고 사업하기에 세계적인 성과가 나온다. 그러면 통찰력이란 일단 많이 알아야 하고 지식과 지혜가 많아야 한다. 많이 아는 것에 대한 밑바탕이 없으면 오래 생각해도 새로운 것과 창조는 나오진 않는다. 알아야 상상력도, 창의력도, 통찰력도 나온다.

유대인의 통찰력은 독서에서 나왔다고 볼 수 있다. 여기다가 생각하는 문화와 결합되어 빅뱅이 일어나서 누구도 생각하지 못한 혁신적인 결과물들을 낼 수 있었던 것이다.

유대인 과학자 아노 펜지어스는 자신의 발상의 힘에 대해서 이렇게 말했다. "난 외부에서 사물을 보는 습관이 있기 때문이다." 독서를 많이 하는 사람은 인생의 해방자가 된다. 자기 삶을 있는 그대로 받아들이지 않고 다른 방식으로 변형해 받아들이게 되고, 결국 힘든 삶에서 자유롭게 벗어날 수 있다. 이는 상상의 세계로 이어져, 새로운 발상을 탄생시킨다. 또 다른 사람의 인생도 찬찬히 관찰해 자신의 삶에 많은 힌트를 얻어 인생의 지혜를 얻는다.

특히, 독서는 자기 힘으로 생각하길 요구받기에, 책을 꾸준히 읽으면 남을 모방하거나 '타인 위주'가 아닌 '자기 위주'로 생각할 수 있다. 곧 자기 안에 하나의 심지가 굳건히 서게 된다.

특히 우리가 반드시 '비판적 사고'를 갖춰야 한다. 훌륭한 식견이란 '얼마나 많은 사람의 입장에 서서 생각할 수 있는가'이다. 단순히 하나의 의견을 그대로 받아들이는 것이 아니라 여러 방향과 다양한 사람의 입장에서 입체적으로 생각할 수 있게 된다. 비판적 사고는 이처럼 사고의 유연성을 키우기에 매우 효과적이다.

이를 통해 우리가 남의 평가에 민감한 것은 노예근성을 벗어날 수 있다. 니체는 '그대 자신'이 되어 나만의 개성을 살리라고 했다. 교육 방법에는 두 가지가 있다. 길들이는 방식과 길러 내는 방식이 그것이다. 길들이는 방식은 인간을 특정한 틀에 꽉 맞추도록 강요하는 방식이다. 이는 인간의 잠재력을 죽이고 위축시킨다. 길러 내는 방식은 인간의 타고난 소질과 성향을 긍정적으로 발전시킨다. 오직 그대 자신이 바로서기 위해서는 자기 적성과 성격 그리고 주변 환경을 잘 고려해 그것을 긍정적으로 승화시켜야 한다. 이를 위해서는 남의 눈치를 보지 않고 독립적으로 생각하고 행동할 수 있는 주체성을 가져야 한다. 이 같은 독립적인 인간으로 성장하기 위해서는 독서는 필수이다.

06

창조적 창의

창의적이라는 것은 남과 다르다는 것이고, 그러기 위해선 자기다우면 된다. 남과 똑같아지기 위해서 노력하기 때문에 창의성을 잃는다. 그러나 남들처럼 살면 천편일률적으로 똑같을 수밖에 없다. 남들이 맞추어놓은 답답한 틀에 자신을 가두고, 그 속에서 살아가면 창의성을 잃게 된다.

70억의 인구 중 오직 나 하나뿐이다. 나답게 살면 나는 이 세상에 유일한 존재이기 때문 창의적일 수밖에 없다. 그래서 자기답게 살아가면 창의적일 수 있다.

그래서 창의적이기 위해서는 자기다워야 하며, 자기답게 위해선 일단 자유로워야 한다. 자유로운 사고와 자유로운 행동을 이끌 수 있는 환경이 필요하다. 내가 하고 싶은 것을 내 마음대로 하는 것이 자유다.

내가 원하는 것을 추구하면서 나의 본질을 발견하고 혁명을 추구할 수 있다. 그러면 자연스럽게 자기다움으로 연결되어 창의적이게 된다. 즉, 이것저것 다양한 생각과 다양한 시도, 또 다양한 행동을 하면 남과 다른 생각, 남 다른 창조적인 결과가 나온다.

유대인은 항상 엉뚱한 생각이나 자유로운 생각과 표현을 마음 놓고 하게 되고, 두려움 없이 도전하는 삶을 살았는데 이것이 창의력의 원천이 된 것이다.

창의적이기 위해서는 기존의 당연시되는 사고의 틀을 파격적으로 깨뜨리고 독창적으로 생각해야 한다. 그러기 위해서는 시간과 마음의 여유를 가지고 자유롭게 다양한 생각을 해보는 것이 필요하다. 우직하게 공부만 해서는 절대로 창의적인 인재를 만들 수 없다.

가끔씩 소위 명문대를 졸업했다거나 고시합격을 했다는 사람들과 이야기를 나누어보면 사고방식과 마인드가 답답하게 느껴지는 경우가 있는 분들이 있을 것이다. 아무래도 우리 사회의 주류의 프레임을 아무생각 없이 그대로 되풀이하는 경향이 있는 분들인 경우는 그럴 수 있다. 치열하게 고민하고 다양한 방향으로 생각하지 않고 하루 종일 공부만 하는 것은 창조성과 거리가 멀다. 깊은 생각을 해야 나만의 독자적인 생각을 갖게 되는데, 하루 종일 공부만 하고 생각을 하지 않으니 새로운 아이디어나 세상을 감동시키는 참신한 결과물을 내놓기에는 다소 힘들 수 있다.

그러면 창의적이기 위해선 신나게 놀아야 한다. 이것저것 안 따지고 맘 내키는 대로 놀아보는 경험이 꼭 필요하다. 여행도 짧게 말고 1년씩 해외에서 맘껏 신선한 체험을 해볼 필요가 있다. 책도 1년 씩 몰입해서 1,000권 정도의 책을 집어삼키듯 한꺼번에 읽어볼 필요가 있다. 영화나 다큐멘터리를 보더라도 1년에 1,000편 정도를 집중해서 보는 몰입의 시간들이 필요하다. 이렇게 새로운 지식을 충전하면서 맘껏 놀아봐야 새롭고 비범한 나로 다시 태어난다. 산과 들로 다녀보고, 유명인들과 식사도 하고, 다양한 분야의 사람들을 사겨보고, 세계적인 거물들도 만나면서 그들의 내공도 깊이 느껴보면 좋다. 그렇게 신나게 놀아봐야 자유로움 속에서 자기다움을 찾아낼 수 있다.

이처럼 신나게 노는 시간은 단순히 세월을 허비하는 철없는 짓이 아니다. 창의력과 내공을 쌓기 위한 값진 투자인 것이다. 당신이 즐기고 놀기를 원하는 모든 것을 맘껏 누려보아라. 가령 영화나 드라마를 보고, 책과 신문을 보고, 다큐멘터리를 보고, 맘껏 여행하고, 명상과 사색을 하고, 다양한 사람들과 맘껏 사겨보는 시간을 가져봐라. 이 시간은 수천 배의 가치로 되돌아오는 아주 흥미롭고 새로운 방식의 공부이자 투자다. 이렇게 놀아야 한다. 놀 줄 모르면 절대로 성장을 못한다.

또한 창의적이기 위해서는 나만의 주관대로 행동하는 고집이 필요하다. 다수가 말하고 가는 길을 아무생각 없이 따라가는 것은 최악의 선택이 될 것이다. 특히 한국의 경우에는 엉뚱한 생각을 하거나, 공부를 못하면 비난하는 문화가 있는데, 이것 역시 과감히 극복해야 한다. 가끔은 부모님이나 선생님의 말도 듣지 말아야 하고, 타인의 무시도 극복해야 하며, 사회의 편견도 과감히 뛰어넘어 나만의 주관대로 행동할 수 있어야 한다. 완전한 자유로움 속에서 창조의 길을 걷고, 새로운 나를 만나야 한다.

진정한 창의력은 권위와 위계질서를 극복할 수 있는 문화를 만들어야 창의력을 확산시킬 수 있다. 위계질서를 중시하는 문화가 훗날 직장에서도 창의력을 발휘하지 못하게 발목을 잡기에 스스로가 극복하고자 노력을 해야 한다.

특히 한국은 소위 군대문화가 곧게 자리 잡은 곳이어서 어느 조직이든 무조건 복종하는 문화가 퍼져있다. 복종을 하지 않으면 주변에서 가만두지 않는다. 그러나 이것은 창의성과는 완전히 상반되는 특성이다. 창의적인 인재는 자기주장이 강하고, 주변 눈치 안보고 매우 자유롭게 사고하고 행동하며, 괴짜인 경우가 많다.

사실 이런 자유분방한 사람을 군대인 대기업이 받아들이기 부담된다는 것을 모두가 알고 있다. 그래서 무조건 충성하는 사람, 앵무새, 일만 하는 사람, 생각하지 않는 사람이 대기업에 모여 있다. 그렇지 않은 사람은 조직에 적응할 수 없기 때문에 창업을 하는 기현상이 벌어지고 있다.

그러나 위기의 시대, 변화의 흐름을 주도하는 진정한 창의적인 인재가 되기 위해서는 한국의 군대식 문화를 과감히 극복해야 한다. 이것을 사회 전체적으로나 개인적으로 극복하지 못하면 한국의 미래는 없다. 생각 없는 사람이 될 수밖에 없고, 새로운 생각을 하지 못하는 사람들로 가득한 국가는 위기를 창조적으로 극복하고 새로운 혁신으로 미래 돌파구를 마련해줄 리더가 탄생하기 어렵다.

우리는 너무 권위나 권력에 복종한다. 자기 스스로 생각하지 않으면서 자유로움을 스스로 포기한다. 한낱 대학 교수가 한 말을 그대로 따라하는 것도 있을 수 없다. 전 세계의 흐름은 하루가 멀다 하고 급변하고, 매순간 지식은 쏟아지는 돌풍과 같은 시대에 살고 있기 때문이다. 예전처럼 말 잘 듣고, 시키는 대로 일하는 사람을 최고 인재로 생각하는 시대는 지났다. 그러나 그렇게 살면 안 된다. 스스로가 군대식 문화를 극복하고 기존의 상식을 과감히 깨트리는 열린 생각 속에 창의성의 길이 달려 있다.

특히 한국은 야근이 너무 많다. 이는 한마디로 일밖에 모르는 사람이 된다는 것이다. 퇴근 후에는 몸이 너무 피곤해서 생각도 못하고 독서나 자기계발 같은 것은 꿈도 못 꾼다. 이처럼 여유 없는 삶은 국민의 지적 수준을 한없이 떨어뜨리고, 생각을 하지 않음으로써 점점 무능한 바보로 만들게 된다. 결국 국가의 미래를 흔들리게 되는 것이다.

일각에서는 이 같은 야근문화가 기득권이 서민을 바보로 만들기 위한 고도의 계략이 아닌가 하는 의문을 던진다. 생각을 하면 올바름에 대해 깨닫게 되고, 비판과 대안을 제시하면서 괜히 안정된 사회를 변화로 흔들어 괜히 기득권을 피곤하게 만들기 때문이다. 그래서 일만 하고 생각은 못함으로써 우민(愚民)으로 만들고(우민화 정책), 이로써 자신들의 기득권을 굳게 지키는 효과가 있는 것이다. 그러나 이대로는 국민 전체가 바보가 될 것이다. 일만 많이 해 피곤해서 책도 못 보고, 생각과 사색이 없이는 국가의 희망과 미래는 없을 것이다.

〈탈무드〉는 이렇게 말한다. "가르침을 무턱대로 받아들이는 사람은 권력과 자기 자신을 부패하게 한다." 즉, 고정관념과 통념에 매몰되어서는 안 되며, 무조건 복종하는 삶을 살아서는 안 된다. 자신만의 주관과 생각도 없고, 비판도 하지 않으며, 복종만 하는 삶은 자신을 사라지게 하는 것이다. 생각 없는 앵무새의 삶이기 때문에 발전할 수 없게 된다.

그래서 우리가 통념에 갇히지 않고 나만의 주체적인 사고를 하는 것에 시급하다. 일하는 시간을 줄이고 여유시간을 확보해서 나만의 시간, 생각하는 시간을 만들어야 한다. 바쁘게 쫓기 듯 사는 일상에서는 발견하기 어려운 자신만의 꿈과 야망을 적극 발견해야 한다.

07

자기계발 열풍이 말해주는
처절한 현실

21세기에 들어서면서 우리 사회는 매우 빠른 변화의 소용돌이 속에서 살고 있다. 가속되고 있는 세계화에 따른 전 분야에 걸친 경쟁의 심화와 인터넷 혁명에 따른 공간과 거리가 파괴되면서 세계는 작은 지구촌으로 변하는 등 격변의 시대를 살고 있다.

과거에 비해 경쟁이 더욱 치열해지는 환경과 마음 느긋한 영역이 줄어들고 있다는 것은 직장인 대부분이 느끼는 공통점이다. 그래서인지 대다수 직장인이 자기계발에 대해 일종의 자기계발 강박관념(?)에 가까운 마음을 갖는 것도 이 때문일 것이다.

이런 변화 속에서 생존하기 위해서는 지속적인 자기 계발을 통해서 경쟁력을 확보하지 못하면 도태되기 때문에 샐러리맨들이 분주하게 움직이는 것이다. 주말과 야간시간을 활용해 자신의 부족한 점을 채우고 새로운 전문성 습득을 통해 자신의 경쟁력을 제고시키는 노력을 한다.

그래서 언제부터인가 샐러던트(Saladant)라는 말이 유행하고 있다. Salaryman과 Student를 합해서 만들어진 합성어로서 일하면서 공부하는 사람을 뜻하는 말이다. 직장을 다니고 있는 사람들이 새로운 영역이나 자신의 분야에서 보다 깊은 전문성을 확보하고자 지속적으로 공부하고 있는 사람들이다. 이처럼 공부하는 직장인이 급증하고 있는 것은 불확실한 미래에 불안을 느끼고 보다 나은 직업을 가지기 위한 몸부림일 것이다.

이제 평생직장이라는 개념은 우리 사회에서 점점 사라지고 있다. 과거와는 달리 안정성 있는 곳은 아무 곳에도 없다. 당연히 경쟁력 없는 사람은 도태되고 새로운 경쟁력 있는 인재가 영입되어야 그 조직이 글로벌 무한경쟁에서 생존할 수 있는 것은 당연하다. 현실에 안주하기만 하는 사람은 미래를 포기하는 큰 실수를 범하는 것이다.

어느 날 갑자기 '어. 내가 이렇게 나이를 먹었지' 라고 정신이 벌떡 깨이는 시점이 대개 40대 전후이다. 늦지는 않았지만 새로운 것을 시작하기에는 정신과 육체적으로 결코 쉽지 않은 나이이다. 그래서 30대가 특히 중요한 시기이다. 그런데 보통 날짜 되면 꼬박꼬박 받는 월급에 익숙해져 머릿속으로는 뭔가 시도해야 한다는 생각이 굴뚝같지만,

과감히 행동으로 실천하지 못하는 경우가 대부분이다. 답답하게도 막상 준비할 수 있는 시기는 매우 짧고 인생은 무척 길어지고 있는 것이 현실이다. 그런데 심각한 위기감을 몸소 느끼고 돌파구를 찾고자 노력하는 젊은이는 생각보다 많지 않다. 막상 직접 몸으로 당하고 그때서야 뼈저리게 깨치게 되는 경우가 대부분이다.

혼자서 생각하는 습관이 없는 사람에게는 스스로 독립적으로 생각한다는 것 자체가 여간 힘든 일이 아니다. 그래서 대다수가 깊이 생각하지 않고 그저 주변사람들이 가는 길을 아무생각 없이 몰려가는 우를 범하며 안정감을 느끼고 있다. 그러나 다수가 가는 길은 절대 정답이 아니다. 나만의 단독적인 사고로 주체적으로 생각하고 판단할 수 있어야 리더가 될 수 있다. 남들과 같은 생각으로 다수가 가는 길을 몰려가는 사람은 그저 평범한 인생으로 머물게 된다.

특히 우리는 미래를 내다볼 수 있는 능력을 가져야 한다. 생존을 위한 자기계발의 목적은 바로 불확실하고 치열한 미래를 살기 위한 전략인 셈이다. 내가 앞으로 어떤 분야에 시간을 쏟고 집중하는지는 어찌보면 미래 배우자를 선택하는 것만큼 인생을 좌우하는 중요한 일이다.

예를 들어 기업 등에서 주는 직업의 불안정성 때문인지 최근 공직이나 의사, 한의사를 선호하는 사람이 늘고 있다. 안정성을 중시하는 시대의 분위기를 대학 입시 경쟁률을 보면 확실히 느낄 수 있다. 간혹

엔지니어의 길에 들어섰던 사람들 중에도 뒤늦게 다시 한의사가 되려고 진로를 바꾸는 이들도 있다.

이는 아마도 '한의사는 안정적이다' 라는 과거에 통했던 상식 때문일 것이다. 그러나 현실은 기대와는 완전히 다를 수 있다. 특히 미래 10년 정도의 시차를 두고 앞을 내다볼 때는 자신의 생각과 현실 사이에는 큰 차이가 있을 수 있다. 우리가 무엇인가를 결정할 때 참고하는 정보는 과거부터 현재까지 자신에게 축적되어 온 것들만을 바탕으로 다소 협소한 정보로 판단하게 된다. 그러나 이들 정보는 놀랍게도 수면 아래에서 활발히 일어나고 있는 최근의 변화나 미래에 일어날 수 있는 잠재적인 위험 등을 내포한 변화를 반영하지 못하는 경우가 대부분이다. 그래서 고정관념이나 선입견 때문에 낭패를 당하기도 한다. 지금은 시대가 점점 가속도가 붙으면서 급변하고 있으며, 모든 분야가 경쟁이 심화되고 있다.

길가다가 눈에 띄는 한의원 간판을 보면서 종종 이런 생각이 든다. '젊은 세대가 나이든 세대만큼 보약을 좋아하고 자주 찾을까?' '한약을 사람들이 과거만큼 먹지 않는데, 동네 곳곳마다 한의원이 있는 상태에서 새롭게 배출되는 한의사들은 과연 어디로 가야 할까?' 그러나 지금도 이공계를 기피하는 경향과 더불어 직업적 안정성을 중시하는 학부모와 학생들 때문에 한의대의 인기는 여전히 높다. 학생들 사이에서는 의대, 치대, 한의대를 묶어 아예 '의치한' 이라는 단어가 유행하고 있을 정도다.

그러나 조금만 정보를 찾아보고, 관심을 갖고 살펴보면 이 같은 인식들과 현실 사이에는 엄청난 차이가 벌어지고 있다. 지금의 치열한 현실은 자신이 한의사에 대해 갖고 있는 생각과 완전히 다르다는 사실을 깨달을 수 있다. 그러나 놀랍게도 이런 현실적인 부분에 주목하고 고민하는 수험생이나 학부모는 그리 많지 않다, 현재 한의사들이 처한 상황은 밝지만은 않다. 앞으로도 상황이 그다지 개선될 것처럼 보이지 않다. 기존에 건강관리를 위해 먹었던 한약의 자리를 홍삼이라는 거대한 괴물이 거의 독차지하기 시작해 한약이 설 자리를 많이 빼앗겼다. 이런 시대적인 변화로 인해서 고객의 선호도가 변화되고 업체 수도 많이 증가해 평균 수입이 줄어들고 직업에 대한 안정성이 크게 위협받고 있다.

최근 대한 한의사협회와 한방산업벤처협회의 설문 조사에 따르면 전체 응답자 241명 가운데 187명(77.6퍼센트)이 한의원 경영이 어렵다고 답했다.

올해 개원 18년째인 한의사 P씨의 고민은 "한의사들 좋은 시절은 다 갔나"라는 의문을 던지게 된다. 그는 이렇게 말한다.

"하루 평균 수업이 60만 원 정도입니다. 한 달에 25일 일하는 셈치고 계산해 보면 월수입이 1,500만원 남짓 됩니다. 임대료와 간호사 월급(2명), 약재와 침 재료값을 빼면 남는 돈이 별로 없습니다. 골프도 5

년 전에 끊었습니다." 강북에 위치한 한의원에서 P원장이 진료를 보는 환자는 하루 평균 25명, 이들 중 한두 명이 한약을 지어 가고 나머지는 침만 맞는다. 침 맞는 값이 1만 5,000원(환자 부담은 4,500원)이라면 하루 37만 원, 한약 값 25만 원 등 60만 원 남짓이 하루 매출이다. 부유층이 비교적 많은 강남이 아닌 강북에서 이 정도는 그나마 나은 편이다. 특히 서울과 수도권을 제외한 중소도시에서 개원한 젊은 한의사들은 하루하루 살얼음판을 걷고 있다. '한의사들 좋은 시절 다 갔나'

(이병문, '매일경제신문' 2007.9.1.)

한의사 공부가 좋아서라면 모를까 직업의 안정성이나 고수익을 바라고 늦은 나이에 다시 공부를 시작하는 것이라면 막연한 환상에 사로잡혀 뛰어드는 것은 무서운 생각이다. 자신의 인식과 현실 사이의 격차를 줄이기 위해서 충분히 정보를 파악해야 한다. 진로를 결정할 때는 자신의 10년 후나 그 이후의 인생에 대해서 철저히 정보조사도 하고 따져 보아야 하는 것은 당연하다. 그리고 현업에 종사하는 사람의 의견을 들어 보는 것도 아주 좋다. 자신의 선입견 혹은 고정관념에 따라서 '한의사는 평생 할 수 있는 안정성을 갖고 있다'는 과거의 상식을 그대로 받아들이는 것은 자신의 인생이 걸린 문제라면 상당히 위험한 발상일 수 있다.

자신의 진로를 결정하거나 미래를 위한 준비를 할 때는 마치 신제품 출시를 앞두고 발로 뛰면서 시장조사를 철저히 하는 것처럼 많은 노력이 필요하다. 오래된 상식이나 고정관념 그리고 일반인들이 선택하는 기준에 맞춰서 자신의 시간과 비용을 투자하는 일은 위험천만한 행동이 될 수 있다.

08

시간관리의 달인이
최고 부자다

하버드 학생들에게 가장 소중한 것 중 하나가 바로 이 시간이다. 그들은 시간의 가치를 아주 잘 알고 있다. 그렇기에 결코 시간을 낭비하지 않는다. 하버드에서는 시간이 가장 귀중한 자원이라고 생각하기 때문이다. 하버드 학생들은 이 귀중한 시간을 잃어버리는 일이야말로 다른 어떤 것보다 낭비이고 안타까운 일이라고 생각한다.

그들에게는 단 1분1초의 시간이라도 자신들의 매우 소중한 삶의 일부라는 점을 잘 알고 있다. 그래서 그들은 일할 때조차 시간을 낭비하는 법이 없이 효율적으로 일하는 것을 선호하고 장시간 아무런 의미 없이 질질 끌거나 미루기를 혐오한다. 이렇게 시간을 생명처럼 여기는 이들의 삶은 그 얼마나 알차고 밀도 있는 삶일지 가늠이 된다.

하버드를 졸업한 한 억만장자 사업가는 모두가 부러워할만한 엄청난 부를 축적했다. 그는 이처럼 큰 성공을 거둘 수 있었던 비결이 무엇인지에 대해서 질문을 받을 때마다 항상 다음처럼 답했다고 한다.

"지금 당장 행동하는 것입니다."

이 단순한 말 속에는 예리하고 결코 가볍게 생각할 수 없는 깊은 뜻이 담겨 있다. 많은 사람들이 자신도 모르게 시간을 낭비하는 실수를 범한다. 다수의 평범한 사람들이 '기다림' 이라고 포장된 '게으름' 때문에 매순간 시간을 허비하고 있다. 반면 성공하는 사람들이 모든 일들을 지금 당장 시작 하면서 시간을 효율적으로 사용하면서 더욱 큰 기회를 포착하고 있다.

이처럼 미루는 습관에만 길들여진 수동적인 사람은 영원히 시간의 눈부신 가치를 실감하지 못한다. 또한 그들처럼 느긋하게 살아가는 사람들에게는 시작하기에 적합한 적당한 때란 영원히 오지 않는다.

우리는 보통 1분을 대수롭지 않게 생각한다. 그러나 그 1분이 모여 하루가 되고 일 년이 된다. 언제나 1분의 시간을 귀중하게 여긴다면 인생을 허비하고 후회만하는 일은 벌어지지 않는다. 우리는 항상 시간을 소중히 여기고 그 짧은 순간마저도 우리의 소중한 인생의 조각임을 인식해야 할 것이다.

시간은 무한하지만 우리의 생명은 한계가 있다. 이렇듯 삶이 제한적이라는 점을 항상 생각하고 우리가 가진 시간도 너무나 짧다고 생각해야 보다 알찬 인생을 살 수 있다. 젊음은 순간이다. 우리가 우물쭈물 인생을 허비하여 어느 덧 중년, 그리고 그 이후에 인생의 황혼기에 접어들면 젊은 날에 하지 못했던 일들에 대해서 후회하게 된다.

하버드를 졸업한 사람들 가운데 성공한 사람이 많은 이유 중 하나는 그들이 시간의 가치를 잘 알고 있기 때문이다. 하버드는 학생들이 시간을 소중히 여기는 정신을 길러주기 위해 노력한다. 이처럼 성공의 기본이 되는 시간의 소중함에 대해서 사회에 나오기 전부터 깨달았기 때문에 이들은 세월을 아껴서 남들보다 두 배의 인생을 살고, 두 배의 성공을 실현시킬 수 있게 된다.

'시간이 돈이다.' 라는 말은 누구나 알고 있다. 그러나 모든 사람이 실제로 그 말을 실천에 옮기는 것은 결코 쉬운 일이 아니다. 시간은 곧 당신의 인생이며, 지금 이 순간에도 시간이라는 소중한 보물이 흘러간다는 개념을 갖고 있어야 좀 더 알찬 인생을 살 수 있다.

우리는 시간을 소중한 재산처럼 귀하게 여겨야 한다. 어떤 사람들을 보면 마치 '마술'을 펼치는 것처럼 하루에도 수많은 일을 훌륭하게 해낸다. 인생은 공평하며, 하루에 누구나 동등하게 24시간이 주어진다. 이 시간을 어떻게, 누구와 보내느냐에 따라서 당신의 미래 청사진이 바뀐다. 남들보다 유난히 우수한 성과를 내고, 성공을 거머쥔 이들을 보면 업무에서 효율이 뛰어날 수 있었던 이유는 시간을 잘 관리하고 계획해서 사용하기 때문이다. 그들은 시간이라는 운명의 시계추에 끌려가는 것이 아니라 시간을 지배하는 사람들이다.

시간 관리를 잘하기 위해서는 가장 먼저 처리해야 할 중요한 일의 우선순위를 정해야 한다. 이러한 습관은 당신이 보다 효율적으로 일을 하면서 중요한 일을 빠트리지 않고, 분주함에 정신없이 시간 허비를 막아준다. 또 짧은 시간 내에 많은 일들을 성취할 수 있다. 그러면 당연히 당신의 짧은 인생동안 수많은 일들을 성취하는 기적을 맛볼 수 있다.

09

방황은 최고의 학습이다

　"인간은 노력하는 한 방황하는 법이다" 괴테의 파우스트에 나오는 구절이다. 주변을 둘러보면 자신의 미래와 인생의 행복에 대해 심각하게 고민하는 사람이 종종 있다. 그 삶을 치열하게 살아가며 열심히 앞만 보면서 달려왔던 사람들도 어느 순간 '이 길이 맞는 것인가?' 하는 의문을 던지며 심적으로 힘들어하며 방황하기도 한다. 그러나 자신의 삶을 보다 행복하게 만들고자 노력하는 그들의 방황이 결코 헛되지 않은 시간이다.

　모든 방황에는 큰 의미가 있다. 인생이라는 긴 여정 길에서 방황이 없이 앞만 보면서 달려가는 인생은 어느 순간 좌절하기가 쉽다. 경기 중에 작전타임을 통해서 모든 상황을 점검하고 전략을 다시 짜는 시간을 통해서 최고의 성취를 내도록 이끄는 것처럼, 당신 인생에도 방황이라는 작전타임이 필요하다. 지금 이 순간, 우리가 고민하며 방황하고 노력하는 것은 바른 길을 찾기 위한 치열한 여정임에 틀림없다. 인생은 원래 고난과 고민의 연속이다.

당신이 방황하고 있다면 앞으로 더 나은 미래를 살기 위해 치열하게 노력하는 것임에 틀림없다. 마음껏 방황하고 깊이 있게 고민해보고 수백 번, 수천 번 '과연 이 길이 맞는가?'를 자신에게 질문해보라. 살아있는 한, 방황은 자신의 삶에 대한 진실함과 진중함을 놓지 않는 삶의 자세를 갖추었다는 반증인 것이다.

괴테(Johann Wolfgang von Goethe)의 〈파우스트(Faust)〉에서 신은 이렇게 말한다.

"그가 지상에서 살고 있는 동안에는 네가 무슨 일을 하든 금하지 않겠노라.

인간은 노력하는 한 방황하는 법이니라."

여기서 "인간은 노력하는 한 방황한다(Fs irrt der Mensch, solange er strebt)."라는 마지막 구절은 〈파우스트〉가 전하고자 하는 핵심 메시지인 것이다.

즉, '방황은 노력의 증거'라는 것인데 아무런 생각 없이 시간만 보내며 현실에 안주하는 인생을 산다면 방황도 하지 않을 것이다. 그러나 좀 더 행복하고 나은 인생을 살고자 발버둥치는 행동이 바로 '방황'이라는 행위로 표현된 것이 아닐까?

가끔씩 어른들은 방황하는 청소년들과 직장인, 사업가 등 모든 이들을 염려한다. 그러나 인생을 아무런 생각 없이 바쁘게 앞만 보면서 달려가다 보면 어느 순간 '내가 잘 하고 있는 건가?' 하는 회의감이 밀려올 때가 있다. 특히, 부모님과 주위 사람들의 기대만 의식하여 자신만의 독자적인 판단으로 진정으로 하고 싶었던 일을 하면서 살아오지 못하고 주변의 판단에 끌려다니 듯 살아온 사람들은 더욱 큰 방황을 겪게 될 수 있다.

이처럼 방황을 죄악시하는 것은 잘못된 것이다. 인간에게 방황이 없다는 것은 나아가려는 의지가 없다는 말과 같고, 보다 더 나은 삶에 대한 야망이 없는 것과 같다. 인간은 욕망하는 동물이며, 그 욕망은 더 멋지게 앞으로 나아가려는 의지의 원동력이기 때문이다. 방황은 지금 자신이 처한 환경과 능력, 기회의 한계를 깨뜨리고 한 단계 더 도약하기 위한 노력이며 그것을 넘어선 사람은 성취라는 결과물을 거머쥘 수 있다.

지금 이 순간 우리가 밤새 고민하며 치열하게 방황하고 노력하는 것은 좀 더 나은 길을 찾기 위한 여정이다. 고민이 없다면 당연히 방황도 없다. 좀 더 큰 야망과 이상을 실현시키고자 하는 꿈이 없다면 방황은 없을 것이다.

계속 방황하며 노력하는 것, 주저앉지 않고 다시 일어서는 것, 다시 도전하는 것이 나의 삶을 증명하는 유일한 길이다. 대신 노력하지 않는 방황하지 않고 아무런 생각 없이 사는 것은 자신의 인생에 대한 심각한 모독이다.

당신의 인생을 사랑한다면 치열하게 고민하고 도전하며 황무지를 찾아 여행하는 것만이 진정한 방황이다. 그 과정에서 살이 찢어지고, 고름이 흐르고, 굳은살이 박혀있는 거북이등껍질처럼 단단해질 때, 비로소 온전히 내 자신이 바로 세워질 수 있는 것이다. 고민을 절대 두려워 말자. 그리고 생의 모든 순간마다 더욱 더 행복해지기 위해, 더욱 큰 성취를 이루기 위해 열렬히 방황해보자.

특히 중년 이후의 삶은 여러 가지로 복잡해진다. 세상을 살면서 가장 무섭다는 '중년의 방황' 은 그렇게 시작됩니다.

청소년기엔 육체적 정신적으로 성인이 되어가는 과정 중에 사춘기를 겪는다. 그런데 중년 이후에 직장생활이나 인생에서 뚜렷한 이유도 없이 방황하는 이들에겐 무언가 이유가 있을 것이다. 이 시기가 바로 청소년기의 사춘기(思春期)와 대비되는 중년기의 사추기(思秋期)가 찾아온 것이라고 볼 수 있다.

중년 이후의 방황은 자기 인생의 참된 의미를 발견하지 못하는데서 찾아오는 경우가 많다. 젊은 시절엔 오로지 인생의 목표를 향해 정신없이 앞만 보며 달려간다. 내 의지와는 상관없이 부모나 주변사람들이 생각하는 그런 정석과 같은 길을 걷는다. 그러나 어느 날 문득 더 이상 젊지 않다는 생각이 들 때쯤 "사는 게 뭘까?"하는 심각한 의문이 든다.

특히, 한 번도 자신의 인생을 살아본 적 없이 부모의 기대에 맞춰서 모범생처럼 타인의 인생을 살아왔던 사람들에게 찾아오는 사추기는 더욱 거세기만 한 것은 당연한 일이다. 이렇게 정신없이 달려온 인생의 길목에서 점점 나이가 들어가면서 자기 인생의 참된 의미를 찾고 싶은 사추기가 온 것이다. 이때 내가 달려가야 할 인생의 정확한 방향성과 지향하는 바를 발견하지 못하면 헤맬 수밖에 없다.

이처럼 사추기는 '정신적 성장통'이라고 할 수 있다. 이때는 내가 누구인지 알고 왜 살아야 하는지에 대해 깊이 생각해보고 깨닫게 되면 어떻게 살아야 할지는 저절로 답이 나온다.

바로 여기에서 중요한 것은 인생의 방향성과 지향점을 찾는 것이다. 그때서야 중년 이후의 방황에 종지부를 찍을 수 있다. 그리고 새로운 인생 제2라운드의 막이 더욱 멋지게 오를 수 있다. 방황의 시기는 내가 앞으로 나아가야 할 방향을 찾는 시기이다. 그래서 마음껏 방황해 보고 밤새 고민하느라 아파보고, 치열하게 고민해봐야 한다. 한 번뿐인 인생은 매우 소중하며, 절대 후회하는 삶을 살지를 않기를 원한다면 이 고난의 시간을 달콤하게 즐길 수 있는 여유가 필요하다.

10

모방하고 더 큰 것으로
창조하라

　'모방은 창조의 어머니'라는 말도 있듯이 모방은 곧 새로운 창조의 출발점이기도 하다. 예로부터 예술 분야의 창조활동은 대부분 기존의 뛰어난 성과를 거둔 인물들의 작품을 스승삼아 철저히 흉내 내는 것에서부터 시작했다고 한다. 선배나 스승의 스타일을 열심히 흉내내다보면 어느새 조금씩 자기 나름의 작품세계를 창조하게 된다. 그리고 한 발 더 나아가 스승을 뛰어넘는 독창적인 예술세계를 창조해낼 수 있는 것이다. 즉, 청출어람(靑出於藍)인 상태이다.

　이처럼 모방은 창조를 위한 필수과정이다. 흥미롭게도 성경에도 "하늘 아래 새 것이 없나니"란 말씀이 있다. 잘 살펴보면 이 세상 어느 것 하나 모방을 거치지 않은 완전한 새 것은 없다. 모방이라는 것은 가장 탁월한 창조 전략이다. 고수는 남의 것을 베껴서 더 큰 성과물을 내고, 하수는 자기 것을 쥐어짜기에 창조의 과정이 고통스럽고 자신의 세계에만 머물기 때문에 더 이상 새로움은 있을 수 없다. 열심히 모방을 축적하다 보면 한 순간, 창조의 한방이 나온다. 이처럼 새로운 아이디어가 없을 때는 머리를 쥐어짜지 말고, 기존의 것에 더 큰 창조력을 한껏 발휘해 독창적인 작품을 뽑아낼 수 있어야 한다.

현대사회에서는 모든 분야가 '모방은 성공으로 가는 첫걸음'이라는 법칙이 통한다. 가령 예술분야뿐만이 아니라 골프나 축구 같은 스포츠 세계도 마찬가지이다. 비즈니스에서도 예외가 아니다. 특히 기업에서는 경영혁신의 한 방법으로 다른 업체들의 탁월한 부분을 벤치마킹을 하고, 여러 장점들을 비즈니스에 적극 반영하여 새로운 혁신을 일으키고 있다. 다른 기업들의 장, 단점을 면밀하게 분석해 자사 제품을 한층 더 업그레이드하는 과정을 통해 시장 경쟁력을 높여 소비자만족을 이끌어내기 위해 열심히 노력하고 있다. 이 같은 벤치마킹의 출발점도 결국 모방에서 시작된 것이다.

모든 분야에는 제아무리 유능한 인재라고 할지라도 스승이 있어야 한다. 그 누구도 혼작서 클 수는 없는 것이다. 세상에 없던 자신만의 파격적이고 독창적인 세계를 확보하려면 시작 단계에서는 자신이 지닌 끼와 잠재력을 한껏 밖으로 끄집어내 주고 또 채찍질 해줄 수 있는 스승과 같은 존재가 꼭 필요한 법이다.

이처럼 빨리 성공하고 싶다면 자신이 하고자 하는 분야에서 탁월한 성과를 거두었고 닮고 싶은 롤 모델을 찾아 공격적으로 모방하는 자세가 필요하다. 성공한 사람들은 분명 그렇지 않은 일반인들에 비해서 좋은 태도와 습관을 갖고 있다. 이러한 태도와 습관을 철저히 모방하여 겸손한 마음으로 자아를 내려놓고, 롤 모델의 장점들을 자신의 것을 만드는 노력이 필요하다. 그들은 이미 당신이 꿈꾸는 것을 이룬 사람들이고, 탁월한 성과를 내게 된 비결을 철저하게 분석하여 내 것을 만드는 과정들을 거치면 어느 새 그들의 태도와 성공습관을 닮아서 그들과 비슷하게 된다. 그들은 이미 당신이 고민하는 대부분의 문제에 대한 해결법을 알고 있기에 적극적인 질문으로 당신이 현재 위치에서 겪는 문제점에 대한 해결의 실마리를 얻고자 노력해야 한다.

그렇기에 성공한 CEO와 사업가들 같은 롤 모델을 적극 찾아다니면서 배움이나 도움을 요청하라. 철저히 그 사람의 방식을 모방하라. 그의 일하는 방식부터 가령 어깨를 펴고 다소 여유 있게 행동하고 말하는 모습 같은 태도도 닮으려고 노력하라. 앉은 자세도 당당하게 곧게 하고, 목소리도 안정감 있는 목소리로 당당하게 자신감 있게 모방하라.

이런 '모방하기'는 당신의 인생에 커다란 변화와 혁신을 가져오는 놀라운 행위이다. 이미 성공으로 검증된 사람의 정신과 태도를 취하였기에 사람들 앞에 서는 일에 한층 자신감이 생기고 자연스러워진다.

또한 이들의 열정은 물론 일에 대한 사고방식과 삶에 대한 태도를 배웠기에 어느새 '나도 할 수 있다'는 기대와 흥분을 느끼게 될 것이다.

그러나 세상에 공짜가 없듯, 배움이나 자문을 구할 때도 충분히 대가를 지불하려는 마음가짐을 가지고 접근해야 한다. 그래야 당신의 태도도 좀 더 진지해지고 상대방도 좀 더 애정을 갖고 자신의 노하우를 전해주려는 마음이 열리게 될 것이다.

인생이란 원해 혼자 해결할 수 있는 숙제는 그리 많지 않다. 언제나 수많은 난제는 부딪히고 문제가 발생하는 것이다. 혹시라도 내가 해결할 수 없는 문제는 나보다 지식과 경험이 많은 사람에게 배우면 된다. 모든 분야에 유능하고, 모든 것을 한 사람이 잘한다는 것은 불가능하다. 다른 사람에게 배우는 것을 창피하게 생각하고 나 혼자서 모든 것을 하려는 생각은 자만이며, 요즘과 같은 무한경쟁시대에서 매우 위험한 발상이다. 각 개인마다 자신의 분야가 있다. 그들을 철저히 모방하고 자신에게 적용해야 한다. 그렇게 하면 어느 새 자신도 성공한 이들과 똑같이 열정적이고 당당한 모습으로 변신할 수 있다.

그런데 이때 중요한 것은 단순히 멘토들의 성공비결은 물론, 그들의 정체성과 사고방식 그리고 태도까지 철저히 모방해야 한다. 특히 자신의 정체성을 어떻게 생각하느냐에 따라 자신의 생각과 주변 환경이 달라질 수 있다. 그 이유는 다음의 스티븐 스필버그의 사례를 보면 좀 더 쉽게 이해가 될 것이다.

영화감독이 되고 싶었던 스필버그는 무작정 영화 스튜디오로 들어갔다. 그곳에 몰래 들어가서 빈 창고에 '스티븐 스필버그 감독실'이라고 써 붙이고 진짜 감독처럼 행동한 일반인들은 상상하기 힘든 대범함을 보였다. 처음에는 사람들이 다소 이상하게 생각하기도 했다. 그러나 이 사람이 진짜 감독처럼 똑같이 당당하고 자연스럽게 행동하니 다들 점점 헷갈려했다. 그렇게 진짜 감독 같은 생활을 모방했던 스필버그는 실제로 영화 제작 기회를 잡게 되었다. 결국엔 모두가 알다시피 세계적인 대성공을 거두며 영화계의 전설이 되었다.

예를 들어 영화 '광해'처럼 거지가 어느 날 왕이 되었다고 가정해 보자. 거지가 왕의 행세를 하면서 서서히 자신을 왕으로 받아들이고 생각하게 된다. 자신의 정체성을 왕으로 정립하면서 '나는 왕이다'라는 새로운 정체성이 생기게 되는 것이다. 어느 새 신념과 가치관에 큰 변화가 생긴다.

'나는 왕이다. 그러므로 나는 다른 사람보다 강하다. 언제든 명령을 내릴 수 있다'라는 생각을 한다. '나는 모두를 이끌 수 있는 리더십과 카리스마가 있다'라고 생각하자 결국 행동에 변화가 오게 된다. 평소 걸음걸이가 다소 가볍고 서둘렀지만, 이제 왕의 모습처럼 위엄 있게 걷게 된다. 그리고 말도 전보다 신중하고 근엄한 목소리로 왕으로서의 엄청난 포스를 내뿜게 된다. 우선적으로 이 같은 행동에 변화가 오기 시작하면 자신을 둘러 싼 주변 환경도 바뀌면서 신하들이 복종하고 존경하게 되는 진정한 리더 로서의 위엄을 완벽히 갖춘 왕의 모습을 갖추게 되는 신비로운 현상이 일어난다.

외부적인 행동과 환경은 결국 내적인 정체성, 신념, 가치관을 반영하게 된다. 모든 삶과 일에서 결정적으로 성취를 결정 짓게 되는 가장 중요한 요인은 바로 내면의 움직임이라 할 수 있다.

인간은 정말 신기한 존재이다. 생각이 또 다른 현실을 창조해 낼 수 있다는 것이다. 또한 자신을 어떻게 생각하느냐에 따라 다른 사람으로 변신할 수도 있는 묘한 능력도 갖추었다. 만일 자신을 무능력한 사람이라고 생각하면 무능력자가 되고, 탁월한 천재라고 생각하면 진짜 탁월한 천재가 된다. 이는 명백히 과학으로도 증명되었다. 그렇다면 당신은 스스로를 어떤 사람으로 정의하는가? 원래 유능한 사람이지만 자존감이 떨어져 자신을 과소평가하는 실수를 범하지는 않는가? 오늘부터 당신을 최고의 성공자, 천재, 세계와 민족을 이끌 리더로 대우하라. 그러면 그와 같이 될 수 있다. 당신 자신을 믿어라!

참고도서

01 기대를 현실로 바꾸는 혼자있는 시간의 힘/사이토 다카시저, 위즈덤하우스, 2015
02 직장인 99%가 모르는 업을 찾는 비밀/서민준저, 라온북, 2015
03 내안의 거인/김진향저, 세상모든책, 2016
04 실패의 기술/김우태저, 행복에너지, 2016
05 지독하게 매달려라/이서정저, 머니플러스, 2016
06 끝까지 계속하게 만드는 아주 작은 반복의 힘/로버트 마우어저, 스몰빅미디어, 2016
07 백만불짜리 습관/브라이언트레이시저, 용오름, 2011
08 그냥, 닥치고 하라!/브라이언 트레이시저, 도서출판나무, 2016
09 혼자 행복해지는 연습/와다 히데키저, 예문, 2016
10 누가 미래를 주도하는가/한근태저, 클라우드나인, 2015
11 잘살지는 못해도 쪽팔리게 살지는 말자/리민저, 정민미디어, 2016
12 인생을 바꾸는 자기 혁명 몰입/황농문저, 알에이치코리아, 2016
13 인생은 지름길이 없다/스웨이저, 정민미디어, 2015
14 어떻게 인생을 살 것인가/쑤린저, 다연, 2016
15 하버드 새벽 4시반/웨이슈잉저, 라이스메이커, 2016
16 마인드 리셋/알리사 피너맨저, 동네스케치, 2012
17 빅픽처를 그려라/전옥표저, 비즈니스북스, 2013
18 가슴 뛰는 삶/강헌구저, 쌤앤파커스, 2016
19 공병호의 우문현답/공병호저, 해냄, 2013
20 공병호의 일취월장/공병호저, 해냄, 2011
21 성공, 목표에 집중하라!/브라이언 트레이시저, 나무, 2016
22 유대인의 생각하는 힘/이상민저, 라의눈, 2016
23 혼자 힘으로 부자가 된 사람들의 21가지 성공비밀/브라이언 트레이시저, 아이프렌드, 2010
24 공병호 미래인재의 조건/공병호저, 21세기북스, 2008
25 20대, 자기계발에 미쳐라/이지성저, 맑은소리, 2008
26 세상의 모든 사람은 보물이다/이영권저, 보는소리, 2008
27 놓치고 싶지 않은 나의 꿈 나의인생/나폴레온 힐, 국일미디어, 2011